PHILLIP KORDES
Mord in acht Tagen

Dieses Buch ist ein Roman. Handlungen und Personen sind frei erfunden. Ähnlichkeiten mit lebenden oder toten Personen sind rein zufällig.

Copyright © 2015 Hans D. Kleinsorge
Ulmenweg 23
58638 Iserlohn
Alle Rechte vorbehalten
Umschlagfoto: Hans D. Kleinsorge
www.phillipkordes.com
info@phillipkordes.com

CreateSpace Independent Publishing
ISBN 978 1 508 55166 9

Phillip Kordes

MORD IN ACHT TAGEN

Thriller aus dem Hochsauerland

Für Else und Ewald Kleinsorge

Die Neider sterben wohl, doch niemals stirbt der Neid.
Molière

Prolog

Sie hatten sich für einen Opel Vectra entschieden. Schmutzig grau. Das würde am wenigsten auffallen.

Seit zwei Tagen regnete es, genauer gesagt, seit den frühen Morgenstunden des Samstags. Dunkle, tiefe Wolken zogen das ganze Wochenende über den kleinen Ort im Hochsauerland. Der Regen war teilweise so dicht gewesen, dass man kaum mehr als dreißig Meter weit sehen konnte. Jetzt hatte er endlich aufgehört.

Die beiden Männer waren in Eile. Für ihr Vorhaben war dieses trübe Wetter genau richtig. Wenn erst der angekündigte Wetterumschwung eintrat, mit Temperaturen bis zu dreißig Grad, wäre ihr Plan gescheitert. Die Dunstschleier wurden dünner, und bald würde die Sonne Sieger bleiben. Ihr gelber Ball ließ sich bereits zwischen den Nebelwolken ausmachen.

Die Männer sprachen kein Wort. Der Fahrer war ein blasser, schmächtiger Typ mit einer hellen Baseballkappe, die ihm tief im Gesicht hing. Seine dürren Finger umschlossen das Lenkrad so fest, dass die Knöchel weiß hervortraten. Seine Backenzähne mahlten unaufhörlich aufeinander. Der Beifahrer war größer, schlank und wirkte neben dem blassen Fahrer durchtrainiert. Er hatte einen schmalen Mund und sorgfältig gestylte Haare. Fast gleichgültig sah er nach draußen, dabei war er hellwach und angespannt.

Er warf einen kurzen Blick zu seinem Fahrer. »Alles in Ordnung?«

Der Blasse nickte stumm und schaltete einen Gang herunter. Er kannte den Wagen nicht. Er hatte den Vectra vom Parkplatz eines großen Firmengeländes in Winterberg gestohlen. In der Kleinstadt im Hochsauerland gab es kaum Autodiebstähle. Deshalb musste er den Wagen noch vor Büroschluss wieder zurückstellen, um nur ja kein Aufsehen zu erregen. Sie hatten also keine Zeit zu verlieren.

Sie fuhren langsam an der Kirche vorbei. Der Beifahrer

drehte den Kopf und sah am Turm empor. Vielleicht ragt die Spitze sogar aus dem Dunstschleier heraus, dachte er für einen Moment.

Sie passierten den Friedhof und erreichten ein Gebäude, dessen Umrisse sich deutlich aus dem Dunst schälten. Es war die Grundschule. An diesem Montagnachmittag, dem zwölften Mai, lag sie wie ausgestorben vor ihnen. Sie wussten, dass sich nachmittags nur selten jemand in oder um die Grundschule herum aufhielt.

Der Fahrer lenkte den Vectra an den äußersten Rand des Schulhofes und hielt an. Die Männer sahen hinaus.

Auf dem Schulhof standen drei Busse. Sie gehörten zu dem Hotel, das etwa hundert Meter entfernt stand. Es mochten auch zweihundert Meter sein, so genau war das bei der Witterung nicht auszumachen. Sie hatten aber keinen besseren Platz finden können als den Schulhof. Der einzige Unsicherheitsfaktor war, ob sich in der nächsten Viertelstunde jemand vom Hotel an den Bussen zu schaffen machte.

Fünfzehn Minuten!

Mehr Zeit hatten sie nicht einkalkuliert.

Sie stiegen aus, verriegelten den Wagen aber nicht. Vielleicht würde es nötig sein, schnell wieder zu verschwinden. Der schlanke Beifahrer ging einen Schritt voraus. Die Hierarchie war eindeutig. Er bestimmte, was getan wurde. Jetzt sah man, dass er fast einen Kopf größer als der Fahrer war.

Das Haus mit der Nummer hundertsiebzehn war ein Bungalow. Von ferne war das Brummen eines schweren Motors zu hören. Einen Augenblick blieb der Schlanke stehen und lauschte, dann zuckte er die Schultern, fuhr sich mit dem Handrücken noch einmal über den Mund und läutete.

Es dauerte nicht lange, bis die Tür des Bungalows sich öffnete. Eine Frau stand vor ihnen. Der Schlanke war überrascht, wie apart sie wirkte. Die Frau reichte ihm bis zu den Schultern, trug eine dreiviertellange dunkelblaue Hose und eine helle Bluse. Das Gesicht war leicht geschminkt, das brünette Haar frisch frisiert.

»Ja, bitte?« Ihre Stimme klang reserviert, fast abweisend.

»Guten Tag«, sagte der Schlanke freundlich. Er zögerte. »Ich bitte um Entschuldigung, dass wir stören, aber wir sind auf dem Heimweg und nur vorbeigekommen, um zwei Kataloge abzuholen. Ich hatte sie Ihrem Mann geliehen, brauche sie aber jetzt dringend zurück.«

»Kataloge? Was für Kataloge?«

»Büromöbel. Ihr Mann war sehr daran interessiert.«

Ob die Frau ihm glaubte, war nicht zu erkennen.

»Einen Augenblick bitte«, sagte sie. »Ich sehe nach.«

Sie wollte die Tür schließen, aber der blasse Mann mit der Baseballkappe machte eine scheinbar zufällige Körperbewegung zu seinem Partner hin, sodass die Tür von seiner Schulter aufgehalten wurde und nicht ins Schloss fallen konnte. Er schob den Schirm seiner Kappe in den Nacken und ging ein paar Schritte in das Haus hinein.

Von einer geräumigen Diele führten zwei Stufen hinab in ein offenes Wohnzimmer mit einem großen Fenster, das fast die gesamte gegenüberliegende Wandseite einnahm. Eine Tür zweigte vom Wohnzimmer ab. Dort musste sich das Arbeitszimmer befinden, in das die Frau verschwand.

Der Schlanke strich sich wieder über den Mund und warf seinem blassen Begleiter einen zufriedenen Blick zu. Bisher klappte alles wie geplant. Langsam gingen die beiden Männer die Stufen hinunter.

Nach knapp drei Minuten kam die Frau zurück. »Ich kann die Kataloge nicht finden«, sagte sie. »Ich ...?«

Erst da erkannte sie offenbar, dass der Mann mit der Baseballkappe mit einer Pistole direkt auf sie zielte.

Der Schlanke sah das Erschrecken in ihren Augen. Schieß doch endlich, flehte er seinen Begleiter stumm an. Er hörte das dumpfe »Plopp« des Schalldämpfers, als sein Partner abdrückte, sah den dunklen Fleck auf der Brust der Frau, der immer größer wurde und ihre Hände, die sie in Panik nach ihm ausstreckte. Schnell trat er zurück. Die Frau machte noch einen Schritt auf ihn zu, dann knickten ihre Füße ein. Sie verfehlte die Tischkante, ihre Hand griff ins Leere und wie in Zeitlupe sank sie zu Boden.

Für Sekunden war es totenstill.

Der Schlanke spitzte die Ohren, weil er glaubte, ein Geräusch in der Nähe vernommen zu haben. Aber da war nichts, nur der Motorenlärm von vorhin war lauter geworden.

»Müllabfuhr?«, fragte der Schlanke mit gedämpfter Stimme, obwohl sie niemand hören konnte.

»Ja.« Der Fahrer steckte die Pistole ein. »Lass uns abhauen.«

Sie warfen noch einen kurzen Blick auf die tote Frau, dann verließen sie das Haus. So unauffällig, wie sie gekommen waren, erreichten sie ihren Wagen wieder. Als sie die Kirche passierten, kam ihnen ein Fahrzeug entgegen. Der Fahrer sah sie erst im letzten Moment und konnte gerade noch seinen Wagen von der Mitte der Fahrbahn nach außen reißen.

»Das war knapp«, knurrte der Blasse mit der Baseballkappe nach einem raschen Blick in den Rückspiegel.

»Hat er uns erkannt?«, fragte sein Beifahrer.

»Glaube ich nicht. Nein, ich bin ganz sicher. Der hatte genug mit seinem Wagen zu tun.«

Wenig später hatten sie die Hauptstraße des kleinen Dorfes Züschen erreicht und fädelten sich in den laufenden Verkehr ein. Erst am Dorfausgang musste der Fahrer die Scheinwerfer einschalten, weil an dieser tiefer gelegenen Stelle noch dicker Nebel herrschte.

Der Beifahrer sah auf die Uhr. Seitdem sein Begleiter den Vectra gestohlen hatte, waren genau zweiunddreißig Minuten vergangen.

1

Ich hatte Gabi eine Ewigkeit weder gesehen noch gesprochen. Uns verband eine besondere Freundschaft. Als Schüler »gingen« wir einige Zeit lang zusammen, hielten verschämt und unauffällig Händchen, weil unsere Eltern es nicht merken sollten. Schon das

Berühren der Hände galt im streng katholischen Hochsauerland als etwas »Verbotenes«. Der Pastor und viele Lehrer achteten darauf, dass Jungen und Mädchen getrennt erzogen wurden. Später verloren Gabi und ich uns leider aus den Augen.

Ihr Anruf kam deshalb für mich völlig überraschend. Ich war gerade dabei, meinen Wagen zu waschen, eine Arbeit, die ich hasste, die aber nach langer Zeit wieder einmal nötig war. Da meine Frau nicht im Haus war, hatte ich den schnurlosen Hörer auf dem Beifahrersitz liegen.

»Hallo Johannes, hier ist Gabi, Gabi Rensenbrink.«

Ich hätte ihre Stimme fast nicht erkannt. Sie klang kraftlos, irgendwie gebrochen.

Sie war eine geborene Renshoff und hatte einen Rensenbrink geheiratet. Über die Namensähnlichkeit haben wir oft genug Witze gemacht.

»Mensch Gabi, wie lange haben wir uns nicht gesehen?«

»Sieben Jahre«, sagte sie leise.

»So lange?«

»Wir hatten damals unser Klassentreffen.«

Jetzt fiel es mir wieder ein. Wir waren fünfundvierzig. Normalerweise fand unser Klassentreffen alle zehn Jahre zu unseren runden Geburtstagen statt, aber aus irgendeinem Grund war es zum Vierzigsten versäumt worden.

»Zum Fünfzigsten vor zwei Jahren warst du nicht da«, sagte sie mit leichtem Bedauern.

»Ich war beruflich verhindert.«

Ich setzte mich auf die Rasenkante neben meinen Wagen. Die nächsten Minuten vergingen mit allgemeinen Fragen wie »Wie geht es dir?« »Was macht deine Familie?«, dann kam Gabi jedoch schnell auf den Punkt:

»Johannes, warum ich dich anrufe. Es geht um Thomas Bodeck. Seine Frau wurde ermordet.«

Thomas Bodeck hatte in der Schule neben mir gesessen. Wir waren nicht die besten Freunde gewesen, und auch seine Frau kannte ich kaum. Dennoch verschlug mir die Nachricht von ihrem Tod für ein paar Augenblicke die Sprache.

»Sie ist erschossen worden«, sprach Gabi weiter. »Hast du nichts davon gehört?«

»Nein.«

»Ich dachte, alle Polizeistationen würden bei Mord benachrichtigt.«

»Ich bin nicht mehr bei der Kripo. Ich bin im Ruhestand.«

»Was?« Ich konnte ihr Erstaunen förmlich sehen. »Du bist doch noch gar nicht so alt.«

»Es war ein Dienstunfall«, erklärte ich.

»Was ist passiert? Angeschossen?«

Das war immer die häufigste Annahme. Wenn schon, dann musste ein Kriminalkommissar mindestens angeschossen worden sein, um aus dem Dienst zu scheiden.

»Verkehrsunfall. Wir waren auf dem Weg zu einem Tatort, als uns ein Lastwagen die Vorfahrt nahm.«

»Habt ihr denn kein Martinshorn angehabt?«

»Wir hatten es nicht eilig. Die Kollegen hatten bereits alles abgesichert. Wir fuhren vorschriftsmäßig fünfzig, als der LKW auf einer abschüssigen Straße auf uns zukam. Ich saß auf dem Beifahrersitz. Du weißt ja, Beifahrer sind am meisten gefährdet.«

»Das stimmt.«

»Ich kam erst im Krankenhaus wieder zu mir. Knochenbrüche, Quetschungen und auf einem Ohr bin ich fast taub. Hinzu kamen traumatische Störungen. All das reichte dem Amtsarzt, um mich vorzeitig in Pension zu schicken.«

»Das tut mir leid«, sagte sie leise. Darauf blieb es eine Weile still am anderen Ende.

Ich hatte das Gefühl, sie würde gleich wieder auflegen und fragte schnell: »Hast du nur angerufen, um mir von dem Mord zu erzählen?«

»Ja. Ich dachte, du könntest den Fall übernehmen.«

»Da bist du im Irrtum. Meine Dienststelle hätte damit gar nichts zu tun. Für das Hochsauerland ist Dortmund zuständig.«

Wäre ich noch im Dienst gewesen, hätte ich vielleicht von dem Mord gehört, so aber war die Nachricht trotz der recht guten Verbindungen zu meiner alten Dienststelle nicht bis zu mir durchgedrungen. Ich hatte mir seit meiner Pensionierung vorgenommen, mich nie in die Angelegenheiten von Kollegen einzumischen. Aber der Beruf lässt einen niemals los. Jetzt hatte er mich wieder eingeholt. Ich spürte, dass Gabi an meiner Hilfe sehr gelegen war.

»Seit der Pensionierung habe ich viel Zeit. Wenn du willst, komme ich nach Winterberg. Für ein paar Tage kann ich mich losreißen.«

»Das würdest du tun?«, kam es hoffnungsvoll zurück.

»Ich kann doch meine beste Schulfreundin nicht im Stich lassen.«

Es sollte ein Scherz sein, aber sie ging nicht darauf ein. »Wann kannst du hier sein?«

Ich überlegte kurz. »In zwei Tagen. Also, wenn es dir recht ist, bin ich Montag bei dir.«

»Es ist mir sehr recht.«

*

Endlich wieder mal raus aus dem Trott, dem langweiligen Alltag. Nur Inge, meine Frau, hielt mir vor, dass ich froh sei, von ihr weg zu kommen. Überhaupt war sie in letzter Zeit sehr streitsüchtig. »Du zappst nur durch die Kanäle und lässt den Tag nutzlos verstreichen«, oder »Den ganzen Tag löst du Rätsel« und »Wann reparierst du endlich mal den Rasenmäher« waren noch die harmlosesten Vorwürfe. Das kam so häufig vor, dass ich mich schon fragte, ob unsere Ehe am Ende war. Bis mir klar wurde, dass es eine andere Ursache hatte.

Es war ihre Mutter. So ist das in Ehen: Entweder gibt es Streit wegen der Kinder oder der Eltern.

Das Verhältnis zu meiner Schwiegermutter war früher recht gut gewesen, aber in den letzten Jahren hatte sie immer mehr an uns – und gerade an mir – auszusetzen. Inges Mutter wohnte in der Nachbarstadt und war seit zwei Jahren Witwe. Es ging ihr gut bis auf die üblichen Alterskrankheiten. Aber die nahm ich in ihren Augen natürlich nicht ernst genug. Ich würde mich lustig über sie machen, warf sie mir vor. Erst als ich aus Gesundheitsgründen in Pension ging, wurden ihre Vorwürfe seltener. Doch nur für kurze Zeit, dann ging die alte Leier wieder los, und ich konnte leider ihr gegenüber nur selten den Mund halten.

Unter dieser verzwickten Situation litt Inge. Sie hielt zwar zu mir, aber immer, wenn sie bei ihrer Mutter gewesen war, kam sie schlecht gelaunt zurück. Ich vermutete, dass sie Angst hatte, von
ihrer Mutter völlig ausgenutzt zu werden, wenn ich sie allein ließ.

Jan und Christin, unsere Kinder, waren bereits selbstständig. Jan war zwanzig und studierte Medizin, Christin hatte gerade das Abi gemacht und suchte noch nach dem richtigen Beruf. Vielleicht wollte sie Jura studieren. Beide kamen sowieso selten nach Hause, außer wenn sie Geld brauchten.

*

Am späten Montagmorgen brach ich auf, nach einer Nacht, in der ich kaum geschlafen hatte. Was erwartete mich in meiner alten Heimat, die ich lange nicht mehr gesehen hatte? Wie würde das Wiedersehen mit den alten Schulfreunden sein, mit dem Haus meiner Eltern, mit ihrem Grab? Welche Gefühle würden wieder wach werden? All das war mir durch den Kopf gegangen und irgendwann, fast schon im Morgengrauen, musste ich eingenickt sein.

Zum ersten Mal kam mir der Gedanke, dass es vielleicht besser gewesen wäre, zu Hause zu bleiben, als ich die Autobahn bei Wünnenberg-Haaren verließ. Ich spürte Unbehagen bei dem Gedanken, in meiner alten Heimat in einem Mordfall zu recherchieren. Aber da war ich schon seit über einer Stunde unterwegs, hatte also schon die Hälfte meines Weges hinter mir.

Das Hemd klebte mir am Rücken. Die Klimaanlage meines Wagens schaffte es nicht, eine angenehme Temperatur zu halten. Am Dienstag letzter Woche hatte die große Hitze begonnen und seitdem war es in ganz Deutschland unerträglich heiß. Und es sollte so bleiben. Nur mein Nachbar in Bielefeld glaubte nicht daran, dass eine Schönwetterperiode mit fast wolkenlosem Himmel lange über Deutschland liegen würde. Er muss es wissen, dachte ich ironisch, mit fast achtzig Jahren.

Im Autoradio spielten sie »Mit 66 Jahren, da fängt das Leben an«. Ich summte mit und war froh, dass ich vierzehn Jahre jünger war, aber das besserte meine Stimmung nur unwesentlich.

Als das Lied zu Ende war, schaltete ich um auf den Lokalsender des Hochsauerlandes.

Der Mord an Ruth Bodeck stand im Mittelpunkt der Nachrichten, aber es waren wie immer nur allgemeine Informationen, die mit der überaus wichtigen Frage schlossen, wann die Polizei endlich konkrete Spuren vorweisen könnte.

Die Strecke führte über Scharfenberg und Altenbüren nach Olsberg. Das erste Hinweisschild nach Winterberg im Hochsauerland tauchte auf. Noch sechsundzwanzig Kilometer. Die Straße war gut ausgebaut. Zu beiden Seiten standen jetzt Buchenwälder, deren Äste teilweise über den Rand bis auf die Straße ragten, ohne jedoch eine Gefahr für die Autofahrer zu sein. Ich kannte die Strecke blind, obwohl ich lange nicht hier gewesen war.

Bei den Wetteraussichten befand ich mich noch zwanzig Minuten von meinem Ziel Winterberg entfernt.

»Die Aussichten für die nächsten Tage bleiben unverändert«, meinte der Nachrichtensprecher. »Heiß, mit Temperaturen bis zu fünfunddreißig Grad, im Hochsauerland bis achtundzwanzig. Übermorgen ist mit einigen Wärmegewittern zu rechnen, die vorübergehend ein wenig kühlere Luft mit sich bringen.«

Mir sollte es recht sein. Ich liebte zwar die Sonne, aber diese Hitze war zu viel. Da machten sich die sieben Grad Unterschied zwischen Bielefeld und Winterberg bereits angenehm bemerkbar.

Hinter Olsberg wurden die Berge höher, die Wälder waren dunkel und wirkten sehr gesund. Das Hochsauerland rückte näher. Ein melancholisches Gefühl befiel mich, vermischt mit Heimweh nach dieser Gegend. Ich hatte sie mehr vermisst, als ich zugeben wollte. Wieder tauchte ein Schild auf. Noch sieben Kilometer.

In Winterberg hatte sich seit meinem letzten Besuch viel geändert. Parkplätze waren entstanden, Einbahn- und Umgehungsstraßen gab es in alle Richtungen und das Zentrum bestand nur noch aus Fußgängerwegen. Unter der Stadt hatte man bereits vor über zwanzig Jahren einen Straßentunnel gebaut, sodass der Durchgangsverkehr reibungslos fließen konnte.

Warum hatten wir nicht mal hier Urlaub gemacht? Aber anstatt hierher zu fahren, woran wir beide – Inge und ich – aus den ersten Jahren unserer Ehe schöne Erinnerungen hatten, fuhren wir in den Schwarzwald. Es war, als hätten wir einen großen Bogen um meine alte Heimat gemacht.

2

Gabi Rensenbrink wohnte in einer Eigentumswohnung in einem Ensemble von fast fünfzig Wohneinheiten am Stadtrand von Winterberg. Es war eine gepflegte Anlage mit genügend Parkstreifen und Grünflächen, die auf den zweiten Blick allerdings wirkte, wie auf dem Reißbrett entstanden. Ich parkte meinen Wagen hinter einem Kleinbus, stieg aus und läutete. Sie meldete sich sofort und sagte, dass sie im zweiten Stock wohne.

Dort standen wir uns wohl eine geschlagene Minute schweigend gegenüber. Die vielen Sommersprossen um ihre Nase, mit denen wir sie früher immer als Pippi Langstrumpf verspottet hatten, waren mit leichtem Puder überdeckt. Unter den Augen entdeckte ich einige kleine Falten, die anziehend und sexy wirkten. Die dunkelbraunen Locken fielen bis in den Nacken. Mein Blick glitt über ihre Gestalt, und ein leichtes Kribbeln lief meinen Rücken hinab.

»Johannes«, sagte Gabi endlich. »Johannes Falke – der Falke. Alter Junge, komm rein.«

Sie zog mich über die Schwelle durch den rechteckigen Korridor ins Wohnzimmer. Aus der Stereoanlage erklang leichte Musik.

»Setz dich doch.«

Ich ließ mich in die beige Ledercouch fallen. Zu beiden Seiten standen kleine Tische mit weißen, fast schlichten Lampen.

Statt einer Schrankwand gab es eine Anrichte mit einem Tablett voller Flaschen und einen Fernsehtisch, daneben eine Stehlampe. Gabi lief barfuß, was bei dem dicken Teppich sehr angenehm sein musste.

»Herrlich hast du es hier«, sagte ich bewundernd.

Ein leichter Schatten fiel auf ihr Gesicht. »Hab ich mir vom Geld der Lebensversicherung gekauft. Du weißt doch, dass Günter tot ist.«

Sie hatte eine Andeutung am Telefon gemacht.

»Seit über zwei Jahren schon. Er hat nicht viel vom Leben gehabt. Krebs. Wir waren über zwanzig Jahre verheiratet. Aber setz dich. Ich habe uns Kaffee gekocht und Kuchen gekauft. Du magst doch Kuchen?«

Mein Magen knurrte wie auf Kommando.

»Ist nicht viel. Ich wusste ja nicht, ob du überhaupt für Kuchen bist. Sonst bleibe ich wieder auf dem ganzen Kram sitzen. Ich will mir das Naschen abgewöhnen, werde zu dick.« Sie stemmte ihre Hände wie ein Mannequin in die Hüften.

»Du siehst immer noch gut aus. Du kannst es mit jeder Zwanzigjährigen aufnehmen«, sagte ich mit Überzeugung.

Sie verdrehte theatralisch die Augen und verschwand in der Küche. Wenig später kam sie mit einem Tablett mit Kuchen und Kaffee zurück und stellte alles auf den Tisch.

»Mensch, Johannes.« Sie setzte sich mir gegenüber, schenkte Kaffee ein und schob zwei Stückchen Kuchen auf einem Teller zu mir hin. »Du bist also nicht mehr bei der Polizei?«

Ich nahm den Teller in die Hand und lehnte mich zurück. »Nein, leider nicht. Seit einem Dreivierteljahr bin ich Rentner. Ich verzog die Mundwinkel. »Ich sag meistens Rentner, das geht besser und leichter über die Lippen und hat bei den meisten keinen so negativen Klang. Als Pensionär hat man entweder in einer Verwaltung gearbeitet, als Lehrer oder bei der Post – auf jeden Fall im öffentlichen Dienst -, und die Meinung der meisten Menschen über diesen Arbeitsbereich ist nicht sehr gut.«

»Ich weiß«, nickte sie. »Die verdienen zu viel.«

»Genau. Deshalb bin ich Rentner.«

Sie sah mich fragend an. »Du scheinst dich aber nicht darüber zu freuen. Andere wären glücklich.«

Ich schüttelte den Kopf. »Ich habe meinen Beruf geliebt. Ich war gern Kriminalkommissar.«

»Kommst du mit dem Geld aus?«

»Es geht. Die Kinder sind aus dem Gröbsten raus.« Ich erzählte kurz von Jan und Christin. Danach schwiegen wir einige Minuten.

»Möchtest du noch Kaffee, Kuchen? Quatsch, warum frag ich eigentlich.« Ihre Augen blitzten plötzlich schelmisch auf. »Wir genehmigen uns einen richtigen Cognac. Das gehört zum Kaffee.«

Gabi wartete meine Antwort gar nicht erst ab, ging zu der kleinen Anrichte und zog zielstrebig eine Flasche heraus. Sie war nur noch halb voll, und es sah so aus, als wäre sie in letzter Zeit des Öfteren benutzt worden. Gabi sparte nicht beim Einschenken.

Ich nippte an meinem Glas, während sie sich einen kräftigen Schluck genehmigte.

»Also.« Gabi holte tief Luft und begann ganz plötzlich ohne Einleitung. »Also, warum ich dich angerufen habe. Alles, was ich weiß, stammt aus der Zeitung. Woher die das haben, frage ich mich auch immer. Wahrscheinlich bluffen sie nur oder haben einen Informanten bei der Polizei. Auf jeden Fall soll es folgendermaßen passiert sein: Am 12. Mai, also genau heute vor einer Woche, war Ruth Bodeck allein in ihrem Bungalow, während sich Thomas auf einer Geschäftsreise in Braunschweig aufhielt. Ungefähr gegen fünf Uhr am Nachmittag fand man Ruth tot auf dem Boden ihres Wohnzimmers -«

»Wer?«, unterbrach ich sie.

Sie zuckte bedauernd die Achseln. »Das stand nicht in der Zeitung. Es hieß nur, dass sie tot auf den Fliesen im Wohnzimmer gelegen habe. Du musst wissen, dass der Bungalow große Fenster hat, die bis zum Boden reichen und man von der Seite hereinsehen kann. An dem Tag war die Müllabfuhr unterwegs. Ich vermute, das heißt, wir alle vermuten, dass einer der Müllmänner neugierig ins Wohnzimmer geblickt hat. Es gibt überall Spanner. Sicher glaubte der Mann nicht an einen Mord, er hielt sie vielleicht für ohnmächtig, eine Herzattacke oder so. Dann muss sofort Doktor Rohleder gekommen sein. Du kennst Rohleder?«

»Nein.«

»Er ist der praktische Arzt, Nachfolger von Doktor Böhmer. Seit Jahren schon, guter Mann, sagt man. Ich kenne ihn nicht, gehe zu einem anderen. Kurz darauf hat man die ganze Gegend abgeriegelt und jeden Nachbarn vernommen. Hast du die Phantombilder gesehen?«

Ich schüttelte den Kopf.

»Es sind primitive Zeichnungen, die auf jeden x-beliebigen Mann passen. Aber es muss einen Zeugen geben.«

Das war doch schon ein Ansatz. Ich stellte den Teller auf den Tisch. »Du sagtest, Thomas sei nicht zu Hause gewesen.«

Sie nickte und leckte sich über die Lippen, bevor sie fortfuhr: »Er wurde von seinem Prokuristen oder Abteilungsleiter - so genau weiß ich gar nicht, was Maibach ist - angerufen. Manchmal schimpft er sich Prokurist, dann wieder Abteilungsleiter, auf jeden Fall ist er Thomas´ rechte Hand. Jürgen Maibach rief also Thomas an. Tja, und seitdem ist eine Woche vergangen, und wir haben hier nichts, aber auch rein gar keine weiteren Informationen erhalten. Die Polizei hüllt sich in Schweigen.«

»Weißt du, wie der leitende Kommissar heißt?«

»Nein. Ich weiß nur, dass Willi diesem Kommissar nicht viel zutraut. Auf jeden Fall mag Willi ihn nicht.«

Willi Kaiser war mein Schulfreund gewesen und seit Jahren Streifenpolizist in Winterberg.

Gabi stand auf und ging im Wohnzimmer hin und her. Sie rieb die Hände ineinander, als suche sie nach einer Logik für den Mord.

»Wie hat Thomas den Tod seiner Frau aufgenommen?«

»Schwer zu sagen.« Sie hob die Hände. »Ich habe ihn nicht gesprochen. Ich habe auch kein großes Interesse daran, mit ihm zu reden. Du weißt, dass er nicht viele Freunde hat.«

»Die hatte er nie«, warf ich ein. »Er saß zwar neben mir in der Schule, konnte gut Geometrie und ließ mich abschreiben, aber ansonsten war er eine Niete. Nein, Freunde waren wir nicht.«

Gabi nickte. »Und die paar, die er noch hatte, hat er sich längst vergrault. Er ist ein Ekel geworden, seit er die Firma von seinem Vater übernommen hat. Das war vor fast fünfundzwanzig Jahren. Glaubst du, er würde noch in unseren gemütlichen Kneipen verkehren, wie früher einmal? Nee, nur das feinste Ambiente muss es sein. Und immer mit seinem Geld protzen. So was kommt nicht an, Johannes, nicht bei den Sauerländern. Kanntest du Ruth?«

»Ich bin ihr nur ein paar Mal begegnet.«

Gabi lächelte. »Sie war eine liebe Frau, charmant, hilfsbereit und immer freundlich. Sie sagte einmal, dass sie Thomas liebe, und dass er gar nicht so schlecht sei, wie wir ihn alle hinstellen. Wir würden ihn in eine Schublade stecken, und da käme er nicht wieder raus. Wenn man jemanden liebt, sieht man über alles hinweg.«

»War er ihr treu?«

Sie verzog ironisch die Mundwinkel. »Ich glaube nicht, aber das würde er niemals öffentlich zeigen. Er ist ganz und gar Geschäftsmann. Ein ehelicher Fehltritt könnte ihn hier im schwarzen Sauerland viele Kunden kosten. Nein, wenn er so etwas gemacht hat, dann heimlich. Vielleicht liegt sogar dort das Motiv.«

»Du meinst, Thomas könnte hinter dem Mord an seiner eigenen Frau stecken?«, fragte ich überrascht.

»Wäre das so ungewöhnlich?«, fragte sie prompt zurück.

Nein, so ungewöhnlich war das nicht.

»Wir haben uns alle hier die Köpfe zerbrochen, warum jemand Ruth Bodeck umbringen sollte, aber wir sind zu keinem Ergebnis gekommen.«

»Wer ist wir?«

Sie sah mich verwundert an. »Unsere Schulkollegen, Johannes. Thomas war schließlich mal in unserer Klasse.« Sie setzte sich wieder. »Kannst du dich in die Sache einschalten, Johannes?«

»Ich will es versuchen«, sagte ich vorsichtig. »Viel versprechen kann ich dir aber nicht.«

»Wende dich an Willi. Ihr seid doch immer Freunde gewesen, oder?«

»Das sind wir noch, hoffe ich. Ich habe ihn nur seit sieben Jahren nicht mehr gesehen.«

»Eine alte Freundschaft rostet nie. Sieh uns an. Als du in der Tür standest, glaubte ich, die Zeit sei stehen geblieben. Du gehörst zu uns, Johannes. Willi hätte es so machen sollen wie du, aber er wollte nicht zum Gymnasium. Der Job als Streifenpolizist in Winterberg reicht ihm, hat er mal gesagt. Naja, bis da war ja auch noch kein Mord passiert. Willi wird dir alles sagen, was du brauchst, Johannes.«

»Abwarten. Aber niemand kann mir verbieten, auf eigene Faust ein bisschen herumzuschnüffeln.«

Gabi wirkte plötzlich völlig entspannt. »Ich bin es Ruth irgendwie schuldig. Sie hat mir über Günters Tod hinweggeholfen, war in der ersten Zeit immer für mich da. Es war ein großer Trost, jemanden zu haben, das kannst du mir glauben.«

Sie legte die Beine unter ihr Gesäß und warf die dunkelbraune Lockenpracht graziös über die Schulter zurück. Es war eine Geste, die ich noch gut in Erinnerung hatte, und die mich in meiner Jugend schlaflose Nächte gekostet hatte. Ich griff zu meinem Cognac und trank aus. Gabi schenkte nach, ohne zu fragen.

»Weißt du noch, Johannes, wie du mich damals nach Hause gebracht hast?«, wechselte sie so unvermittelt das Thema, dass ich einen Moment lang verwirrt war.

»Wir waren sechzehn oder siebzehn und seit zwei oder drei Jahren eng befreundet. Wir haben uns sogar ein paar Mal geküsst. Es war nur ein flüchtiges Berühren der Lippen.« Sie lachte auf. »Wenn ich daran denke, dass wir uns als Schüler nicht mal trauten, Hand in Hand zu gehen, aus Angst, jemand könnte uns sehen und verpetzen, krieg ich immer noch Wutanfälle. Was waren wir prüde. Aber so war das eben. Der Pastor machte uns die Hölle heiß, und die Lehrer ebenfalls. Kaum zu glauben, dass wir uns das gefallen ließen.«

An meinen ersten Kuss mit Gabi erinnerte ich mich noch sehr gut. Ich konnte die ganze Nacht nicht schlafen, so aufgewühlt war ich damals gewesen.

»An diesem Abend glaubten wir, alt genug zu sein«, sprach Gabi weiter. »Wir haben geknutscht, und dann – dann hast du den Kragen meines Kleides gefasst und abgezogen. Sehr vorsichtig, sehr zärtlich, das muss ich sagen, und dann hast du reingeguckt.«

Natürlich erinnerte ich mich wieder. Damals war ich rot geworden wie ein Puter und froh, dass es stockdunkel war. Der Mut hatte mich sofort wieder verlassen, ich glaube, ich bin so schnell ich konnte nach Hause gelaufen. Selbst heute, mit zweiundfünfzig, war es mir immer noch unangenehm, daran erinnert zu werden.

»Und?«, fragte ich heiser. Ich wollte wissen, wie sie die Geschichte gesehen hatte.

»Naja, ich dachte, endlich macht er mal was. Weißt du, ich wäre zu allem bereit gewesen. Zu allem«, betonte sie noch einmal. »Ich dachte, wenn er dich jetzt begrapscht und auszieht, dann lässt du es zu. Ich hatte damals auch noch keine Erfahrung, und ich wollte es wissen. Du warst so – so – wie soll ich sagen – so feinfühlig. Deine Hände haben mich immer schon fasziniert, keine Schwielen, die Fingernägel nie dreckig. Genau wie jetzt.«

Ich sah automatisch auf meine Finger.

»Du hast nie schwere Arbeit gemacht, nicht?«

»Handwerklich bin ich eine Niete.«

»Das macht nichts, Johannes, das macht gar nichts. Tja, an dem besagten Abend also, da wollte ich, dass du mich liebst. Aber du hast dich nicht getraut und ich auch nicht. Heute ist das anders.«

Gabi kam mir plötzlich sehr nahe und ihr Parfüm roch gut. »Ich hab nebenan das Gästezimmer fertiggemacht«, raunte sie mir ins Ohr.

So etwas hatte ich fast befürchtet. Sanft, aber bestimmt schob ich sie zurück. »Denkst du, das wäre klug?« Ich konnte nicht verhindern, dass meine Stimme unnatürlich klang.

Sie ließ sich nicht beirren. »Wieso nicht? Seit ich Witwe bin, reden sowieso alle über mich. Ich stehe unter ständiger Beobachtung. Die Leute mögen es nicht, dass ich mir ein unbeschwertes Leben leisten kann. Dabei hat Günter mir ein hübsches Sümmchen hinterlassen. Das reicht bis an mein Lebensende, wenn ich sparsam bin. Ich bin sicher, dass schon ganz Winterberg weiß, dass du bei mir bist.«

Die Vorstellung war mir doch unangenehm, und ich erhob mich schnell.

»Du bist deiner Frau treu, nicht?«

»Ja.«

Gabi senkte den Kopf. »Ich beneide sie. Es tut mir leid. Du bist ein feiner Kerl.«

Spontan zog ich sie von der Couch hoch, umarmte sie leicht und drückte ihr einen Kuss auf die Wange. »Wir haben vielleicht viel versäumt, Gabi, aber die Vergangenheit zurückholen? Nein, das sollten wir nicht tun.«

Gabi nickte schwach und brachte mich zur Tür.

»Halte mich auf dem Laufenden, Johannes. Die Ungewissheit könnte ich nicht ertragen.«

Ich griff in meine Tasche. »Hier hast du schon mal meine Handynummer. Du kannst mich darauf jederzeit erreichen.«

Mit spitzen Fingern fasste sie die Visitenkarte an. »Ich mag keine Handys. Altmodisch, wie?«

»Nein, eigentlich nicht. Du bist nicht die Einzige, die diese Dinger verabscheut. Meine Frau hasst sie geradezu. Aber das liegt daran, dass immer, wenn wir mal irgendwo gemütlich beisammen waren, das Handy klingelte und ich zu einem neuen Fall gerufen wurde. Ich melde mich wieder. Wenn dir in der Zwischenzeit noch was einfällt, ruf mich an.«

»Mach ich. Ach noch etwas.« Sie deutete auf meine Füße. »Hast du irgendwo noch so ein Paar?«

Ich schaute an mir runter. Der linke Fuß steckte in einem

dunkelblauen, der rechte in einem schwarzen Socken.

»Du lieber Himmel«, seufzte ich. »Meine alte Krankheit. Behältst du es für dich?«

»Sicher.«

Wir sahen uns an und lachten gleichzeitig laut los. Ihr Lachen begleitete mich noch, als ich schon wieder in meinem Wagen saß.

*

Wenig später befand ich mich in Winterbergs Innenstadt und überlegte, ob ich auf der Polizeiwache vorbeifahren sollte, aber es war schon spät. Ich musste mich um ein Hotel kümmern und wollte auch noch Thomas Bodeck aufsuchen.

So fuhr ich durch den knapp dreihundert Meter langen Waltenbergtunnel in Richtung des Dorfes Züschen weiter.

Züschen. Meine Heimat.

Hier bin ich geboren, aufgewachsen und die ersten Jahre zur Schule gegangen. Nach meiner Ausbildung als Kommissar hatte es mich nach Bielefeld verschlagen, nicht unbedingt sehr weit von Züschen entfernt, aber ich schob zu viel Arbeit, eine Familie, andere Hobbys und neue Bekannte vor, sodass der Kontakt zu meinen Klassenkameraden, mit denen ich so viel erlebt hatte, mehr und mehr abbröckelte. Ich hatte Gabi am Telefon gesagt, dass ich beim letzten Klassentreffen beruflich verhindert war, aber das war nur die halbe Wahrheit gewesen. Ich wollte einfach nicht mit Geschichten aus einem kleinen Dorf am Ende der Welt konfrontiert werden. Als meine Eltern noch lebten – sie starben vor vierzehn und sechs Jahren – war ich hin und wieder in Züschen gewesen.

Heute kam ich sofort auf den Hilferuf einer ehemaligen Schulkollegin angefahren, während ich es damals manchmal als lästige Pflicht empfunden hatte, meine Eltern zu besuchen. Der Gedanke daran stimmte mich plötzlich traurig, und im Stillen bat ich meine toten Eltern um Verzeihung. Aber das beruhigte mein Gewissen kaum.

Züschen lag malerisch zwischen den hohen Bergen des Sauerlandes. Die Häuser waren in den letzten Jahren fast alle renoviert worden, die Hauptstraße war breit und gut ausgebaut.

Der Ort hatte etwa zweitausend Einwohner und galt als eines der schönsten Dörfer des Hochsauerlandes. Vor vielen Jahren hatte Züschen das goldene Abzeichen für den Sieg im Landeswettbewerb »Unser Dorf soll schöner werden« errungen. Mein Vater war sehr stolz darauf gewesen, und er hatte mir bei meinen wenigen Besuchen fast ausschließlich davon erzählt. Ich hatte diese Erzählungen gern gemocht, war es doch ein Stück Erinnerung an meine Kind- und Jugendzeit.

Seit Züschen dann wie viele andere Dörfer des Hochsauerlandes nach Winterberg eingemeindet wurde, verschwand der Name in der Öffentlichkeit mehr und mehr. Man sprach nur noch von Winterberg. Jetzt war Züschen wieder in aller Munde, jetzt war hier ein Mord passiert.

Das Ortsschild glänzte im hellen Sonnenschein. Es war, als käme ich nach Hause. Der Hackelberg im Hintergrund ragte steil in die Höhe, die Spitzen der Tannen schienen den blauen Himmel zu berühren. Als Kind hatte ich dort schöne Stunden verbracht, gespielt und Ski gefahren, und die Gedanken daran überschlugen sich. Auf der Sonnenterrasse des ersten Hotels hinter dem Ortsschild waren Stühle, Tische und riesige Schirme aufgebaut, Gäste tummelten sich um einen Reisebus.

Die Straße machte eine Linkskurve. Nur knapp fünfzig Meter weiter stand ein Starenkasten. Vor sieben Jahren war ich auf ihn hereingefallen, jetzt bremste ich rechtzeitig ab. Direkt neben dem Starenkasten war eine Metzgerei. »Martin Michallek« stand über dem Eingang. Martin hatte schon früher immer auf Qualität geachtet, und seit dem Wirbel um BSE schlachtete er nur Rinder und Schweine aus dem Ort, die genau kontrolliert waren.

Ich spürte nach dem Kuchen bei Gabi plötzlich Appetit auf etwas Deftiges, hielt an und stieg aus. Ein kleiner Weg führte am Haus vorbei zur Metzgerei.

In der Eingangstür hingen zwei Phantombilder. Das erste Bild zeigte einen Mann von etwa dreißig bis vierzig Jahren mit Glatze, daneben der gleiche Mann mit Haarwuchs. Es waren in der Tat keine guten Phantombilder, und sie passten wirklich auf jeden Zweiten. »Wer kennt diesen Mann?« stand darunter und: »Gesucht im Mordfall Ruth Bodeck«.

Martins Frau Marita stand hinter der Ladentheke. Die drei »Emms« hatten wir sie früher genannt.

»Ein belegtes Brötchen und eine Dose Sprite«, sagte ich und beobachtete sie.

Marita erkannte mich nicht.

Ich legte zwei Euro fünfzig auf den Tisch und verabschiedete mich. Im Auto sah ich in den Rückspiegel. Hatte ich mich so sehr verändert?

Die Geheimratsecken waren nun mal da, die Wangen waren breiter, und mehr Falten hatte ich auch im Gesicht.

Das Brötchen schmeckte gut, und während ich kaute, fuhr ich weiter über die lang gestreckte breite Hauptstraße zum südlichen Ende des Dorfes. Ich kam an der Gaststätte Lamers und dem Verkehrsamt vorbei und musste kurz anhalten, weil ein Lieferwagen vom Randstreifen auf die Straße fuhr. Im Verkehrsamt arbeitete Georg Wellenheim, ein alter Bekannter von mir, und im großen Schaukasten hingen ebenfalls die Phantombilder neben den Veranstaltungsankündigungen.

Am Südende des Dorfes befand sich das Nuhnetalhotel. Für dieses Hotel hatte ich mich in dem Augenblick entschieden, als ich Gabi verließ. Im Nuhnetalhotel befanden sich zwei Kegelbahnen, auf denen ich in meiner Jugend das Kegeln gelernt hatte. Außerdem glaubte ich, dass sich meine ehemaligen Freunde immer noch jeden Freitag im Nuhnetalhotel trafen.

Das Zimmer war sehr gemütlich. Ich legte mich angezogen aufs Bett, weil ich mich nur kurz ausruhen wollte, aber als ich wieder zur Uhr sah, war es bereits neun Uhr abends. Jetzt zu Thomas Bodeck zu gehen, hielt ich für keinen guten Zeitpunkt mehr. Außerdem hatte ich vergessen, Inge anzurufen.

Ich zog mein Handy aus der Jacke und wählte. Inge war sofort am Apparat.

»Ich komme gerade von Mutter.« Ihre Stimme klang erschöpft. Kein Wort mehr von unserem Streit. Das mochte ich an

Inge. Sie war nie nachtragend. Vermutlich war sie sogar in dem Glauben, dass wir uns gar nicht gestritten hatten.

»Wie geht es ihr?« Es war eine Höflichkeitsfrage, eigentlich interessierte mich der Gesundheitszustand ihrer Mutter gar nicht.

»Wie immer. Depressionen, keinen Hunger, meckert nur an jedem rum.«

»Also auch an mir?«

»Na sicher. Ich glaube, sie leidet doch an Alzheimer.«

Das hatte ich schon lange vermutet.

»Kommst du voran?«

»Ich habe noch niemanden gesprochen.« Vom Gespräch mit Gabi wollte ich ihr nichts erzählen. Auch nach über fünfundzwanzig Jahren Ehe neigte Inge hin und wieder zur Eifersucht. Gerade jetzt schien es, als sei unser Disput im Abklingen; ich wollte ihn nicht neu entfachen.

Ich erzählte ihr auch nichts von meinen Socken, weil ich wusste, dass es ihr sowieso egal war. Was ich anzog, hatte ich stets allein entschieden.

»Bestell den Kindern schöne Grüße«, sagte ich noch und beendete das Gespräch.

Anschließend ging ich ins Hotelrestaurant, aß eine Kleinigkeit und trank einige Biere dazu. Gegen zwölf fiel ich wieder ins Bett.

*

Der Stein flog schnurgerade, traf die Fensterscheibe genau in der Mitte. Sie zersplitterte in winzig kleine Teile. Thomas lachte und schlug sich auf die nackten Oberschenkel. Es waren gut fünfzig Meter von unserem Standpunkt auf der Brücke bis zu der Scheune.

»Wer macht mir das nach?«, fragte er und blickte in die Runde.

Niemand von uns antwortete.

Wir waren zu fünft und gerade zehn Jahre alt.

Thomas Bodeck, Willi Kaiser, Kai Barbach, Gabi und ich. Gabi war die Einzige, die bisher noch keinen Stein gegen die Scheune geworfen hatte. Zugegeben, es war eine alte Scheune mit morschen Giebeln und zerbrochenen Seitenwänden, aber dennoch spürte ich ein ungutes Gefühl bei dem Gedanken, dass wir seit einer halben Stunde versuchten, die wenigen heilen Teile der Scheune auch noch zu zerstören.

»Ihr seid fies«, sagte Gabi, aber leise, ohne jede Überzeugungskraft. Sie war eben ein Mädchen. Mädchen hatten nicht viel zu entscheiden.

Ich sah Willi an. Er dachte offenbar dasselbe wie ich. Wir hatten auch geworfen, aber nicht mit solch einem Ehrgeiz wie Thomas. Er wusste, dass er der beste Werfer war; Werfen war das Einzige, in dem er uns überlegen war, alle anderen Sportarten verabscheute er, und deshalb forderte er uns immer wieder zum Wettwerfen heraus.

Und wir? Wir waren so dumm, uns darauf einzulassen.

»Ich geh nach Hause«, sagte Kai leise.

»Jetzt schon?«, rief Thomas. In seinen Augen blitzte der Übermut eines zehnjährigen Jungen auf, der sich aufgrund seines reichen Vaters alles erlauben konnte. »Jetzt geht´s erst richtig los. Wir reißen die Bretter raus. Papa braucht immer Holz. Was ist los? Ihr wisst doch, dass uns die Scheune schon längst gehört. Wir haben sie dem alten Holzner abgekauft. Mensch, macht nicht solch ein Gesicht. Was ist denn dabei, wenn wir unseren Spaß haben.«

»Ich will nicht«, sagte ich und sah, dass Willi energisch nickte.

Thomas lachte wieder. »Willste mal zur Heilsarmee?«

»Nee, zur Polizei«, sagte ich.

Im nächsten Jahr wollte ich erst mal zum Gymnasium. Die Aufnahmeprüfung stand bald bevor, und eigentlich sollte ich noch ein wenig dafür büffeln und mich nicht hier mit unsinnigen und unmoralischen Dingen abgeben.

Wir hatten den Ernst des Lebens noch gar nicht begriffen. Warum auch? Das Leben in Züschen war doch so einfach. Unsere Eltern sorgten für uns, Gewalt oder Streit gab es kaum und wenn, dann bekamen wir Kinder nichts davon mit. Alle Unannehmlichkeiten wurden von uns ferngehalten. Wir fünf besuchten zusammen die vierte Klasse der Volksschule. Es war ein altes Gebäude, eigentlich waren es zwei. In einem waren die Jungen, im anderen die Mädchen untergebracht. Als wenn das ein Hindernis gewesen wäre, uns zu treffen. Der Schulhof gehörte doch sowieso allen gemeinsam, und an den Nachmittagen schafften wir es immer wieder, heimlich zusammen irgendwo zu spielen.

Wir pflückten Pflaumen und Äpfel für die Nachbarn, aßen mehr, als dass wir sammelten, oder zogen Möhren aus der Erde, die wir kurz abputzten und dann selbst knabberten. Wenn wir Durst hatten, legten wir uns an das Ufer eines kleinen Quellflusses und tranken, die Fische direkt vor unseren Augen.

Ich hatte mich schon früh für die Polizei entschieden. Willi kam kurz danach mit demselben Berufswunsch.

»Wir bleiben zusammen«, sagte er zu mir. »Wir werden Züschen und Winterberg zu einer sicheren Gegend machen.«

Dafür lebten wir dann und spielten Räuber und Gendarm. Thomas war immer der Bösewicht, Willi und ich spielten die Gerechten.

In Züschen gab es nur die Volksschule, die man bis zum achten Schuljahr besuchte. Nach der vierten Klasse konnten dann diejenigen, die begabt waren, Mut hatten oder einfach nur den Willen dazu, die Aufnahmeprüfung für das Gymnasium machen. Nur wenige eines Jahrgangs wagten diesen Schritt. Von uns waren es damals vier gewesen. Thomas, Anke, Stefan und ich.

Die Klassengemeinschaft am Gymnasium in Winterberg war mehr zweckmäßig als kameradschaftlich. Man traf sich nur, um miteinander zu lernen, selten um zu spielen. Dafür waren die alten Freunde da, die auf der Volksschule blieben. Wir verloren uns nie aus den Augen, gingen nachmittags zum Fußball, ins Freibad, zum Räuber-und-Gendarm-Spielen und im Winter zum Ski- und Schlittenfahren. Aus dieser Gemeinschaft heraus entstanden auch die alle zehn Jahre stattfindenden Klassentreffen. In Züschen war man miteinander bekannt und duzte jeden. Fremden wurde Skepsis entgegen gebracht. Sie hatten es schwer, in die Gemeinschaft aufgenommen zu werden, und nur wenigen gelang es.

Mit vierzehn ging ich mit Gabi. Aber außer einem Blick in ihren Ausschnitt gab es keinen weiteren Annäherungsversuch von mir. Bald herrschte Funkstille zwischen uns. Ich musste mich mehr auf die Schule konzentrieren und hatte nicht mehr so viel Zeit wie die Volksschüler, die nach der achten Klasse entlassen wurden und in Berufe gingen. Zu dieser Zeit hatten wir schon alle Lust auf Sex, aber keinen Mut. In kleinen Broschüren, die wir zu unserem Erstaunen vom Vikar erhielten, konnten wir nachlesen, was Männer und Frauen miteinander »machten«. Aber schlauer wurden wir dadurch nicht. Die umständlichen Beschreibungen sagten uns überhaupt nichts. Mehr Informationen erhielten wir von den Älteren. Sie hatten alle schon Erfahrung und brannten darauf, uns »Kleinen« zu erzählen, wie es Männer mit Frauen trieben.

Thomas hatte schon damals immer wechselnde Freundinnen. Alle sonnten sich im Glanz des reichen Sägewerksohnes, der einmal eine gute Partie sein würde. Er hatte natürlich auch als Erster ein Auto. Einen Ford Capri, hellblau mit schwarzem Kunststoffdach. Meist raste er mit offenen Fenstern und lauter Musik durch Züschen. Es gab noch keine fest installierten Autoradios, aber Thomas wusste sich zu helfen. Er kaufte ein Kofferradio, legte es auf den Beifahrersitz und drehte die Musik auf. Niemand aus Züschen beschwerte sich. Nur einmal sagte einer der drei Lebensmittelhändler vorsichtig, dass es doch besser wäre, mit leiserer Musik oder geschlossenen Fenstern durch den Ort zu fahren. Drei Wochen lang musste er herbe Einnahmeverluste hinnehmen, weil Thomas´ Vater Stunk gegen ihn machte.

Bald baute Thomas den ersten Unfall. Er raste gegen einen Gartenzaun. Sein Vater nahm ihm daraufhin den Wagen für einige Zeit ab.

Inzwischen hatten wir alle ein Fahrzeug. Die meisten einen VW-Käfer, manche einen R4. Sie alle sahen natürlich unscheinbar aus neben dem Ford Capri, und wir wussten das auch.

Und dann stellte er uns Ruth vor.

»Ich hab mich verlobt«, sagte er.

Ich glaube, so dumm wie damals haben wir nie mehr aus der Wäsche geguckt. Ruth war nett, aber doch mehr ein Mauerblümchen – ganz im Gegensatz zu seinen bisherigen Freundinnen. Er konnte an jedem Finger zehn haben, warum wählte er ausgerechnet ein solch unscheinbares Mädchen?

Wir haben es nie verstanden, aber Thomas hat sie geheiratet. Wir gaben dieser Ehe ein halbes Jahr – höchstens, aber nun waren es fast dreißig geworden mit einem Ende, das niemand für möglich gehalten hätte.

3

Der nächste Tag war ein Dienstag, und er versprach, noch heißer zu werden. Mein Rücken schmerzte, als ich erwachte. Automatisch wälzte ich mich von einer Seite auf die andere. Es war halb sechs und draußen schon hell. Hin und wieder fuhr ein Auto am Hotel vorbei.

Mit beiden Händen drückte ich auf meine Matratze. Viel zu weich. Nicht nur der Verkehrsunfall war schuld an meinen Rückenschmerzen, sondern auch die weiche Unterlage. Vielleicht besaß der Wirt ein Brett, das ich unter die Matratze schieben konnte.

Ich duschte ausgiebig und zog mich an. Tatsächlich befanden sich in meinem Koffer noch ein dunkelblauer und ein schwarzer Socken, aber irgendwo fand ich auch noch ein anderes Paar. Der Frühstücksraum befand sich im Erdgeschoss und war durch eine Schiebetür vom übrigen Restaurant getrennt. Acht Tische waren gedeckt, aber außer mir saß um diese frühe Uhrzeit nur ein älteres Ehepaar im Raum. Sie grüßten freundlich und vertieften sich dann wieder in ihren Wanderprospekt. Sie hatten offenbar eine größere Tour vor.

Eine junge Servierin fragte mich nach meinen Wünschen.

»Kaffee, starken Kaffee bitte, zwei Brötchen und halt alles, was zu einem guten Frühstück gehört.«

»Wir haben ein Frühstücksbuffet«, gab sie freundlich zurück. »Sie können so viel essen, wie Sie wollen.«

Das Buffet hatte ich auf den ersten Blick gar nicht gesehen. Es stand in einer Nische hinter der Eingangstür. Die Auswahl war riesig. Vier Käsesorten, Wurst in vielen Variationen, Marmelade, Milch, Orangensaft, Rührei, Schinken, Butter, Margarine und sogar Müsli.

Bei der letzten Tasse Kaffee nahm ich die Tageszeitung aus dem Zeitungsständer. Die Weltnachrichten überflog ich nur, ich interessierte mich heute ausschließlich für die Heimatnachrichten. Über den Mord an Ruth Bodeck gab es einen ausführlichen Bericht. Das meiste kannte ich von Gabi. Wie der leitende Kommissar hieß, stand leider nicht in dem Artikel.

Nach der Lektüre zog es mich zu meinem Elternhaus. Ich fuhr die Schützenstraße hinauf am Gasthof Sonnblick vorbei. Der Sonnblick war neben dem Nuhnetalhotel eines der schönsten Gasthöfe Züschens. Diese beiden Gasthöfe waren immer unsere Favoriten gewesen. Im Nuhnetalhotel wurde gekegelt, im Sonnblick trafen wir uns jeden Sonntag zum Stammtisch. Wenn meine alten Freunde diese Sitte heute noch beibehalten hatten, würde ich sie am Sonntagmorgen besuchen.

Mein Elternhaus hatte ich kurz nach dem Tod meiner Mutter verkauft und war seitdem nicht mehr dort gewesen. Deshalb war ich neugierig, wie es heute aussah.

Es war gestrichen, die Einfahrt frisch geteert und am Eingang ein schmiedeeisernes Tor angebracht. Ich konnte mir gut denken, warum der Eigentümer das getan hatte. Schon zu Lebzeiten meiner Eltern hatten oft fremde Wagen einfach in der Einfahrt geparkt. Die Fahrer kümmerten sich nicht darum, ob mein Vater raus wollte oder nicht. Sie waren verschwunden, wenigstens für einige Stunden, und Vater musste immer über den angrenzenden Rasen des Nachbarn fahren. Wie oft hatte er geflucht und geschimpft und gesagt, dass er die Polizei holen würde, aber er hatte es nie getan.

Danach fuhr ich zum Friedhof. Ich war schon als Kind mit meiner Mutter nie gerne zum Friedhof gefahren, und selbst jetzt stand ich etwas verloren vor dem Doppelgrab meiner Eltern. Ich versuchte, ein stummes Zwiegespräch mit ihnen zu halten, und irgendwie hatte ich das Gefühl, sie würden mich hören.

Das Grab war gut gepflegt, der Boden von Unkraut gesäubert und sogar ein paar frische Blumen standen darauf. Die Gärtnerei, die ich damit beauftragt hatte, war ihr Geld wert.

Als ich zu meinem Wagen zurückgekehrt war, beschloss ich, endlich Thomas Bodeck aufzusuchen. Er wohnte ganz in der Nähe, an der Ebenau. Die Ebenau war noch vor dreißig Jahren brachliegendes Land. Erst als man neues Gelände für die Bebauung suchte, kam man auf die Idee, auch die Ebenau zu erschließen. Die Häuser dort schossen in den Jahren darauf wie Pilze aus dem Boden. Heute war die Ebenau ein eigener Ortsteil.

Als ich den Bungalow sah, war ich beeindruckt. Er war mindestens fünfzehn mal zwölf Meter groß und strotzte schon äußerlich vor Reichtum und Wohlstand. Eine breite, gepflasterte Einfahrt führte an der gesamten Hausfront entlang bis zu einer separaten Doppelgarage. Die Tore waren geöffnet, auf der rechten Seite stand ein schwarzer BMW 730d, daneben ein blauer VW-Golf. Die Außenwände des Bungalows waren weiß verklinkert, die Fensterrahmen aus weiß lackiertem Holz. Ein wuchtiger Vorbau schützte den Eingang vor jedem Wetter. Das mit Schiefer bedeckte Dach war tief herabgezogen, und rote, weiße und gelbe Rosen blühten im Vorgarten. Drei breite Stufen führten zur Haustür empor. Ich war gespannt auf die Inneneinrichtung.

Eine gutmütig wirkende, rundliche Frau öffnete die Tür.

»Ja, bitte sehr?« Dem Akzent nach stammte sie eindeutig aus dem Osten. Russland oder Polen.

»Ich möchte zu Herrn Bodeck.« Dabei lächelte ich und legte einen Finger auf den Mund. »Ich möchte ihn überraschen.«

»Wer ist denn da, Elena?«, hörte ich eine Stimme im Hintergrund, und schon stand er vor mir.

Thomas hatte sich kaum verändert. Die meisten Menschen wurden mit den Jahren dicker, Thomas nicht. Er gab immer noch eine stattliche Figur ab, sein Haar zeigte zwar an den Schläfen die ersten grauen Schleier, war aber immer noch voll und halblang. Er trug Arbeitskleidung, die übliche Sägewerks- oder eher Zimmermannsmontur, und sie stand ihm gut. Durch eine leicht getönte Brille sah er mich fragend an. Seine Augen weiteten sich.

»Hans?«, stieß er perplex aus. »Hans Falke?«

Schon immer hatte Thomas mich nur »Hans« genannt.

»Ja, ich bin es.«

»Großer Gott, wie kommst du hierher? Was machst du in Züschen? Wie lange haben wir uns nicht gesehen? Willst du mit mir frühstücken?« Er sprach, ohne Luft zu holen.

»Nein, danke. Hab ich schon.«

»Dann trink einen Tee mit. Elena, bringen Sie bitte noch eine Tasse.«

»Ich wollte dich nicht aufhalten, Thomas. Ich war gerade auf dem Friedhof und dachte -«

»Du hältst mich nicht auf«, unterbrach er mich und hielt mich am Arm fest. Er sah rasch auf seine Uhr. »Ich habe noch über eine Stunde Zeit. Dann erst treffe ich mich mit einem Kunden. Ist jemand von einer Möbelfabrik. Großabnehmer. Komm doch rein.«

Er zog mich in die breite Diele. Zur linken Seite befand sich die Küche mit einem angrenzenden Esszimmer, in dem ein schwarzer Tisch und acht schwarz-weiß gepolsterte Stühle standen. Rechts von mir entdeckte ich noch zwei Zimmer.

Es gab keine Tür zum Wohnzimmer. Zwei Mamorstufen führten von der Diele hinab in den großen Raum. Hier standen eine schwarze Couch und zwei Sessel - echt Leder, ein Glastisch, eine Vitrine mit teuren Espressotassen und drei Skulpturen, wahrscheinlich afrikanischer Herkunft. Thomas musste eine besondere Liebe für Afrika haben, denn auch zwei Bilder an den Wänden zeigten Motive des schwarzen Kontinents. Während rechts von mir eine weiße Tür in ein angrenzendes Zimmer führte, befand sich links hinter der Vitrine ein offener Raum – das Kaminzimmer mit Fernsehecke. Alles, vom Eingang angefangen, war einheitlich weiß gefliest.

»Setz dich, Hans.«

Ich versank regelrecht im Sessel. Dabei konnte ich in das Kaminzimmer nebenan blicken und entdeckte erst jetzt den kleinen Flügel an der Wand, eine bequeme Ottomane, auf der eine schwarz-weiß karierte Decke lag. Mir wäre es lieber gewesen, wir hätten uns dort hinbegeben, aber Thomas machte keine Anstalten, den Raum zu wechseln. Die Wand neben dem Flügel wurde von Bücherregalen eingenommen, die größtenteils mit DIN-A4 Bänden bestückt waren. Ich sah aber auch Taschenbücher, vermutlich Romane und sogar einige Schmöker.

Ich war überrascht, das alles in so kurzer Zeit zu registrieren. Mein kriminalistischer Blick war mir tatsächlich in Fleisch und Blut übergegangen.

Elena brachte eine Tasse und den Tee. »Sie müssen entschuldigen, mein Herr, aber ich lasse nicht alle rein«, sagte sie in ihrer harten Aussprache, aber in perfektem Deutsch. »Ist zu gefährlich. Möchten Sie Brot und Salz?«

Ich starrte sie entsetzt an.

Thomas lachte. »Elena stammt aus Kasachstan. Seit sie bei mir ist, bin ich auf Tee umgestiegen. Es ist ein alter russischer Brauch, einen Gast mit Tee und Brot mit Salz zu bewirten. Auf Tee hab ich mich eingelassen, auf Brot mit Salz nicht.«

Thomas nahm den Löffel und rührte ein wenig gedankenverloren in seiner Tasse. Er sah mich mit ernstem Blick an. »Ja, die Gegend hier ist unsicher geworden. Weißt du schon, dass Ruth tot ist?«

»Ich habe es gestern von Gabi erfahren.«

»Gabi Rensenbrink?« Er hob eine Augenbraue leicht an.

»Ihre Wohnung lag auf meinem Weg«, wich ich aus.

»Ach so.« Er beugte sich vor. »Du bist doch bei der Kripo, Hans. Kommissar, nicht?«

»Ich war es.« Und wieder erzählte ich von meinem Unfall.

»Das tut mir leid für dich.« Thomas verrührte erneut Zucker. Den vierten Löffel bereits, aber er schien es nicht zu merken.

»Einmal Kommissar immer Kommissar«, sagte ich langsam. »Erzähl mir, was passiert ist.«

Er antwortete nicht sogleich, aber dann fixierte er einen imaginären Punkt auf der Tischplatte und begann mit leiser Stimme zu reden.

»Ich war vor einer Woche auf einer Geschäftsreise in Braunschweig. Ruth sollte mitfahren. Sie hat in den ersten Jahren unserer Ehe im Büro gearbeitet und später habe ich sie in fast alle wichtigen Deals eingeweiht. Sie kannte sich also bestens aus, kannte Turner gut.«

»Wer ist Turner?«, unterbrach ich ihn.

»Mein Geschäftspartner in Braunschweig. Ludger Turner. Bei ihm war ich. Ruth hatte vor acht oder neun Jahren die ersten Kontakte mit Turner geknüpft. Deshalb sollte sie bei dem Gespräch mit ihm dabei sein und das Protokoll führen. Außerdem wollten wir von Braunschweig aus noch an die Nordsee, um ein paar Tage auszuspannen. Den letzten Urlaub hatten wir vor fast zwei Jahren.« Er verzog die Mundwinkel. »Aber dann wurde Ruth krank. Ganz plötzlich. Sie kriegte einen Tag vor unserer Abreise eine Nierenkolik. Nichts Ernstes, aber da sie häufig mit ihren Nieren zu tun hatte, hielten wir es für besser, dass sie hierblieb.«

»Bist du daraufhin allein nach Braunschweig gefahren?«

»Nein.« Er schüttelte den Kopf. »Als Ruth ausfiel, nahm ich Eva mit.«

»Wer ist Eva?«

»Meine Sekretärin. Eva Stahlberg.«

»Und während deiner Abwesenheit wurde Ruth ermordet?«

Thomas nickte kaum merklich und fuhr sich mit den Fingerspitzen über die Schläfen. »Elena hatte frei. Sie wollte eine Bekannte besuchen. Ruth war also allein im Haus. Der Kommissar hat mir in den ersten Tagen die Hölle heißgemacht, hat mich ausgequetscht, weil er vermutet, dass ich etwas mit dem Mord zu tun habe.«

Ich hörte, dass Verzweiflung und Unverständnis in seinen Worten mitschwangen.

»Ich war doch gar nicht hier«, fuhr er auch schon fort.

»Aber der Kommissar sagte, dass der erste Verdacht sich immer gegen den Ehepartner oder andere Verwandte richtet. Deshalb sei es eine logische Schlussfolgerung. Aber sie haben dann schnell eingesehen, dass sie auf der falschen Fährte sind. Seitdem lassen sie mich in Ruhe.«

»Wie heißt denn der leitende Kommissar?«

Er sah mich wieder an. »Dorstmann. Hauptkommissar Dorstmann.«

»Hättest du was dagegen, wenn ich ein bisschen nachforsche?«, fragte ich.

Einen Augenblick lang wusste er mit meiner Frage nichts anzufangen, dann aber schüttelte er den Kopf. »Absolut nicht. Nein, im Gegenteil, es wäre mir sogar lieb, wenn du den Mörder findest. Weißt du, irgendwie spüre ich das Misstrauen der Leute überall. Also, wenn du nachforschen willst – von mir aus gerne.«

Er trank seinen Tee aus und sah wieder auf die Uhr. »Himmel, wie die Zeit vergeht. Ich muss los. Wo wohnst du?«

»Im Nuhnetalhotel.«

»Ich lasse von mir hören.«

*

Wir gingen gemeinsam hinaus. Ich wartete, bis Thomas mit dem BMW auf die Straße gefahren war, und startete dann meinen Wagen. In der Tür stand die freundliche Russin. Sie verzog keine Miene. Ihr Blick war nicht genau zu deuten. Er schwankte zwischen Misstrauen und neuer Hoffnung.

Mal sehen, dachte ich, was Hauptkommissar Dorstmann zu sagen hat. Die Polizeiwache Winterberg befand sich in einem zweistöckigen Eckhaus. Die Rezeption, Kantine und die Toiletten lagen im Erdgeschoss, im Keller gab es sogar einige Arrestzellen, vermutlich für Alkoholsünder.

Eigentlich hatte ich gehofft, Willi Kaiser anzutreffen, aber ein fremder Polizist öffnete mir. Ich stellte mich vor und fragte nach Hauptkommissar Dorstmann.

»Nicht da«, knurrte er einsilbig.

»Wo ist er?«

Schulterzucken. Seine Unhöflichkeit ignorierte ich. Ich sah

mich in der Polizeiwache um. Kahle Wände, ein paar alte vergilbte Bilder an einer Wand, spärliche Möbel und harte unbequeme Stühle. Es sah so aus, als wäre alles vom Sperrmüll geholt worden, nur um zu sparen. Der Computer allerdings war ziemlich neu. Aber vielleicht war es eine Spende.

»Dorstmann kommt heute nicht«, sagte der Polizist nach einiger Zeit. »Er kommt nicht jeden Tag nach Winterberg.«

»Obwohl ein Mord passiert ist?«

»Obwohl ein Mord passiert ist. Die genehmigen die Fahrt einfach nicht. So ist das.«

»Aber Sie wissen, wann er das nächste Mal kommt.« Das war eine Feststellung und keine Frage, und er nickte leicht.

»Morgen. Er kommt dreimal in der Woche, montags, mittwochs und freitags, und heute ist Dienstag.«

Ich zeigte auf die Phantombilder an der Wand. »Wie sind Sie auf den Mann dort gekommen?«

»Müssen Sie Dorstmann fragen.«

Ich gab auf. Die Sauerländer sind bekannt für ihre Sturheit, aber dieser Mann übertraf alles. Dabei gab es auch viele andere, zugängliche Menschen. Einer davon war Willi.

Auf dem Parkplatz traf ich ihn. Er stieg gerade aus einem Streifenwagen, setzte sich die Mütze auf und sagte etwas zu seinem Kollegen. Dann sah er mich.

»Mann, ich will verflucht sein, wenn das nicht mein alter Freund Johannes ist«, rief er aus. »He, Siggi, soll ich dir mal den besten Kommissar Bielefelds vorstellen?«

Ich gab Siggi die Hand.

»Johannes.« Willi umarmte mich. »Lass dich anschauen. Ein bisschen älter bist du ja schon geworden, aber sonst ...? Siehst nicht schlecht aus.«

»Na, meine Haare verlassen mich langsam«, entgegnete ich. »Ich werde wohl bald mein Haar offen tragen müssen.«

Er lachte.

»Außerdem muss ich mich doch sehr verändert haben. Marita hat mich jedenfalls nicht wieder erkannt.«

»Marita Michallek?«

»Ja.«

»Die Frau Metzgerin. Nun ja. So oft warst du ja auch nicht mit ihr zusammen.«

Das stimmte natürlich. Ich erinnerte mich plötzlich wieder daran, dass sie Vegetarierin war und trotzdem einen Metzger geheiratet hatte.

»Du hast dich in den letzten Jahren sehr rargemacht. Wie lange ist es her, seit wir uns zuletzt gesehen haben?«

»Sieben Jahre«, sagte ich leise.

Willi sah zu Siggi. »Da hörst du es. Mein bester Freund lässt sieben Jahre nichts von sich hören. Das waren magere Jahre, kommen jetzt die sieben fetten, Johannes?«

»Möglich ist alles.«

»Nun sag mir aber endlich, warum du hier auf der Polizeiwache bist? Komm nicht auf die Idee, zu behaupten, du wolltest mich besuchen. Das glaube ich dir nämlich nicht.«

So direkt war er immer schon gewesen. Willi Kaiser, mein alter Freund. Sein breites Gesicht glühte vor Freude und Lebenslust, unter der Mütze kringelten sich seine krausen Haare zu unzähligen grauen Locken. Er war braun gebrannt, wie aus dem Urlaub. »Du musst Außendienst machen«, sagte er mal zu mir, als ich mich für die Kripo entschieden hatte. »Keine Stubenhockerei. Frische Luft, Sonne und eine Uniform. Das kommt bei den Frauen an.«

Er war ein Sonnyboy, aber ein lieber. Nie gab es mit ihm Streit. Im Gegenteil. Er versuchte, immer zu schlichten. Auch als Streifenpolizist war er bei allen sehr beliebt.

Seine Ehe mit einer Grundschullehrerin war kinderlos geblieben, was er am Anfang bedauerte, später jedoch als »gar nicht so schlecht« bezeichnete. So konnten die beiden machen, was sie wollten, und hatten nie finanzielle Sorgen.

Willi wartete meine Antwort auf seine Fragen gar nicht ab, wahrscheinlich hatte er auch keine erwartet. Er grinste.

»Die Buschtrommeln haben es schon verkündet. Du bist also pensioniert. Mein Gott, wie ich mich für dich freue. Ich hab noch ein paar Jährchen vor mir.«

Mir war klar, dass alle in Züschen, die mich kannten, wussten, dass ich im Ruhestand war. So etwas sprach sich herum wie ein Lauffeuer.

»Gabi hat dir von dem Mord an Ruth Bodeck erzählt, Johannes. Eine Scheißsache ist das, kann ich dir sagen. Wir sind alle immer noch fix und fertig.«

»Habt ihr keine Spuren?«, fragte ich.

»Wir dürfen nichts sagen«, mischte sich Siggi ein. Er hatte sich die ganze Zeit am Streifenwagen zu schaffen gemacht.

Willi nickte. »Du hörst es. Wir sind schweigsam wie ein Grab.« Er fuhr sich mit dem Zeigefinger durch den Kragen. »Diese verfluchte Hitze«, stöhnte er. »Ich bin froh, wenn ich am Wochenende freihabe.«

»Kegelt ihr freitags noch immer?«

»Klar. Willst du nicht mal kommen?«

»Mal sehen. Vielleicht.« Ich gab ihm die Hand. »Machs gut. Wenn ich eher abreise, sage ich dir Bescheid.«

»Das will ich hoffen.«

*

Ich stieg in mein Auto und überlegte, was ich als Nächstes tun sollte. Wo sollte ich ansetzen? Ich wusste viel zu wenig über Ruth Bodeck, über ihre Vergangenheit. Was für ein Mensch war sie in den letzten knapp dreißig Jahren geworden? Ich hatte sie nur als unscheinbar in Erinnerung, aber hatte Thomas´ Lebensart sie verändert? Waren seine Konkurrenten und Neider – die er ohne Zweifel hatte – auch ihre geworden?

Thomas wollte ich nicht fragen, Gabi auch nicht. Sie war zu emotional, eine objektive Auskunft war zurzeit jedenfalls nicht von ihr zu bekommen.

Vielleicht sollte ich mich mal im Sägewerk umhören.

Früher hatte es drei Sägewerke in Züschen gegeben. Eins davon beschränkte sich auf Besenstiele und blieb ein bescheidener Betrieb, das zweite gehörte August Papenberg und seinem Sohn Franz. Was aus ihm geworden war, wusste ich nicht.

Thomas Bodecks Sägewerk lag am Ortsausgang Züschens. Es war noch größer geworden, als ich es in Erinnerung hatte.

Der Lärm hielt sich erstaunlicherweise in Grenzen; die Tore mussten fast schalldicht sein.

Ich parkte direkt vor dem Büro, stieg aus und ging hinein. Das Büro war mit den modernsten Möbeln und Computern eingerichtet. Es war geräumig und fast gemütlich, mit einem strapazierfähigen Teppichboden ausgelegt. In der Mitte standen zwei Schreibtische. Links waren Regale, vollgepackt mit Ordnern. Daneben führte eine Tür zu einem anderen Raum. Dort entdeckte ich drei Kopierer und weitere Regale.

Ein etwa vierzigjähriger Mann mit dunkelblondem, gewellten Haar saß hinter einem der Schreibtische und hob den Kopf, als ich eintrat.

»Ja, bitte?«, fragte er freundlich.

Er hatte den Schlips locker um den Hals hängen. Sein Gesicht war von feinen Schweißperlen bedeckt, und vergebens sah ich mich nach einer Klimaanlage um. So etwas war selten nötig im Hochsauerland.

»Guten Tag«, sagte ich. »Mein Name ist Johannes Falke.«

»Maibach, Jürgen Maibach«, gab er zurück.

»Ich bin ein alter Schulfreund Ihres Chefs.«

Er deutete auf einen Stuhl. »Bitte nehmen Sie Platz. Herr Bo-deck ist nicht da.«

»Ich weiß.« Ich setzte mich und schlug die Beine übereinander.

»Was kann ich dann für Sie tun?« Er taxierte mich mit zusammengekniffenen Augen.

»Ich bin – pardon, ich war bei der Kripo ...«, begann ich. »Seit einem Jahr bin ich leider in Rente, zwangsweise.«

Er grinste leicht spöttisch. »Soll ich Sie nun bedauern oder mich mit Ihnen freuen?«

»Eher bedauern«, sagte ich. »Ich habe meinen Beruf sehr geliebt.«

»Das hört man heutzutage selten«, antwortete er trocken. »Sind Sie wegen dem Mord an der Chefin gekommen?«

»Nein, ich bin privat hier. Aber seit ich davon hörte, interessiere ich mich natürlich dafür. Irgendwie läuft mir der Job immer noch nach.«

»Das glaube ich«, sagte er verständnisvoll. »Es ist nicht einfach, so plötzlich aus dem Arbeitsleben gerissen zu werden.«

»Alles hier dreht sich nur noch um den Mord. Die Leute sind sehr betroffen.«

Maibach nickte mehrmals heftig. »Kann man wohl sagen. In den ersten zwei, drei Tagen nach dem Mord ging hier alles drunter und drüber.«

»Wie haben Sie davon erfahren?«, fragte ich.

Er schaltete das Computerprogramm aus und legte den Stift aus der Hand.

»Ich war im Franzosenhof bei einem der Mädchen. Privat. Ich hatte früh Feierabend gemacht und mich mit ihr für vier verabredet. Die Polizei rief mich über mein Handy an. Sie wollten wissen, wo der Chef war. Ich bin seine rechte Hand. Deshalb haben sie mich wohl zuerst angerufen.«

Seine Bereitschaft, mir freiwillig alles zu erzählen, war bemerkenswert.

»Ich kannte Ruth Bodeck kaum«, sagte ich vorsichtig. »Was war sie für eine Person?«

Er überlegte kurz. »Nun, eher reserviert. Sie wahrte Distanz zu all ihren Angestellten.«

»Und sonst? Hatte sie Freunde? Engere Freunde?«

Das Läuten des Faxgerätes lenkte uns ab. Maibach wartete, bis die Nachricht durchgerattert war, riss das Blatt ab und legte es auf einen Stapel anderer Papiere. Dann sah er mich wieder an.

»Sie meinen Liebhaber. Ob sie Liebhaber hatte.«

»Zum Beispiel.«

»Ich habe dem Kommissar schon gesagt, dass ich mir das kaum vorstellen kann.«

»Also eine ideale Ehefrau. Ohne Mängel.«

»Was heißt das schon? Ohne Mängel. Haben nicht alle Menschen ihre Fehler?«

»Sicher.«

Wieder wurden wir unterbrochen. Diesmal war es das Telefon. Maibach nahm den Hörer ab und gab einige detaillierte

Erklärungen durch, die für mich genauso wie eine Bedienungsanleitung in Chinesisch klangen.

Ich sah nach draußen. Ein bärtiger Mann stieg ins Führerhaus eines Sattelschleppers, startete ohrenbetäubend laut den Motor und fuhr langsam vom Hof. Ein zweiter Sattelschlepper folgte.

»Entschuldigen Sie«, sagte Maibach, während er den Hörer auflegte. »Aber so geht es den ganzen Tag.«

»Das ist doch gut für Bodeck.« Ich deutete auf den zweiten Schreibtisch. »Sie arbeiten mit Frau Stahlberg zusammen?«

Er nickte. »Wir teilen uns das Büro. Es ist groß genug für zwei.«

»Wo finde ich sie?«

»Zu Hause. Wollen Sie ihre Adresse?«

»Gern.«

Er schrieb sie mir auf ein Kärtchen und reichte es mir. »Eva, ich meine Frau Stahlberg ist seit dem Verbrechen krank. Psychisch krank, wenn Sie verstehen, was ich meine. Sie macht sich große Vorwürfe. Wissen Sie, eigentlich sollte Frau Stahlberg gar nicht mit nach Braunschweig fahren. Die Chefin selbst wollte mitfahren, aber sie wurde leider krank.«

»Ja, ich weiß. Thomas Bodeck sagte es mir.«

Seine Miene wurde schlagartig abweisend. »Warum fragen Sie mich dann noch aus? Sie wissen doch schon alles.«

»Man weiß nie genug, Herr Maibach.« Ich stand auf. »Vielen Dank für die nette Unterhaltung«, sagte ich und ging hinaus.

4

Eva Stahlberg wohnte nur einen Häuserblock von Gabi Rensenbrink entfernt. Sie mussten sich eigentlich kennen, aber ich konnte mir nicht vorstellen, dass beide eine nachbarschaftliche Freundschaft hegten, dazu war die Siedlung viel zu unübersichtlich, und außerdem hätte Gabi mir bestimmt davon erzählt.

Ich parkte meinen Wagen auf dem geräumigen Randstreifen, stieg aus und ging auf das Haus zu. Insgesamt standen neun Namen in drei Dreiergruppen auf den Türklingeln. Eva Stahlbergs Name war der oberste im mittleren Block. Schon kurz nach meinem Läuten ertönte eine dunkle Stimme durch den Lautsprecher.

Ich hatte keine Veranlassung, meine Identität zu leugnen, und sagte offen, wer ich war und was ich wollte.

Sie ließ mich sofort herein, nicht ohne zu erwähnen, dass sie im dritten Stock wohnte.

Der Fahrstuhl brachte mich hinauf.

Die Wohnungstür stand einen Spaltbreit offen, und noch ehe ich sie erreichte, tauchte Eva Stahlberg in der Öffnung auf.

Sie war groß, fast einsachtzig, mit langen, bis auf den Rücken fallenden blonden Haaren. Ihre Wangenknochen waren einen Tick zu hoch, aber sie passten gut zu ihrer schmalen Nase und zu den sinnlichen, wohlgeschwungenen Lippen. Der Blick aus ihren grünen Augen war offen und klar. Eva Stahlberg trug einen Jogginganzug, der ihre schlanke Figur so sehr betonte, dass ihre Beine noch länger wirkten. Aber der Blickfang war ihr üppiger Busen, den sie auch gar nicht zu verdecken versuchte.

»Kommen Sie herein, Herr Falke«, sagte sie und gab mir die Hand, deren Druck lasch, aber nicht unangenehm war. »Ich wusste, dass Sie kommen würden.«

»Woher?«

»Von Jürgen, ich meine, Herrn Maibach. Er hat mich angerufen, sich nach meinem Befinden erkundigt und gesagt, dass ein ehemaliger Polizist hier herumschnüffelt.«

»Sehr schmeichelhaft.«

Sie wirkte einen Moment unsicher, weil sie offenbar nicht wusste, ob sie mich beleidigt hatte, aber ich überging ihre Verlegenheit.

Auf dem Tisch im Wohnzimmer stand ein Glas Orangensaft. Eva Stahlberg schüttete mir ebenfalls Saft ein, ohne mich zu fragen. »Nehmen Sie Platz.«

Im Zimmer war es dämmrig. Sie hatte die Vorhänge zugezogen und ein paar Teelichter angezündet.

Wir setzten uns gegenüber, sodass ihre aufregende Figur voll in meinem Blick war. Ich bemühte mich, nicht nur ihre Brust anzustarren. Ihre Augen waren mit einem leichten Tränenschleier bedeckt. Zweifellos litt sie unter der Tragödie.

»Ich kann die Helligkeit nicht ertragen«, sagte sie leise. »Meine Augen schmerzen, mein ganzer Kopf dröhnt, ich bin vollkommen fertig.«

»Dann bleiben Sie noch länger zu Hause?«

»Bald fange ich wieder an«, antwortete sie.

»Da ich nun mal hier bin, würde ich gern ein paar Fragen loswerden. Sie brauchen sie nicht zu beantworten. Ich habe keine Befugnis, Sie ...«

Sie winkte ab. »Schießen Sie los.«

Ich fing wieder ganz von vorn an und erfuhr nur das, was ich schon wusste, bis auf die Tatsache, dass sie sich wirklich große Vorwürfe machte.

»Nur weil ich mitgefahren bin, wurde Frau Bodeck ermordet.« Sie schluckte plötzlich, und ich war sicher, dass ihr Bedauern echt war.

»Aber das dürfen Sie sich wirklich nicht vorwerfen«, entgegnete ich.

»Doch, doch. Sehen Sie, Frau Bodeck hatte zwar leichte Beschwerden mit den Nieren, doch so schlimm war es nicht. Ein paar Schmerztabletten und schon wäre es gegangen. Aber da war es zu spät.«

»Wie meinen Sie das?«

»Tja, also, Frau Bodeck erlitt ja diese Nierenkolik. Eine leichte, wie gesagt. Nichts Dramatisches. Doch sie bat mich, für sie einzuspringen und mit nach Braunschweig zu fahren.«

»Frau Bodeck bat Sie ...?«

»Ja, sicher«, nickte sie heftig. »Sie rief mich an und fragte, ob ich mir für die kommenden Abende schon etwas vorgenommen hätte. Hatte ich nicht. Und weil sie mich so lieb darum bat, sagte ich zu. Erst auf der Fahrt im Auto sagte mir Thomas – eh, Herr Bodeck -, dass es seiner Frau schon wieder bessergehe. Aber da war es natürlich zu spät. Hätte sie mich noch am Morgen angerufen, ich wäre sofort hiergeblieben, und sie würde noch leben. Wenn ich nur geahnt hätte ...«

Sie stockte und griff zu ihrem Glas. Aber ihre rechte Hand zitterte so sehr, dass sie die linke zu Hilfe nehmen musste.

»Es war ein Einbrecher, nicht?«, fragte sie plötzlich und schaute mich wie um Zustimmung bittend an. »Das sagen doch alle.«

»Ich weiß es nicht«, wich ich aus.

»Es war ein Einbrecher«, sagte sie. Abwesend schob sie ihre blonden Locken aus dem Gesicht und versuchte, die Tränen zurückzuhalten. »Und deshalb ist es noch schlimmer. Wenn Frau Bodeck mitgefahren wäre, hätte er nur das Haus durchwühlt, aber niemanden getötet. Sie hat den Einbrecher überrascht, Herr Falke, das sehen Sie doch auch so, nicht?«

Ich senkte den Blick, was sie wie eine Zustimmung wertete.

»Wie gut kannten Sie Ruth Bodeck?«, fragte ich.

Die Sekretärin warf den Kopf in den Nacken. »Wie man die Frau seines Chefs kennt. Wir sind uns ein paar Mal begegnet.«

»Privat?«

»Auch. Wenn Herr Bodeck eine Feier gab und einige Mitarbeiter einlud. Ich respektierte sie als Frau meines Chefs, nicht mehr und nicht weniger.«

»Seit wann arbeiten Sie für Herrn Bodeck?«

Sie überlegte. »Fünf Jahre, glaube ich, ja, es werden nächsten Monat fünf Jahre.«

»Und vorher? Wo waren Sie da?«

»Bei – bei Papenberg.« Die Antwort kam irgendwie zögernd.

»Franz Papenberg?«, fragte ich überrascht.

»Kennen Sie ihn?«

»Wir gingen zusammen zur Grundschule. Er war in der vierten Klasse, ich in der ersten. Ihm gehörte das zweite größere Sägewerk in Züschen. Was ist aus ihm geworden?«

»Herr Bodeck hat es gekauft.«

»Oh.« Das überraschte mich, passte aber zu Thomas. Ich trank meinen Saft aus und erhob mich.

»Das war eigentlich alles, Frau Stahlberg. Aber ich denke, wir werden uns noch öfter begegnen.«

Sie begleitete mich zur Tür. Einen Moment sah es so aus, als wollte sie noch etwas sagen, aber dann verschloss sich ihr Mund.

Ich ging zu meinem Wagen. Wie auf Kommando stellten sich meine Rückenschmerzen wieder ein, und auch mein Kopf dröhnte.

Plötzlich fühlte ich mich müde und ausgebrannt und fuhr zurück nach Züschen.

*

Vor dem Nuhnetalhotel stand ein Reisebus aus Holland. Die Männer und Frauen sprachen alle durcheinander und gingen dann ins Restaurant. Ich verspürte auch Hunger, aber mit dieser Meute jetzt zusammen in einem Raum sein zu müssen, behagte mir ganz und gar nicht. Zum Glück fand ich im Frühstücksraum noch ein kleines Plätzchen und bestellte bei der Serviererin ein Jägerschnitzel mit Bratkartoffeln. Danach ging ich in mein Zimmer und schlief etwa zwei Stunden, bis mich das schwere Brummen eines Motors aufschreckte. Der Reisebus fuhr ab. Es war drei Uhr am Dienstagnachmittag. Sandra, Willi Kaisers Frau, müsste längst aus der Schule zu Hause sein. Früher hatte Willi es immer verstanden, eine kurze Mittagspause mit Sandra zu machen. Vielleicht hatte er die Gewohnheit beibehalten.

Im Telefonbuch fand ich ihre Nummer. Sandra war am Apparat.

»Johannes? Das ist aber eine angenehme Überraschung. Wo bist du?«

»Im Nuhnetalhotel. Ist Willi bei dir?«

»Klar.«

»Habt ihr etwas Zeit für mich? Ich würde euch gern besuchen.«

»Aber natürlich.«

»Ich bin in fünf Minuten da.«

Die beiden wohnten am Züschener Ortsausgang in Richtung Winterberg in einem kleinen Reihenhaus. Sandra öffnete. Mit offenem Mund starrte sie mich an, bevor sie sich auf die Fußspitzen stellte und mich herzlich umarmte.

»Hallo, Johannes.« Ihr Gesicht war blass, wie bei jemandem, der die meiste Zeit in geschlossenen Räumen verbringt. Ihre Augen strahlten hinter einer randlosen Brille, die ihr sehr gut stand. Die blonden Haare hatte sie zu einem Pferdeschwanz zusammengebunden. Sandra war eine hübsche Frau, genau die richtige für Willi, wie wir vor dreißig Jahren schon neidlos anerkennen mussten.

»Komm rein«, sagte sie.

Willi hing in einem Sessel. »Setz sich, Johannes. Schön, dass du uns besuchst.«

Ich kam sofort zur Sache. »Du musst mir helfen, Willi. Vor der Polizeiwache konntest du nicht reden, ich weiß. Aber wie ist es jetzt?«

Er winkte ab. »Ich helfe dir, so gut ich kann. Aber ich kann dir keine Details nennen. Ich habe noch zehn Jahre vor mir, vielleicht zwölf, und die will ich mir nicht versauen. Dorstmann hat alle gleich zu Beginn zu höchster Geheimhaltung verdonnert. Er sagte, er kenne die Dörfer, wo nur herumgetratscht wird, wo ein Geheimnis so viel wert wie Hundescheiße ist. Er hat jedem mit einer Dienstaufsichtsbeschwerde gedroht, der etwas ausplaudert. Ich bin sicher, dass er sein Wort hält. Hast du schon mit ihm gesprochen?«

»Er ist heute nicht in Winterberg.«

»Du musst das verstehen«, sagte Sandra leise. »Wir werden fast gleichzeitig pensioniert und wollen dann in der Welt herum reisen. Das können wir nur, wenn wir die volle Pension kriegen.«

»Wie hat das Dorf eigentlich den Mord an Ruth aufgenommen?«, fragte ich.

»Schlimm«, sagte Willi. »Es war schlimm. Zuerst hat niemand mehr gewagt, im Dunkeln raus zu gehen. Alle hatten Angst, als wenn es sie beim nächsten Mal treffen würde. Selbst Georg, unser Ortsvorsteher, hat im Gemeinderat eine Rede gehalten, dass man etwas tun sollte.«

»Aber was«, sagte Sandra. »Du weißt selbst, dass man gegen Angst machtlos ist.«

»Dann hat Georg im Verkehrsamt Aufklärungsplakate aufgehängt«, fuhr Willi fort, »und an den Stammtischen haben sie endlich gesagt: Hast ja auch recht, hier geht doch kein Serienmörder um, der wahllos jemanden umbringt. Der Mord an Ruth war geplant.«

»Bis dahin war das Sauerland sauber«, sagte Sandra. »Hier ist ja nur einmal was passiert.«

»Was?«, fragte ich.

»Naja, irgendein Bandenkrieg in Brilon vor einigen Jahren. Die waren auf der Flucht und landeten im Hochsauerland. Danach hat sich das Leben wieder normalisiert.«

Ich merkte schnell, dass Willi mir nichts sagen würde. Er war durch und durch Polizist, und ich bewunderte ihn dafür. Ich wollte ihn auch nicht noch mehr in Verlegenheit bringen.

»Eigentlich schade, dass wir uns aus solch einem Anlass wiedersehen«, meinte Willi. »Bei einer anderen Gelegenheit hätten wir viel mehr Spaß miteinander. Du musst öfter mal nach Züschen kommen, Johannes. Aber ich verstehe dich. Was zieht dich auch schon hierher?«

»Na wir«, sagte Sandra. Sie versuchte, die plötzlich aufkommende melancholische Stimmung im Ansatz zu ersticken. Willi merkte es.

»Verdammte Sentimentalität«, knurrte er. »Wie gehst du jetzt weiter vor?«

»Ich warte auf Dorstmann«, antwortete ich.

Sandra erhob sich. »Ich muss noch mal zur Schule. Tut mir leid, Johannes. Komm doch am Sonntag zu uns zum Kaffee. Willi hat frei.«

»Gern«, sagte ich.

Wir sprachen nicht mehr über den Mord, nur noch über vergangene Zeiten. Es war sehr interessant, wie viele Einzelheiten man noch wusste.

Wenig später fuhr ich zurück zum Hotel und stellte meinen Wagen auf einem freien Parkplatz ab. Hinter dem Nuhnetalhotel floss ein etwa drei Meter breiter Bach vorbei. Es war die Nuhne, von der das Hotel den Namen hatte. Zwei junge Pärchen sonnten sich am Ufer. Im Frühjahr führte die Nuhne durch die Schneeschmelze viel Wasser mit sich, im Sommer war sie jedoch schon mal ausgetrocknet.

Gedankenverloren schaute ich auf das Wasser.

*

Thomas hatte die Hosenbeine hochgekrempelt. Trotzdem war die Hose nass, denn das Wasser reichte ihm bis über die Knie. Sein Gesicht glühte vor Aufregung, seine Arme schimmerten rot vor Kälte.

Wir standen am Ufer eines winzigen Baches, der im Ahretal entsprang und den die Züschener demzufolge »Ahre« getauft hatten. Er war zusammen mit einem anderen Rinnsal der Quellfluss der Nuhne.

Die Ahre floss in Höhe des alten Bahndamms durch ein fast zwanzig Meter langes gerades Flussbett, das wir in warmen Sommern oft mit Holz, Moos und Gras gestaut hatten, um darin schwimmen zu können.

»Es ist die beste Zeit, um Forellen zu fangen«, hatte Thomas gesagt.

Wir hatten keine Ahnung, es war uns auch egal. Der Ostwind war so frisch, dass wir vor Kälte schlotterten. Aber wir gingen nicht nach Hause, wir wollten sehen, wie Thomas eine Forelle aus diesem tiefen Bach fing.

Das war natürlich verboten. Das Recht, hier zu angeln, hatte der Wirt Lamers von der Gemeinde gepachtet. Als Hotelier war er einer der reichsten Männer in Züschen und seine Fischgerichte waren bekannt und beliebt.

»Man muss sich einen Stein suchen«, erklärte Thomas. »Da sitzen sie meistens drunter, fast regungslos. Und dann braucht man nur geschickt mit den Händen zu sein.«

»Und du glaubst, dass du das bist?«, fragte Kai Barbach grinsend.

Thomas antwortete nicht. Er hatte einen Stein entdeckt,

unter dem ein langer Fischschwanz hervor lugte. Thomas bückte sich langsam und steckte seine Hände links und rechts neben dem Stein ins Wasser. Er wartete einen Augenblick, aber als der Fisch nicht davon schwamm, schob er langsam und behutsam, so wie wir es ihm niemals zugetraut hätten, die Hände näher an den Stein heran. Mit angehaltenem Atem standen wir am Rand und starrten gebannt auf Thomas. Dessen Hände zuckten plötzlich. Das Wasser sprudelte auf, und dann erhob sich Thomas lachend.

»Ich hab ihn.«

In seinen Händen zappelte eine dicke Forelle. Thomas fasste mit dem rechten Daumen in das Maul des Fisches und schob dann den Oberkiefer mit einem kräftigen Ruck nach hinten.

»Was hast du gemacht?«, fragte Willi entsetzt. Auch ich konnte nicht glauben, was ich gesehen hatte.

»Ich habe ihn getötet, was sonst.«

»So macht man das? Aber das ist doch grausam.«

»Quatsch. Das merkt der gar nicht.«

»Was passiert jetzt mit dem toten Fisch?«

»Den verkaufe ich.«

»Wer kauft denn so was?«, fragte Kai.

»Der Pastor, der Lehrer, vielleicht sogar Lamers selbst.«

Thomas lachte und machte einen Schritt vor. In diesem Augenblick verlor er das Gleichgewicht. Er ruderte mit den Händen in der Luft herum, suchte nach einem Halt, aber als nichts da war, woran er sich festhalten konnte, stürzte er der Länge nach ins Wasser. Jetzt lachten wir.

Triefend nass stieg Thomas aus dem Wasser. Die tote Forelle schwamm einige Meter weiter an der Oberfläche. Sie war bald in den Blättern am Ufer verschwunden.

Thomas schüttelte sich wie ein nasser Hund und fluchte. Es ärgerte ihn mehr, dass wir uns über ihn lustig gemacht hatten, als dass er ins Wasser gefallen war.

»Beim nächsten Mal klappt es«, sagte er. »Bestimmt.«

Wenig später sahen wir ihn am Bahndamm entlang nach

Hause gehen.

»Das war eine Niederlage«, meinte Willi neben mir. »Die wird er nicht auf sich sitzen lassen.«

»Bestimmt nicht«, sagte ich.

Thomas versuchte in diesem Jahr noch ein paar Mal, Forellen mit der Hand zu fangen, und immer gelang es ihm. Er wollte beweisen, was für ein Kerl er war. Eines Tages wurde er von Lamers erwischt und angezeigt. Die Strafe war für damalige Verhältnisse hoch, für heutige nur ein Taschengeld. Auf jeden Fall bewirkte sie, dass Thomas niemals wieder nach einer Forelle griff.

In den nächsten Jahren verhielt Thomas sich unauffällig. Wir Kinder veranstalteten regelmäßig Vergleichskämpfe zwischen dem Unter- und Oberdorf. Woher die Einteilung kam, wusste niemand zu sagen. Es gab keine Grenze im Dorf, das alte Kriegerdenkmal an der Hauptstraße direkt neben dem Gasthof Lamers war der Knotenpunkt. Natürlich gewannen immer wir – das Unterdorf.

Einer der Höhepunkte in jedem Jahr war der Wettkampf um das beste Osterfeuer.

Die Arbeit begann für uns Kinder im Februar. Wenn noch der Schnee auf den Wiesen lag, schleppten wir vom höchsten Punkt des Hackelberges Tannenzweige den Berg hinunter bis zu der Stelle, an der das Osterfeuer stehen sollte. Wir erhielten pro Stunde drei Bonbons. Einer von uns hielt alles peinlich genau in einem Buch fest.

Eines Tages war Thomas mit dieser Aufgabe an der Reihe. Willi und mich ließ er in Ruhe, aber einen anderen, Peter hieß er, hatte er auf dem Kieker.

»Du warst heute nur dreiundfünfzig Minuten hier«, sagte Thomas zu ihm. »Also kann ich dir auch nur dreiundfünfzig Minuten aufschreiben. Die fehlenden sieben Minuten für eine volle Stunde musst du nachholen.«

»Stell dich doch nicht so an«, sagte ich.

»Nein, nein. Genauigkeit muss sein. Oder weißt du besser, wann Peter gekommen ist?«

Das wusste ich natürlich nicht. Thomas grinste hinterhältig. Es machte ihm Spaß, seine Überlegenheit zu demonstrieren und uns schuften zu lassen. Und das für drei Bonbons. Ausbeutung würde man heute dazu sagen. Aber wir haben es nie so empfunden, wir hatten Spaß dabei, und im Nachhinein würde ich es noch mal machen.

Mit neunzehn Jahren bestimmte Thomas im elterlichen Betrieb mit. Sein Vater Albert hatte frühzeitig Handelsbeziehungen auch außerhalb des Sauerlandes geknüpft und war dadurch wohlhabend geworden. Das kleinere Sägewerk, das nur Besenstiele herstellte, war keine Konkurrenz für ihn. August Papenberg hingegen machte den Fehler, sich auf die Kunden in der näheren Umgebung zu beschränken. Als er starb und sein Sohn Franz die Leitung übernahm, hatte Albert Bodeck bereits mit Niedrigpreisen auch einen Teil der Sauerländer Abnehmer für sich gewonnen. Um mithalten zu können, kaufte Franz Papenberg die Osterfeuerstangen aus Züschen und den Nachbarorten.

Es waren meist zwölf Stangen pro Feuer. Sie bestanden aus rund zwanzig Meter hohen Fichten, die man erst wenige Tage vor Ostern schlug. Vier wurden zu einem Viereck in den Boden gerammt, die anderen dienten als Stützen. Zwischen die Stämme wurden die zuvor gesammelten Tannenzweige bis in die Spitze aufgeschichtet und mit Fackeln, die wochenlang hinter den Öfen zum Trocknen gelegen hatten, wurde das Feuer angeworfen.

Sieger war, dessen Osterfeuer am besten brannte. Da die Fichtenstämme frisch waren, brannte lediglich die äußerste Schale ab. Die gut erhaltenen Stämme wurden nach Ostern von der Gemeinde verkauft, aber fast immer stand der Käufer bereits vorher fest.

Während der alte Bodeck stets auf die Osterfeuerstangen verzichtet hatte, machte Thomas der Gemeinde Angebote. Die Stangen wurden an den Meistbietenden verkauft, und Thomas Bodeck erhielt den Zuschlag. Es bereitete ihm großes Vergnügen, zu sehen, dass Franz Papenberg finanziell nicht mithalten konnte. Nur – Thomas brauchte die Stangen nicht, er verarbeitete sie schnell zu Kleinholz.

Das Einzige, was Thomas Bodeck damit erreicht hatte, war, dass er in Franz Papenberg einen Feind und Gegner gewonnen hatte.

*

Thomas rief mich an, als ich an der Theke des Nuhnetalhotels gerade mein zweites Bier trank.

Die Bar befand sich im Untergeschoss des Hotels. Eine junge Frau bediente. Früher hatte hier der Wirt selbst hinter dem Tresen gestanden, manchmal hatte ihm seine Schwägerin geholfen, sogar ich hatte einmal Silvester als Kellner ausgeholfen und mir etwas Geld dazu verdienen wollen. Aber irgendwie hatte ich mich damals verrechnet. Was übrig blieb, war nicht mehr als ein Taschengeld – für einen ganzen Abend.

»Hast du Zeit?«, fragte Thomas.

»Immer.«

»Komm zu mir. Wir könnten einen Wein zusammen trinken und uns unterhalten.«

Zehn Minuten später war ich bei ihm.

»Komm rein. Komm rein.« Seine Stimme klang bereits schwer.

Wir gingen in das Kaminzimmer. Er schüttete mir einen Rotwein ein. Es war ein guter Tropfen, nicht so preiswert wie der, den ich bevorzugte.

»Ein köstlicher Wein«, sagte ich anerkennend.

»Lasse ich mir immer bringen, per Express. Ist nicht so teuer, nur zweiundzwanzig Euro. Es gibt teureren, aber keinen besseren.«

Das war mehr als das Dreifache dessen, was ich gewöhnlich ausgab. Eine leere Flasche stand auf dem Kaminsims, eine weitere, noch volle, neben der angebrochenen auf dem Tisch vor mir.

Elena kam mit einem Teller voll Plätzchen. Ihr Gesicht strahlte, als sie mich sah.

»Ah, der Herr Kommissar ...«

Ich schmunzelte wieder über ihre herrliche harte Aussprache, die das »R« so sehr betonte.

»Hab Sie gar nicht gehört, Herr Kommissar.«

Ein wohliger Geruch begleitete sie.

»Elena, was kochen Sie?«, fragte ich.

»Oh, einen Rostbraten. Gutes Fleisch. Ist für morgen Abend. Bereite ich immer vor. Wollen Sie mit uns essen?«

»Gern.«

»Liefert Martin«, sagte Thomas. »Martin Michallek. Der hat neuerdings einen guten Lieferservice, bringt alles, was man braucht ins Haus.«

»Ja, der ist sehr, sehr gut«, stimmte Elena zu.

Sie stellte den Teller auf den Tisch. »Das ist russisches Gebäck, schmeckt gut zu Wein.«

Das Teufelszeug, rotbraun in kleinen Würfeln, schmeckte wirklich ausgezeichnet. Ich musste aufpassen, dass mir morgen nicht wieder der Hosenbund klemmte.

»Hast du schon mit diesem Kommissar gesprochen, Hans?«, fragte Thomas.

Ich schüttelte den Kopf. »Nein, er kommt nicht jeden Tag, sagte man mir.«

»Und Willi? Was ist mit ihm? Er muss doch alles wissen, oder?«

»Er darf nichts sagen. Aber morgen treffe ich Dorstmann, dann sehen wir weiter. Bis dahin könntest du mir ein paar Fragen beantworten.«

»Schieß los.«

»Erlaube mir eine Indiskretion, Thomas. Wie würdest du eure Ehe beschreiben?«

Er stutzte. »Wie bitte?«

»Welches Verhältnis du zu Ruth hattest«, wiederholte ich unerbittlich. »Du warst fast dreißig Jahre mit ihr verheiratet.«

»Achtundzwanzig«, antwortete er bedächtig, als wäre er selbst überrascht über die lange Zeit.

»Ja, gut, achtundzwanzig. Entschuldige, Thomas, aber deine Frau ist ermordet worden. Und wenn ich mich in den Mordfall einmische, muss ich alles wissen. Also?«

Er überlegte kurz. »Wir hatten zuletzt ein Abkommen. Wir lebten seit Jahren wie Singles. Ruth hat sich im Souterrain ein eigenes Zimmer eingerichtet. Wir haben den Keller vor Jahren als Wohnraum ausbauen lassen. Auch Elena wohnt dort. Jeder machte im Grunde, was er wollte, aber wir frühstückten gemeinsam, aßen zu Mittag oder zu Abend, je nachdem, wie es meine Arbeitszeit erlaubte, gingen auch gemeinsam zu den üblichen Festen. Du weißt ja, Schützenfest, Sportfest, Gemeindefest und so.«

»Warum habt ihr euch nicht getrennt?«

Thomas zuckte die Schultern. »Manchmal glaube ich, dass es das Beste gewesen wäre. Vielleicht waren wir zu bequem, oder wir wollten nach außen nicht zeigen, dass unsere Ehe am Ende war. Du weißt doch, wie das hier im Sauerland ist. Ein Geschiedener ist ein Gebrandmarkter. Das wollte ich Ruth ersparen. Außerdem schien unser Verhältnis in letzter Zeit plötzlich wieder besser zu werden. Deshalb planten wir ja auch die Reise an die Nordsee. Endlich wieder mal gemeinsam ausspannen, sich aussprechen. Das war der Grund.«

»In der Zeit, in der ihr euch auseinandergelebt habt, hattest du da andere Verhältnisse?«

Er nickte.

»Auch mit Eva Stahlberg?«

Er nickte wieder. »Ich habe mit ihr geschlafen, ja. Aber es war mehr eine Affäre, eine kurze.«

»Wusste Ruth davon?«

»Möglich.«

Ich sah ihn einige Augenblicke lang schweigend an. »Kannst du dir vorstellen, dass Ruth auch Liebhaber hatte?«

Thomas wurde grau im Gesicht, und sein Adamsapfel rutschte auf und ab. »Darüber habe ich auch nachgedacht. Ich hab sie sogar beschatten lassen. Einmal und nur ganz kurz. Aber der Detektiv hat nichts gefunden.«

Es war ihm sichtlich peinlich zuzugeben, dass er misstrauisch war, obwohl er doch selbst die Ehe gebrochen hatte.

»Nehmen wir an, dass das stimmt. Kannst du dir vorstellen, dass Ruth Feinde hatte?«

Er sah mich an, als habe ich den Verstand verloren. »Ruth? Feinde? Sag mal, spinnst du? Weißt du nicht, was sie machte? Sie engagierte sich in der Kirchengemeinde, im Umweltausschuss und bei der Caritas. In Winterberg gibt es eine Unterabteilung. Die sammeln das ganze Jahr über für Brot für die Welt, für Straßenkinder in Brasilien, einfach für alles.«

Ich nippte an meinem Wein. Das sah nach einem vorbildlichen Leben aus.

Thomas setzte sich plötzlich aufrecht hin. »Da fällt mir gerade noch etwas ein, Hans. Vor drei Jahren gab es mal einen Zwischenfall beim Sommerfest. Zwei Jungen schlugen auf einen Dritten ein, einen Elfjährigen. Und als der auf dem Boden lag, trampelten sie auf seinem Brustkorb herum. Nur durch Ruths Eingreifen konnte das Schlimmste verhindert werden. Sie war die Einzige in der Nähe. Und weißt du, was der Vater dieser beiden Angreifer machte? Er beschimpfte Ruth, er nannte sie einen Bastard, der sich hier ins gemachte Nest gesetzt habe. Seine Jungs hätten nichts getan, es sei nur eine Rauferei gewesen, so wie sie unter Jungen üblich ist. Der Arzt sagte später, dass der Elfjährige nur knapp dem Tod entronnen sei und es nur Ruths schnellem Eingreifen zu verdanken war, dass es dazu nicht gekommen ist.«

»Was war weiter?«

»Der Vater der beiden Rüpel, Heinz-Werner Kübler, zog von Züschen weg. Nicht ohne uns gegenüber die schlimmsten Drohungen auszustoßen.«

»Hast du das der Polizei gemeldet?«

Er stieß die Luft aus. »Was sollte die denn tun? Ihn verhaften? Nur, weil er wütend und besoffen war?«

Thomas hatte recht.

»Weißt du, wo Kübler jetzt wohnt?«

»In Niedersfeld. Das ist ja gerade das Verrückte. Ruth stammt doch auch aus Niedersfeld. Als wenn Kübler es absichtlich gemacht hätte.«

Niedersfeld war ein weiterer Ort, der vor vielen Jahren der

Stadt Winterberg eingemeindet worden war.

Thomas stand auf, ging nach nebenan ins Wohnzimmer und stellte sich in die Mitte des Raumes.

»Hier«, sagte er. »Dies ist die Stelle, an der sie erschossen wurde. Man hatte sie schon weggebracht, als ich kam.« Er hatte Tränen in den Augen, wirkte plötzlich wie abwesend.

Ich antwortete nicht, ließ ihm Zeit und schaute stattdessen zum Wohnzimmerfenster. Gabi hatte recht. Das Fenster nahm die ganze Wandbreite zur Terrasse und einen Teil der Seitenwand ein, die Gardine in der Mitte war geteilt und auch jetzt wie bei meinem ersten Besuch offen. Es war noch hell draußen. Die Sonne war gerade erst hinter den Bergen verschwunden.

»Wer wohnt dort drüben?«, fragte ich Thomas.

Er folgte meinem Blick. »Was? Ach dort, meine Nachbarn meinst du. Tarrach heißen sie, nette Leute.«

Das Haus der Tarrachs konnte von hier aus nicht genau eingesehen werden, denn Thomas´ Terrasse schloss eine Rhododendronhecke ab. Ich schätzte sie einsachtzig hoch. Sie war dicht und gesund. Auf dem Grundstück der Tarrachs standen Obstbäume. Zwischen zwei der Bäume hingen die Querseile einer Kinderschaukel, und darüber hinweg konnte ich das obere Drittel des Hauseinganges und die Fenster im ersten Stock des Nachbarhauses sehen.

»Haben die Tarrachs Kinder?«, fragte ich.

»Eine Tochter. Corinna.«

Das erklärte die Schaukel.

Seitlich war ein Stück Rasen der Nachbarn sichtbar. Er wirkte sehr gepflegt, es gab kaum eine Unebenheit oder Steigung. Die Straße dahinter begann erst in etwa sieben oder acht Metern, war eine Sackgasse und von allen Anwohnern weit einsehbar.

Thomas starrte immer noch auf die Stelle, an der Ruth gelegen hatte. Ich stand auf, fasste ihn am Arm und zog ihn zurück ins Kaminzimmer. Danach versuchte ich, ihn auf andere Gedanken zu bringen und fragte nach unserem letzten Klassentreffen. Er sprang sofort darauf an.

»Es war toll«, erzählte er. »Ich habe noch nie so viel getanzt wie an diesem Tag. Mit allen Frauen.«

»Nana, irgendeiner wirst du doch wohl den Vorzug gegeben haben.«

»Sicher. Roswitha.«

»Ich hab sie seit sieben Jahren nicht mehr gesehen. Ist sie immer noch so hübsch?«

»Noch viel hübscher, Hans.« Seine Augen begannen zu glänzen. »Sie wird nicht älter. Wenn du sie siehst, glaubst du nicht, dass sie schon zweiundfünfzig ist, eher zweiunddreißig. Ich übertreibe nicht, wirklich nicht.«

»Wohnt sie in Züschen?«

»Ja. Ist aber noch verheiratet.«

Ich runzelte die Stirn. »Was heißt das denn?«

Er wand sich. »Naja, man munkelt, dass sie sich trennen. Aber du weißt ja, Gerüchte verbreiten sich schnell. Ich glaube nicht, dass ihr Mann sie gehen lässt, müsste schön bekloppt sein.«

»Was machen die anderen Schulkolleginnen?«, fragte ich. »Von den Jungs weiß ich noch genug.«

Das stimmte zwar nicht ganz, aber ich wusste doch, dass Thomas immer gern von den Frauen erzählt und geschwärmt hatte.

»Was Gabi macht, weißt du. Von Mechthild hörte ich, dass sie zweifache Großmutter ist. Zwillinge. Deshalb war sie vor zwei Jahren auch nicht beim Klassentreffen. Anke ist Ärztin geworden und wohnt in Freiburg. Sie hatte uns einen netten Brief mit Foto geschickt. Doris und Monika leben in Düsseldorf, tja, und Elke und Veronika sind hier in Züschen verheiratet.«

An die beiden erinnerte ich mich noch gut. Elke hatte meiner Mutter beim Schreibkram geholfen und Veronika bei der Pflege von Vaters Grab.

Thomas und ich sprachen noch über vieles andere, vermieden aber das Thema Mord. Spät in der Nacht bot Thomas mir an, bei ihm zu wohnen, und ich fragte ihn, ob ich einen Blick in Ruths Zimmer werfen dürfte.

Sie hatten seit acht Jahren getrennte Schlafzimmer. Da Thomas mindestens viermal in der Woche erst um elf, manchmal sogar noch später nach Hause kam, wollte er seine Frau nicht stören. Seitdem schliefen sie getrennt, und seit mehr als einem Jahr hatten sie nicht mehr miteinander geschlafen. Ruth habe sich ihm verweigert und das, so sagte Thomas, sei der Grund dafür gewesen, dass er sich mit anderen Frauen eingelassen habe. Ruths Zimmer sei für ihn tabu gewesen und erst nach ihrem Tod habe er es allein betreten. Das sei kurz vor dem Eintreffen der Kriminalpolizei gewesen.

Er schloss die Tür zum Schlafzimmer auf. Außer dem Bett und dem breiten Schrank stand neben dem Fenster eine Kommode mit einem großen Spiegel, an den sich ein kleiner Schreibtisch anschloss.

Auf der Kommode lagen die Dinge, deren Sinn für einen Mann unergründlich, die für eine Frau jedoch unentbehrlich waren: Lippenstifte, ein Make-up-Täschchen, verschiedene Dosen mit Vitaminen, eine Schachtel Aspirin, Papiertücher, Parfümfläschchen in allen Farben und Formen. Ich rührte nichts an.

Thomas öffnete Ruths Kleiderschrank. Hier hingen Kleider, Kostüme, Hosen, Blusen und Pullis für alle Gelegenheiten. Ruth hätte sich nie solche Gedanken wie Inge machen müssen, was sie anziehen sollte. Sie konnte aus dem Vollen schöpfen.

Auf der Bettwäsche hinter der mittleren Tür lag eine Schmuckkassette. Thomas öffnete sie.

»Alles Geschenke von mir«, murmelte er. »Sie hat sie sorgfältig aufbewahrt. Ich werde sie verkaufen, oder nein, ich werde sie behalten. Als Erinnerung an Ruth.«

Meinte er das im Ernst? Ein paar Wochen würde er sie vielleicht aufbewahren. Oder Monate, höchstens ein paar Jahre, dann würde er sie zu Geld machen.

Ich sah mich noch eine Weile im Zimmer um, dann gingen wir hinaus. Im Wohnzimmer tranken wir ein Glas Rotwein zusammen, dann zeigte mir Thomas mein Zimmer, das nahe an der Haustür direkt neben seinem lag.

5

Wie immer wurde ich auch an diesem Mittwoch früh wach. Das Bett war angenehm. Ich hatte keine Beschwerden. Es duftete nach frischer Wäsche, was mir ein Gefühl von Geborgenheit gab. Gestern hatte ich die Jalousien offen gelassen, und so schien die Morgensonne direkt in mein Zimmer. Ein paar Quellwolken hatten sich gebildet, aber sie deuteten noch nicht auf eine Wetterverschlechterung hin.

Thomas war schon im Sägewerk, wie mir Elena sagte, als ich in der Küche erschien. Ich setzte mich an den reichlich gedeckten Tisch und rief nach einem ausgiebigen Frühstück die Polizeiwache in Winterberg an, um zu wissen, wann Hauptkommissar Dorstmann auftauchen würde.

Er war vor wenigen Minuten gekommen, erfuhr ich, was mich ein wenig überraschte, denn er musste demnach spätestens um halb sieben – weit vor Dienstbeginn - in Dortmund abgefahren sein.

Wenig später stieg ich in meinen Wagen und fuhr nach Winterberg.

Zwei Männer saßen in Zivil im hinteren Teil der Polizeiwache an einem Schreibtisch.

»Ich möchte zu Kommissar Dorstmann«, sagte ich.

»Ich bin Hauptkommissar Dorstmann«, stellte sich der Ältere der beiden vor. »Was kann ich für Sie tun?«

»Mein Name ist Falke. Ich hätte Sie gern gesprochen.«

Dorstmann warf seinem Gegenüber einen raschen Blick zu, bevor er sich wieder mir zuwandte. Er war etwa so alt wie ich. Über den Rand einer schwarzen Brille hinweg musterte er mich. Es war weder ein misstrauischer noch ein entgegenkommender Blick. Dorstmann lehnte sich im Stuhl zurück. Sein Hemd war auf der Brust mit Schweißflecken bedeckt.

»Die Hitze dauert an«, sagte ich, und wie auf Kommando zog er ein Tuch aus der Tasche und wischte sich damit über die Stirn.

»Noch mindestens zwei Tage«, antwortete er. »Die Einheimischen wissen immer am besten, wenn das Wetter sich ändert.«

Ich erklärte Dorstmann, warum ich gekommen war.

Der Hauptkommissar schien nicht überrascht zu sein. Willi oder Siggi hatten ihm also bereits von mir erzählt. »Nehmen Sie Platz. Ich beneide Sie.«

»Warum?«

Dorstmann sah mich erstaunt an. »Sie sind doch pensioniert. Ich würde eher heute als morgen gehen. Aber wahrscheinlich will man immer das, was man gerade nicht hat. Sie stammen also von hier?«

»Ja.«

»Eine scheußliche Gegend.«

»Wie bitte?«

»Ich will weder Sie noch das Sauerland beleidigen, aber mir ist es einfach zu eintönig, keine Kultur, zu abgelegen ...«

Er brach ab, vielleicht weil er spürte, dass es unklug war, sich weiterhin negativ über das Sauerland auszulassen.

»Etwas zu trinken?«, fragte er stattdessen. »Bei dieser Hitze muss man trinken.«

Ohne meine Antwort abzuwarten, gab er seinem Kollegen ein Zeichen, worauf dieser im Nebenraum verschwand.

»Man hat mich und zwei Mitarbeiter mit dem Fall beauftragt«, sagte er. Er wirkte nicht sehr glücklich. »Zuerst waren wir zu fünft, dann haben sie in Dortmund gesagt, eine kleine Kommission genügt, der Fall wäre sowieso schnell aufgeklärt. Seitdem kommen wir jeden zweiten Tag.«

Der Kollege kam mit einer Mineralwasserflasche und zwei Gläsern zurückkam.

»Das ist mein Mitarbeiter Siemering«, stellte Dorstmann ihn vor. »Kollege Koch ist in der Registratur.« Er hielt die Hand vor den Mund und gähnte. »Ich bin um sechs aufgestanden. Tja, Herr Falke, ich kann Ihnen keine vertraulichen Informationen geben, das müssen Sie verstehen, auch wenn Sie zur Polizei gehören – gehörten.«

»Wie wär´s mit einer Zusammenarbeit?«, versuchte ich es.

Dorstmann hob eine Augenbraue leicht an, blieb aber nach wie vor reserviert. »Wie stellen Sie sich das vor?«

»Ich recherchiere auf meine Art und mache Ihnen Mitteilung.«

Er dachte kurz nach. »Das ist gut. Wissen Sie, je eher ich wieder von hier weg kann, desto besser.«

»Dafür müssen Sie mir aber sagen, was Sie wissen.«

Sein Gesichtsausdruck wurde schlagartig finster. »Ich ahnte, dass Ihre Hilfe einen Haken hat.«

»Aber nein«, wehrte ich ab. »Ich erzähle Ihnen, was ich weiß, und Sie brauchen es nur zu bestätigen.«

Damit erklärte er sich einverstanden.

Ich begann vorsichtig. »Thomas Bodeck befand sich auf einer Geschäftsreise in Braunschweig bei einer Firma Turner, als Ruth Bodeck in ihrem Haus ermordet wurde. Ein Augenzeuge, vermutlich jemand von der Müllabfuhr, hat die Polizei benachrichtigt.«

»Wie kommen Sie auf einen Müllmann?« Er sah mich dabei ausdruckslos an.

»An diesem Tag war Müllabfuhr.«

Er schwieg. Ein Zeichen, dass ich ins Schwarze getroffen hatte.

»Ruth Bodeck lag auf dem Boden im Wohnzimmer, fuhr ich fort.

»Richtig.« Seine Antwort kam langsam und bedächtig. Er überlegte genau, wann er zustimmen konnte. »Das weiß jeder, besonders Ihr Freund Thomas Bodeck.«

»Er ist nicht mein Freund.«

»Aber Ihr Schulkollege.«

»Ruth Bodeck war eine unscheinbare, aber dennoch attraktive Frau, was keinen Widerspruch bedeutet. Sie besaß eine gewisse Ausstrahlung, die Thomas Bodeck fasziniert hatte. Sie engagierte sich in verschiedenen sozialen Einrichtungen, war beliebt und überall gern gesehen. Eigentlich eine Frau ohne Feinde.«

»Eigentlich?«, fragte er gedehnt.

Ich nickte. »Es gab mal eine Prügelei in Züschen«, gab ich im gleichen Tonfall zurück. Er schürzte die Lippen, er wusste genau, wovon ich sprach.

»Waren Sie bei diesem Kübler?«

»Ja.« Dorstmann nahm seine Brille ab und spielte mit ihr. »Kübler ist ein primitiver Kerl, wenn ich das mal so sagen darf. Er ist Kistenmacher. Die Befragung ergab nichts, Herr Falke.«

Ich hatte nichts anderes erwartet.

»Seit wann sind Sie hier?«, wollte Dorstmann plötzlich wissen.

»Seit Montagnachmittag.«

Er hob die Augenbrauen. »Sie sind erst etwas mehr als einen Tag hier und haben so viel heraus bekommen wie ich in einer ganzen Woche. Beachtlich. Wissen Sie, woran das liegt?«

»Sie werden es mir sofort sagen.«

»Man kennt Sie hier und akzeptiert Sie. Wer bin ich dagegen?« Er hob die Hände. »Ein Bulle aus Dortmund. Sie wissen doch, wie die Sauerländer Fremden gegenüber sind. Verschlossen und stur. Am liebsten würden sie jeden sofort wieder wegjagen. Nur die Gäste werden gern gesehen.« Er seufzte. »Ich hab mich wohl auch öffentlich zu negativ über das Hochsauerland ausgelassen. Vielleicht liegt es daran, dass ich nur auf taube Ohren stoße.«

Dorstmann überspielte seine Enttäuschung über seine bisherigen Ergebnisse mit Ironie und Zynismus. Dabei merkte ich aber, dass er unter der Situation litt. Ich schätzte ihn als Kollegen ein, der verbissen einer Aufgabe nachgeht.

Sein Gesicht verschloss sich wieder, und ich merkte, dass er im Moment zu mehr nicht bereit war. Ich stand auf und reichte ihm die Hand.

Er nahm sie und hielt sie fest.

»Wenn Sie etwas erfahren, das wichtig sein könnte, kann ich mich dann darauf verlassen, dass Sie zu-erst zu mir kommen?«

»Sie können sich darauf verlassen«, antwortete ich.

*

Gegenüber der Polizeistation entdeckte ich ein kleines Café, genau richtig für einen schnellen Kaffee. Der Kuchen duftete verführerisch, aber ich beherrschte mich. Seit der Pensionierung hatte ich ein paar Kilo zugenommen, und ich wollte die Gelegenheit in Züschen nutzen, etwas abzuspecken. Bei Inge kam ich doch nicht dazu. Sie kochte genauso wie ihre Mutter früher, mit viel Mehlschwitze. Und durch das Gebäck von Elena gestern Abend hatte ich bestimmt allein ein Pfund zugelegt.

Bei meinem zweiten Kaffee erschien Willi.

»Ich hab gesehen, dass du hier reingegangen bist«, sagte er. Er legte seine Mütze auf einen freien Stuhl. »Dorstmann ist gerade beschäftigt, da wollte ich dich kurz sprechen.«

»Nimm Platz«, sagte ich. »Kaffee oder was anderes?«

»Kaffee ist schon recht.«

Ich gab der Bedienung ein Zeichen.

»Was hat Dorstmann dir gesagt?«, fragte er.

Ich erzählte ihm von meinem Gespräch mit dem Hauptkommissar.

»Also nichts«, sagte Willi enttäuscht.

»So ist es«, nickte ich.

»Er ist nicht der richtige Mann, Johannes. Der will nur schnell wieder weg von hier.«

Willi liebte das Sauerland über alles und hätte es nie verwunden, Stadt versetzt zu werden. Eher hätte er den Dienst quittiert.

»Willi, ich muss mehr wissen.«

Er rutschte auf seinem Stuhl hin und her. »Ich weiß, ich weiß. Sandra und ich haben die halbe Nacht darüber diskutiert. Wir hätten dir gleich reinen Wein einschenken sollen, aber ich fühlte mich überrumpelt.«

»Von mir?«, fragte ich erstaunt.

»Ja. Du kommst ohne Ankündigung nach Züschen, stellst Fragen, und ich weiß nicht, ob ich sie dir beantworten darf.«

»Jetzt darfst du?«

»Nein, natürlich nicht, aber du bist mein Freund. Ich komme in Teufels Küche.« Er quälte sich, aber ich durfte jetzt nicht locker lassen. Einen Moment lang tat er mir leid. Ich schätzte ihn sehr und war drauf und dran, ihn in eine Zwickmühle zu bringen.

»Von mir erfährt niemand etwas«, ermunterte ich ihn.

Er winkte ab. »Geschenkt. Du bist mein Freund, Johannes. Ich glaub dir auch so. Nur – wie willst du dein Wissen Dorstmann erklären?«

Das wusste ich auch noch nicht. »Mir wird schon was einfallen.«

Er beugte sich etwas vor und sprach mit gedämpfter Stimme. »Wir sind ziemlich sicher, dass es zwei Täter waren, mindestens ein männlicher. Wir haben Zigarettengeruch und den Duft eines Aftershaves am Tatort festgestellt. Kann mir nicht denken, dass sich eine Frau damit einschmiert.«

Ich kniff die Augen zusammen. »Du sagst, es waren zwei. Die Phantombilder zeigen ein und denselben Mann, Willi.«

»Begnüg dich bitte zunächst damit, dass es zwei Täter waren und dass wir nur von einem ein Phantombild haben, Johannes, okay?«

»In Ordnung.« Ich nickte. Ich wusste, wann ich zurückstecken musste. Hätte bei einem Mord einer meiner Mitarbeiter Dienstliches ausgeplaudert, hätte ich ihn sofort suspendieren lassen.

»Kannst du mir denn sagen, wer zuerst am Tatort war?«, fragte ich.

»Ich.« Willis Abwehr lockerte sich wieder ein wenig. Jetzt war er in seinem Element. »Ich hatte zwar gerade keinen Dienst, aber trotzdem rief man mich. Ich war jahrelang in Züschen allein Streifenpolizist. Deshalb kennen mich die Leute, haben Vertrauen und eine gewisse Beziehung zu mir. Und es ist die Macht der Gewohnheit, dass man mich ruft, wenn was passiert. Ich war etwa zehn Minuten vor den anderen am Tatort.«

»Woran erinnerst du dich?«, drängte ich ihn. »Der erste Eindruck ist manchmal entscheidend.«

»Ruth lag auf dem Boden. Sie war tot, das sah ich, ohne mich über sie beugen zu müssen. Sie hatte die Augen noch geöffnet, und es lag ein seltsamer Blick in ihnen.«

»Kannst du das näher beschreiben?«

»Naja, ich bin kein Fachmann, aber es schien mir, als wäre sie völlig überrascht gewesen.«

»Hm«, brummte ich und starrte vor mich hin.

»Sie hat ihre Mörder hereingelassen. Ruth lag im Wohnzimmer. Wenn die Mörder sie sofort erschossen hätten, dann hätte sie hinter der Eingangstür liegen müssen.«

»Warum bittet man seinen Mörder herein?«, sinnierte ich. »Doch nur, wenn man ihn kennt.«

»Oder wenn er mit einer Nachricht kommt.«

»Ihr denkt also wirklich, dass Thomas dahintersteckt?«

Willi lächelte bitter. »Diese Möglichkeit hat Dorstmann tatsächlich ins Auge gefasst.«

»Wie hat Thomas reagiert, als er von Ruths Tod erfuhr?«

Willi schloss kurz die Augen, als wollte er sich die Szene vergegenwärtigen. »Er kam sehr gefasst aus Braunschweig an. Ich nahm ihn in Empfang. Er war zuerst ruhig, ungläubig würde ich sagen, glaubte, ich wolle ihn auf den Arm nehmen. Er hat immer nur den Kopf geschüttelt, so, als könne es nicht wahr sein, ja, und dann kam der Schock, völlig überraschend.«

»Das ist normal.«

Er verzog die Mundwinkel. »Dorstmann ist der Meinung, ein reicher Unternehmer sei auch immer ein guter Schauspieler, sonst wäre er nicht erfolgreich.«

»In diese Richtung habe ich nie gedacht.«

»Das glaube ich dir. Ich selbst habe in Thomas´ Vergangenheit herumgeschnüffelt. Das meiste kannte ich. Beruflich geht er über Leichen. Es gibt für ihn nur seine Firma, sein Geld. Er würde ohne zu zögern Konkurrenten ausschalten und dabei auch nicht ...«, er zögerte, »vor Mord zurückschrecken. Das Letzte ist allerdings meine Auslegung, musst du wissen. Aber dennoch glaube ich nicht, dass er etwas mit Ruths Tod zu tun hat.«

»Was macht dich so sicher?«

Willi trank seinen Kaffee aus. »Er war erstens nachweislich in Braunschweig. Zweitens war seine Ehe in Ordnung, jedenfalls nach außen hin. Wie es wirklich war, darüber kann man nur spekulieren. Gabi ist der festen Überzeugung, dass er Ruth schamlos, und wo immer sich eine Gelegenheit bot betrog. Aber nachweisen kann es keiner. Die beiden hatten Gütertrennung. Bei einer Scheidung hätte er Ruth keinen Cent zahlen müssen, also hatte er auch keinen Grund, sie umzubringen.«

Ich überlegte, ob ich ihm von Thomas´ Affäre mit Eva Stahlberg erzählen sollte. Schließlich war er mir gegenüber sehr offen, aber ich behielt es doch für mich.

Die Kellnerin brachte mir noch einen weiteren Kaffee, während Willi dankend ablehnte.

Ich lenkte das Gespräch auf die Kübler-Jungen. »Warst du bei der Befragung dabei?«

Willi schüttelte den Kopf. »Ich kam kurz nach Ende der Rauferei zur Gemeindewiese.«

»Rauferei?«

»So wurde es letztendlich dargestellt und abgeschlossen.«

»Und wie ist deine persönliche Meinung?«

Willi holte tief Luft. »Das war mehr, Johannes. Ich habe in die Augen der beiden Jungen geblickt. Da stand eiskalte Wut drin und fast schon Mordlust. Das wäre böse ausgegangen.«

»Hast du das nicht ausgesagt?«

»Sicher. War aber nur meine persönliche Meinung und kein Fakt.« Er ergriff seine Mütze und stand auf. »Ich muss jetzt los. Dorstmann soll nicht erfahren, dass ich mit dir gesprochen habe. Übrigens, bleibt es bei Sonntag zum Kaffee?«

»Natürlich«, antwortete ich.

Wenig später war Willi an den Toiletten vorbei nach draußen gegangen, und ich hatte das dumpfe Gefühl, dass er mich zwar umfangreich informiert, aber dennoch vieles verschwiegen hatte.

*

Das Büro des Caritasvereins befand sich in Winterberg in der Fußgängerzone. Ein Mann von knapp dreißig Jahren saß hinter einem aufgeräumten Schreibtisch. Er trug eine randlose Brille und hatte sein Haar auf Streichholzlänge gekürzt. Als ich mich vorstellte, legte er sofort den Stift beiseite und wies auf einen Stuhl. »Bitte setzen Sie sich doch.«

Der Angestellte hieß Kurt Wilhelmi und arbeitete seit zwei Jahren für die Caritas. »Ich bin froh, überhaupt eine Beschäftigung bekommen zu haben. Ich glaube, sie haben mich nur wegen meiner Behinderung genommen.«

Erst jetzt sah ich, dass er im Rollstuhl saß.

»Kein Mitleid bitte. Davon hab ich im Leben genug gekriegt. Es war Kinderlähmung. Ich hab gelernt, damit umzugehen, kann fast alles, ich bin zufriedener als viele Menschen auf dieser Welt. Und ich kann anderen helfen. Ist das nichts?«

Er sprach erfrischend offen über seine Krankheit. Jetzt legte er die Fingerspitzen gegeneinander. »Wissen Sie, worüber ich mich wundere?«

»Nein.«

»Dass Sie der Erste von der Kripo sind, der mich aufsucht. Dieser Kommissar, der für die Aufklärung zuständig ist, hat noch nicht den Weg hierhin gefunden. Dabei hätte ich ihm etwas Wichtiges zu sagen.«

Ich horchte auf.

»Ja, da staunen Sie, was? Sehen Sie, wir sammeln nicht nur einfach oder werben neue Mitglieder. Wir tun auch was für die Bevölkerung. Zum Beispiel haben wir jedes Jahr ein sogenanntes Frühlingsfest. Mit Grillstand, Bogenschießen, Sackhüpfen, einfach alles, was Gaudi macht. Dafür nehmen wir einen kleinen Obolus. Das Geld können wir gut gebrauchen, wissen Sie. So gut bestückt sind wir nämlich nicht. Und voriges Jahr ist was dabei passiert.«

Wilhelmi sagte es irgendwie genüsslich, fast triumphierend. Ich sah ihn nur auffordernd an.

»Vierhundert Euro wurden geklaut. Wir haben vier verschiedene Kassen. Das Geld wird abends zusammengeworfen und von Freiwilligen gezählt. Nun – einer der Freiwilligen ist mit dem Geld abgehauen. Natürlich haben wir ihn gekriegt, aber nur, weil Frau Bodeck wusste, wer die Einnahmen gezählt hatte. Sie war die Einzige, die den Dieb überführen konnte. Es hat ganz schön Theater gegeben, aber wir haben dann auf eine Anzeige verzichtet, weil der Vater des Diebes eine großzügige Spende machte.«

Von solchen Dieben kannte ich viele. Sie würden es immer wieder versuchen, weil sie glaubten, ihnen könne nichts passieren. Ich ließ mir den Namen geben.

»Können Sie mir sonst noch etwas über Ruth Bodeck erzählen?«, fragte ich.

Er dachte kurz nach. »Nur Gutes, aber das würde unsere Zeit sprengen, und ich glaube, dass Sie das nicht weiterbringt, nicht wahr?«

»Vermutlich nicht.«

Wilhelmi lächelte. »Ich bin Krimifan, müssen Sie wissen. Wenn Sie weitergekommen sind, würden Sie mich dann informieren?«

Ich versprach es ihm, wusste aber jetzt schon, dass ich es nicht tun würde.

6

Mein Rücken machte sich unangenehm bemerkbar, als ich das Büro der Caritas verließ. Ich sollte dringend eine Stunde lang ausruhen oder einen kleinen Spaziergang machen. Ich entschied mich für Letzteres.

In Züschen stellte ich meinen Wagen am Bungalow ab und machte mich auf den Weg in Richtung Ahretal. Ich passierte den Bahndamm, an dem Thomas Bodeck als Dreizehnjähriger Forellen mit der Hand gefangen hatte. Einige Baukräne standen am Bach. Hier entstand vermutlich eine neue Wohnsiedlung. Platz dafür gab es reichlich.

Wenig später passierte ich den Züschener Sportplatz und kam am Gasthof Ahretalcafé vorbei. Hier hatten wir früher oft zusammengesessen, getrunken, gequatscht und gelacht. Es war das erste Lokal unterhalb des Skigebietes, und wenn wir nach ein paar Abfahrten keine Lust mehr hatten und die Skihütte zu voll war, gingen wir einfach ins Ahretalcafé, um etwas zu trinken.

Ich wanderte weiter durch das Ahretal. In einer steilen Kurve entdeckte ich Thomas´ Wagen, gleich dahinter einen LKW, der schon fast voll beladen war mit langen Fichtenstämmen. Sie rochen gut. Ich hatte diesen würzigen Baumgeruch seit meiner Jugendzeit nicht mehr in der Nase gespürt.

»He, Sie, passen Sie doch auf!«

Ich drehte mich um. Hinter mir stand der bärtige Mann, den ich gestern im Sägewerk gesehen hatte, als ich bei Jürgen Maibach im Büro war.

»Wollen Sie nen Stamm vor´n Kopf kriegen?«

»Nein«, sagte ich schnell und sprang zur Seite.

»Was stehen Sie dann hier herum? Wer sind Sie überhaupt?«

Ich nannte meinen Namen.

»Kenne ich nicht. Sind Sie von hier?«

»Nein, aus Bielefeld.«

»Bielefeld?« Der Bärtige gluckste plötzlich. »›Sehen wir uns nicht auf dieser Welt, dann sehen wir uns in Bielefeld.‹ Guter Witz, was?«

Ich hatte schon besser gelacht. Der trockene Humor eines Sauerländers.

»Wollen Sie zum Chef?« Er zeigte in eine unbestimmte Richtung. »Der ist mit dem Förster irgendwo da oben. Aber da können Sie jetzt nicht rauf.«

»Warum nicht?«

»Zu gefährlich. Mann, Sie wissen wohl gar nicht, wie das hier geht, was?« Er drehte sich um und rief einem für mich unsichtbaren Zweiten etwas zu, dann lachten sie beide.

»Wenn Sie warten wollen, der Chef kommt gleich.«

»Was heißt gleich?«

»Gleich heißt gleich. Kann in zehn Minuten sein oder auch in ´ner halben Stunde. Was weiß ich. Aber er muss hier runter kommen. Einen anderen Weg gibt es nicht. Außerdem steht sein Karren hier.«

Der Mann ließ sich auf einen Baumstamm nieder, packte

sein Butterbrot aus und biss kräftig zu. Die Brotkrumen fielen zu beiden Seiten seiner aufgeplusterten Wangen auf seine Hose und auf die Erde. Er beachtete es nicht.

Ich setzte mich neben ihn.

»Den ganzen Wald haben sie gerodet«, sagte er ohne Übergang.

»Welchen Wald?«

»Na den oben im Ahrtal. Borkenkäfer, pah! Das ist doch nur ein Vorwand. Holz brauchen sie, alle brauchen Holz.«

»Wohin liefert Bodeck denn so alles?«

»Überall hin, aber hauptsächlich in den Osten, Tschechei, Ungarn, Slowenien.«

»Haben die nicht genug Holz?«

»Woher soll ich das wissen? Mir reicht es, wenn ich Arbeit habe und Geld kriege. Zahlt nicht schlecht, der Bodeck, wirklich nicht. Hab mal gehört, dass sogar Ikea angefragt hat.«

»Beachtlich.« Ich wollte ihn mit Zustimmung am Reden halten.

»Ja, sag ich auch. Vielleicht haben wir zu Hause einen Schrank, der in Schweden gemacht wurde, aus Holz von um die Ecke.« Er lachte schallend, wobei ein großes Brotstück aus seinem Mund fiel. Gleichgültig wischte er es von seiner Hose.

»Sie kennen sich wohl gut in der Firma aus, was?«

»Das will ich meinen.«

»Wie war sie denn so, Ihre Chefin?«

»Ha, wenn ich damit anfange, sitzen wir morgen noch hier. Sie war die Seele vom Betrieb. Hat alles zusammengehalten. Ohne sie ist der Chef doch nichts. Wenn er nicht aufpasst, geht die Firma den Bach runter.«

»Er hat doch Hilfe.«

»Hilfe?« Er starrte mich an. »Wen meinen Sie? Etwa diesen Maibach und diese Stahlberg?«

Ich nickte, und er lachte wieder.

»Maibach kannste in der Pfeife rauchen.«

»Wieso?«

»Kennen Sie Maibach?«

Ich nickte. »Ich bin gestern bei ihm gewesen.«
»Und? Was trug er?«
»Wie?«
»Was er anhatte, meine ich.«
»Nun – einen Anzug.«
»Eben.« Er nickte kräftig. »Genau das ist es. Haben Sie den Chef mal im Anzug gesehen? Nein, nicht wahr? Der hat immer seine Zimmermannssachen an, packt mit an, wo es nötig ist, aber Maibach, dieser feine Pinkel, ist sich dafür zu fein. Der würde Schwielen an den Fingern kriegen, wenn er nur mal einen Hammer anfasst. Die Chefin, die hatte ihn sofort durchschaut, als er damals anfing. Maibach will nur ´nen schnellen Euro verdienen.«

»Bodeck scheint mit ihm zufrieden zu sein.«

Der Mann zuckte die Schultern. »Das ist er. Maibach ist wohl nicht schlecht als Bürohengst.«

Ich wählte meine nächsten Worte sorgfältig. »Könnte er etwas mit dem Mord zu tun haben?«

»Maibach?« Er schien meine Frage gar nicht für ungewöhnlich zu halten. »Hm, schwer zu sagen. Nee, glaube ich nicht, dazu ist er nicht clever genug. Hat zu viel Schiss in der Bux.«

Er aß das letzte Stück Brot.

»Was ist mit Eva Stahlberg?«, fragte ich weiter.

»Unser Evchen? Die ist eine Sünde wert. Mannomann. Das hat auch der Chef gemerkt.«

»Hat er was mit ihr?«

Der bärtige Arbeiter wiegte den Kopf. »Ich vermute es, sicher bin ich aber nicht.« Er hielt im Kauen inne und sah mich plötzlich schräg von der Seite an. »Mann, sagen Sie mal, wie kommt es, dass ich so redselig bei Ihnen bin?«

»Ich war mal bei der Kripo«, sagte ich trocken.

»Ach deshalb. – Ah, da ist er.«

Thomas Bodeck kam mit einem grün gekleideten Mann den Weg herunter. Es war offenbar der Förster, denn er trug eine Flinte über der Schulter, neben ihm hechelte ein kleiner Dackel.

»Hallo, Hans«, rief Thomas schon von Weitem.

»Sie kennen den Chef?«, fragte mein bärtiger Nachbar bestürzt.

»Wir saßen in der Schule nebeneinander.«

»Warum kann ich auch meine große Klappe nicht halten. Können Sie schweigen?«

»Wie ein Grab«, versprach ich hoch und heilig.

»Das ist der Förster Jäger«, stellte Thomas seine Begleitung vor und lachte, weil ich wohl ein selten dämliches Gesicht machte.

»Alfred Jäger heißt er. Du kannst auch Jäger-Förster sagen, ganz, wie du willst. Jeder weiß dann, wer gemeint ist.«

»Da kommste als Jäger hierher und wirst zum Förster«, kalauerte der Grüngekleidete. »Sonst ham se hier keinen Humor. Ich bleib auch nicht mehr lange, neenee. Ich will zurück nach Jülich. Da ist immer wat los, kann ich Ihnen sagen.«

Thomas lächelte still. Es war wohl nicht das erste Mal, dass der Förster-Jäger so etwas sagte. Thomas wandte sich an den Bärtigen.

»Alles klar, Paul?«

»Ja, Chef. Der Wagen ist voll.«

»Gut, dann fahr zum Werk. Ich komme gleich nach.« Er wandte sich wieder dem Förster zu. »Willst du mit zurück?«

»Gute Idee. Hab mich sowieso schon verspätet.«

Der voll beladene LKW kam näher. Aus dem Führerhaus schaute mich Paul an, und ich nickte ihm beruhigend zu. Ein Lächeln ging über seine Lippen, als er an mir vorüberfuhr.

»Was ist mit dir, Hans?«, fragte Thomas mich.

Ich schüttelte den Kopf. »Ich gehe zu Fuß. Ich muss auf meine Gesundheit achten.«

»Wie du willst.«

Ich wartete, bis Thomas mit dem Förster-Jäger verschwunden war, und beschloss dann, langsam zurückzugehen.

Nach zweihundert Metern klingelte mein Handy. Es war Gabi.

»Ich hab seit zwei Tagen nichts von dir gehört, Johannes. Wie kommst du voran?«

»Es geht.«

»Wo bist du gerade?«

»In der Nähe des Ahretalcafés.«

»Das ist großartig. Hast du was dagegen, wenn ich dich dort zu einem Kaffee einlade?«

Ich brauchte nicht lange zu überlegen. »Nein, ganz und gar nicht.«

Fast gleichzeitig kamen wir am Café an. Gabi hatte sich wohl noch Zeit genommen, sich zurechtzumachen, denn sie sah umwerfend aus, und sie strahlte mich an, als ich es ihr sagte.

»Das letzte Kompliment hat man mir vor einem Jahr gemacht. Ein junger Knilch, wollte wohl was von mir.«

»Naja, in dieser Hinsicht bist du bei mir sicher.«

»Ich weiß. Schade.«

Ich überging ihre Anspielung und hielt ihr die Tür auf. Ein paar Gäste lungerten an der Theke, zwei spielten am Flipperautomaten. Wir nahmen einen Tisch in einer kleinen Nische. Während Gabi ein Kännchen Kaffee bestellte, entschied ich mich für eine Apfelschorle.

Gabi war sehr neugierig, und ich überlegte, was ich ihr sagen durfte. Vielleicht war es besser, den Mund zu halten.

Ich wartete, bis die Getränke gebracht wurden. »Wann hast du erfahren, dass Ruth nicht mit nach Braunschweig fährt?«

»Gar nicht«, sagte sie. »Ich habe sie noch am Sonntag davor angerufen, um ihr alles Gute für die Reise zu wünschen. Ruth selbst hatte den Urlaub an der Nordsee geplant. Sie hatte sich so sehr darauf gefreut. Ich war wirklich überrascht, als ich hörte, dass sie zu Hause geblieben war. Hast du schon mit Willi gesprochen?«

Ich nickte.

»Und?«

»Er hat Sprechverbot.«

»Was? Von wem?«

»Von Dorstmann. Keine Widerrede, Gabi. Dorstmann ist

in dem Mordfall Willis Vorgesetzter. Willi hat keine andere Wahl.«

»Scheiße«, sagte sie.

Ein Jugendlicher jubelte. Er hatte am Flipperautomaten gewonnen, die Münzen rasselten.

»Gabi, was weißt du von der Rauferei der beiden Kübler-Jungen von vor drei Jahren?«

»Aha«, stieß sie triumphierend aus. »Hat Willi doch geplaudert?«

»Nein, das habe ich von Thomas.«

»Oh. Nun ja, ich war damals gerade nicht hier. Ich weiß nur das, was Ruth mir erzählt hat. Das Verfahren, wenn man es als solches bezeichnen kann, wurde eingestellt.«

»Hat Kübler sich mal wieder hier sehen lassen?«

»Soviel ich weiß, nicht. Der meidet Züschen wie der Teufel das Weihwasser.«

Der Jugendliche fluchte plötzlich laut und schlug gegen den Geldspielautomaten. Gabi grinste. »Wie gewonnen, so zerronnen.« Sie beugte sich vor. »Es gibt kein Motiv, nicht wahr?«

»Kein greifbares jedenfalls. Die Kübler-Jungen waren zu jung, um für die Schlägerei verurteilt werden zu können. Ihr Vater hätte für sie höchstens eine Strafe wegen versäumter Aufsichts-pflicht zahlen müssen, aber auch das kommt selten vor. Und seine Drohung Ruth gegenüber war eine emotionale Erregung, also kein Grund, ihn deswegen zu belangen. Du siehst, wie schwer es ist.«

Draußen heulte der Wind plötzlich auf, eine Tür schlug krachend zu, ein dünnes Blech flog über den Parkplatz gegen eine Bretterwand.

»Der Regen kommt eher«, sagte Gabi. »Zwei Tage Regen, dann kommt die Hitze zurück – hat der Wetterbericht gesagt.« Sie sah plötzlich unter den Tisch auf meine Füße. »Gut«, sagte sie. »Zwei gleiche Socken. Ich würde gern dafür sorgen, dass du immer ordentlich angezogen bist, Johannes. Ich könnte ...«

»Gabi, nicht schon wieder. Bitte.«

Sie nippte an ihrem Kaffee. »Ach - übrigens habe ich

Roswitha von dir erzählt. Sie war vorgestern bei mir. Sie war ganz aufgeregt, wollte unbedingt wissen, wie du aussiehst, ob du dich verändert hast. Und als ich ihr sagte, dass du ein bisschen nachforschst und länger hier bleibst, wollte sie dich unbedingt sprechen. Ich erwarte dich am Sonntag zum Kaffee.«

»Moment«, protestierte ich. »Sandra und Willi haben mich ebenfalls eingeladen.«

Sie verzog enttäuscht den Mund. »Aber doch nicht für Sonntag. Du kannst jeden anderen Tag zu Willi gehen, klar? Roswitha kommt doch auch.«

Das war überzeugend.

Gabi nahm mich mit zurück. Für ihr Alter fuhr sie einen rasanten Stil, sodass ich froh war, heil am Bungalow anzukommen. Sie rümpfte die Nase und deutete mit dem Kopf zum Haus. »Protzig, was? Ich möchte da nicht drin wohnen.«

»Es ist gemütlicher als es aussieht.« Ich stieg aus.

»Vergiss den Sonntag nicht, Johannes«, rief sie mir nach und gab Gas.

Elena war nicht im Haus. Es war noch früh an diesem Mittwoch. Ein Blick zur Uhr zeigte mir, dass es erst kurz nach zwei Uhr mittags war. Ein Abstecher in der Polizeiwache Winterberg konnte deshalb nicht schaden.

*

Hauptkommissar Dorstmann gehörte zu den Männern, die sich zweimal am Tag rasieren mussten. Sein Stoppelbart machte ihn jedoch männlicher, wie ich überrascht feststellte, als ich eintraf.

Die beiden Beamten Siemering und Koch wälzten ein paar Akten. Dorstmann schien verärgert zu sein.

»Was ist passiert?«

Er seufzte. »Ich habe noch zwei andere Kapitalverbrechen auf dem Schreibtisch. Kann mir mal einer sagen, wie ich das machen soll, wenn ich dreimal in der Woche hier bin? Ich hab dem Kriminalrat gesagt, dass ich das nicht schaffen kann, und wissen Sie, was er gemacht hat? Ausgelacht hat er mich. Wenn Sie was werden wollen, dann schaffen Sie das, Dorstmann, hat er gesagt.

Ich und was werden? Ich will auch in Pension. Wie haben Sie das noch hingekriegt?«

»Es war ein Unfall.«

»Ach ja, ich erinnere mich. Nee, so will ich nicht in Pension, aber bald, das können Sie mir glauben, gehe ich, und noch ein blödes Wort von denen da oben, und ich lass mich krankschreiben.« Er sah mich fragend an. »Was Neues rausgekriegt?«

»Ich bin nicht sicher, ob das, was ich erfahren habe, für Sie neu ist.« Ich erzählte ihm von meinem Besuch im Büro der Caritas und von Pauls Äußerungen über Jürgen Maibach.

»Das mit der Caritas ist mir in der Tat neu. Glauben Sie, dass der Diebstahl ein Motiv ist?«

»Nein«, sagte ich sofort. »Obwohl – es gibt primitivere Motive.«

»Richtig«, gab er zu. »Ich werde Koch beauftragen, den Mann zu befragen. Sie haben die Adresse?«

Ich griff in meine Jacke und reichte Koch den Zettel. Er nickte und ging hinaus.

Siemering schloss seinen Aktenordner und sah zu uns herüber. »Ich habe dem Hauptkommissar geraten, Ihnen reinen Wein einzuschenken, Herr Falke.«

Dorstmanns Gesichtsausdruck blieb unbewegt. Schließlich räusperte er sich umständlich. »Man nennt Sie nur den ›Falken‹. Ich habe in Bielefeld angerufen, nachdem Sie gegangen waren, und mich über Sie erkundigt. Man war von Ihrer Kombinationsgabe fasziniert. ›Der kriegt alles raus‹, sagte mir der Chef Ihres Polizeipräsidiums. Er hätte übrigens keine Bedenken, wenn ich Sie – sagen wir – ein bisschen einweihen würde.«

»Na also«, sagte ich auffordernd.

»Aber mein Chef in Dortmund denkt leider anders. Er ist ein konservativer Mensch, der sich nicht gern in die Karten gucken lässt. Tut mir leid.«

Er ging mit seiner Tasse auf den Flur zum Kaffeeautomaten.

Ich fragte mich, an welche Fälle sich mein alter Chef noch erinnerte und wann ich eigentlich den Spitznamen »Der Falke«

bekommen hatte. Mir fielen zwei besondere Mordfälle ein. Beim Ersten war eine Frau in ihrem Haus ermordet worden. Die Scheibe war eingeschlagen worden und eine dünne Scherbenspur führte direkt zu der Toten. Ein Einbrecher also. Doch nur ihr Mann, von dem sie seit Monaten getrennt lebte, hatte einen Vorteil von ihrem Tod. Sein Alibi war schwammig, die Putzfrau konnte nicht mit Bestimmtheit sagen, ob der Verdächtige die ganze Zeit, also während der Mord geschah, in seinem neuen Haus gewesen war. Dem Staatsanwalt reichte der Verdacht für eine Festnahme nicht aus. Bis ich den Verdächtigen erneut verhörte und mich dabei an einer kleinen Scherbe auf seiner Couch verletzte. Sie stammte eindeutig vom zerbrochenen Fenster im Haus seiner Frau. Er hatte den Einbruch nur vorgetäuscht, eine Scherbe hatte sich in der Sohle seines Turnschuhes festgesetzt. Da er zur Entspannung die Füße auf die Couch legte, hatte sie sich gelöst, und ich hatte mich daran geschnitten.

Bei dem zweiten Mordfall handelte es sich um einen Allergiker, der den Mann seiner Schwester, einen Jäger, in deren Auftrag an einem Hochsitz umbrachte und dabei von einer Biene gestochen wurde. Durch den anaphylaktischen Schock, den er wenig später erlitt, konnte ich seine Anwesenheit am Hochsitz beweisen.

Danach war zum ersten Mal der Spitzname »Der Falke« in den Zeitungen aufgetaucht. Meine früheren Mordfälle wurden von einem eifrigen Reporter noch einmal durchforstet, und dabei wurde festgestellt, dass viele nicht weniger spektakulär waren.

Dorstmann kam zurück. Er rührte bedächtig lange mit dem Löffel in seinem Kaffee herum, während er mich unaufhörlich ansah.

»Spielen Sie?«, fragte er unvermittelt.

»Was?« Ich glaubte, mich verhört zu haben.

»Naja, Schach oder so.« Die Ironie in seiner Stimme war nicht zu überhören.

»Nur Skat oder Doppelkopf.«

»Dazu fehlt aber noch ein Mann.«

Ich sah zu Siemering. »Was ist mit Ihnen?«

»Ich kann nicht spielen, höchstens Mau-Mau.«

»Wir könnten Willi Bescheid sagen«, schlug ich vor. Ich wusste immer noch nicht, ob Dorstmann es ernst meinte.

»Herrn Kaiser?« Das schien Dorstmann nicht so recht zu passen.

»Willi spielt gut und gern.«

»Na ja, mal sehen.« Dorstmann sah auf seine Uhr. »Sie müssen mich jetzt entschuldigen, Herr Falke. Aber ich habe einen Termin mit den hiesigen Reportern.«

Er stand auf.

»Haben Sie was dagegen, wenn ich mitkomme?«

Er überlegte kurz. »Meinetwegen.«

*

Es handelte sich um vier Zeitungsjournalisten sowie zwei Reporter von Radio Hochsauerland, zwei weitere vom WDR und einige vom Sender tv.nrw. Dazu hatte sich noch der Bürgermeister von Winterberg eingefunden. Sie saßen im kleinen Konferenzraum der Polizeiwache und warteten geduldig.

Ich setzte mich an die äußerste Ecke des Tisches.

Dorstmann hielt einen kurzen Vortrag über die bisherige Arbeit. Er sagte kein Wort mehr, als ich bereits wusste. Eigentlich waren weitere Fragen überflüssig, als die dennoch kamen, beantwortete Dorstmann sie mit stoischer Gelassenheit, obwohl sie hauptsächlich meiner Anwesenheit galten.

Ein Journalist hob die Hand. »Wir haben erfahren, dass Sie sich Verstärkung geholt haben.« Dabei drehte er den Kopf zu mir. »Können Sie uns das näher erklären, Herr Hauptkommissar?«

Dorstmann verzog säuerlich den Mund, zögerte, aber es blieb ihm keine andere Wahl.

»Das ist Herr Falke«, sagte er, indem er mit dem Kopf zu mir wies. »Herr Falke war Kommissar in Bielefeld und ist nun im Ruhestand. Er ist gebürtig aus Züschen und ein alter Schulfreund von Thomas Bodeck. Herr Falke hat ein persönliches Interesse daran, dass der Mord rasch aufgeklärt wird, er betreibt eigene Recherchen, also ganz inoffiziell. Ich kann es ihm nicht verbieten. Im Gegenteil. Vielleicht sind wir sogar auf seine Hilfe angewiesen.«

»Dann haben Sie ihn in alles eingeweiht?«

»Nein, natürlich nicht, nur in das, was ich durfte.«

»Wie soll er Ihnen denn dann helfen?«

»Das werden wir noch sehen. Aber das sollten Sie schon uns überlassen.«

Es wurden noch ein paar weitere Fragen nach meiner bisherigen Tätigkeit gestellt, dann war die Pressekonferenz vorbei.

Danach führte Dorstmann mich in die Kantine. Wir stellten uns am Ende der Schlange an.

»Die Zeitungsfritzen hier machen einem das Leben nicht sehr schwer«, raunte er mir zu. »Ich war überrascht, dass ihr Interesse an dem Mord wieder entflammt ist. In den letzten Tagen war kaum jemand bei mir auf der Wache. Es lag an Ihnen, Herr Falke. Die Journalisten haben erfahren, dass Sie sich reingehängt haben.«

»Und das ärgert Sie?«

Er sah einen Moment auf seinen leeren Teller. »Sagen wir es mal so. Ich hätte es sowieso nicht verhindern können, also heule ich lieber mit den Wölfen.«

Wir waren an der Reihe.

»Ich nehme Schweinebraten mit Rotkohl«, sagte er zu mir. »Beste Qualität, kann ich empfehlen. Kochen können sie im Sauerland.«

Das wusste ich wohl, aber ich nahm nur einen Salat. »Elena, Thomas´ Haushälterin hat für heute Abend gekocht«, erklärte ich ihm. »Ich möchte sie nicht enttäuschen und keinen Hunger haben.«

7

In den Morgenstunden des Donnerstags zogen weitere Wolkenbänke vorüber. Es war immer noch warm, schon jetzt um sechs Uhr früh. Heute würde der Wetterumschwung kommen, dessen war ich sicher.

Thomas saß am Frühstückstisch und las die Westfalenpost. Als ich eintrat, schob er mir wortlos den Heimatteil über den Tisch zu. Sie hatten den Artikel groß aufgemacht.

»UNERWARTETE HILFE FÜR KOMMISSAR DORSTMANN!«, lautete die dicke Überschrift.

Dann folgte ein ausführlicher Bericht darüber, dass ein weiterer Kommissar sich des Falles Ruth Bodeck angenommen habe. Natürlich wurden auch mein Spitzname »Der Falke« genannt und etliche sogenannte »unglaubliche« Fälle aufgezählt, die ich mit Akribie doch noch gelöst hatte. Der leichte Unterton, dass es Dorstmann allein wohl nicht schaffen würde, schwang deutlich zwischen den Zeilen, und ich befürchtete Schlimmes.

»Der Astenkurier schreibt in etwa das Gleiche«, sagte Thomas. »Auch im Lokalfernsehen und im Radio wurde es gemeldet, sogar mehrmals wiederholt. Du bist in aller Munde, Hans.«

Ich legte die Zeitung zur Seite und griff nach einem Brötchen. Mir war nicht wohl bei dem Gedanken an Dorstmann.

Plötzlich schaute Thomas auf die Uhr. »Verdammt, wie die Zeit vergeht. Ich muss los.« Er stand auf. »Heute Abend wird es spät. Ich habe Elena schon gesagt, dass sie nicht vor neun mit mir rechnen soll.«

Wenig später hörte ich ihn abfahren.

Donnerstag. Mein vierter Tag im Hochsauerland. Was hatten die ersten drei bisher gebracht?

Das Telefon in der Ecke klingelte durchdringend und unterbrach meine Gedanken. Elena kam, sah mich fragend an und nahm dann ab.

»Der Herr Kommissar? Ja, der ist hier. Moment.« Sie reichte mir den Hörer. »Für Sie, Herr Kommissar.«

Es war Willi.

»Du wirst es nicht glauben, Johannes«, sagte er. »Aber Dorstmann ist hier in Winterberg. Er wollte erst morgen wieder kommen. Ich glaube, es ist deinetwegen.«

»Meinetwegen?«

»Ja.« Er lachte verhalten. »Ich wette, er hat Angst, dass du den Fall ohne ihn löst. Er hat nichts gesagt, aber ich hab´s ihm angesehen.«

»Was macht er gerade?«

»Als ich losfuhr, las er die Zeitung. WP und Astenkurier. Und er hört den Lokalsender. Ununterbrochen.«

»Ist er sauer?«

»Nee, kann ich eigentlich nicht sagen.«

»Am besten, ich ruf ihn an.«

»Tu das, Johannes.«

Willi legte auf. Ich wählte die Nummer der Polizeiwache. Dorstmann war sofort am Apparat, als hätte er auf meinen Anruf gewartet.

»Sie rufen wegen der Artikel an, nicht?«, sagte er. »So ganz unrecht haben die Journalisten nicht. Jetzt habe ich der schreibenden Zunft Ihre Rolle erklärt, und nun sollten Sie sie auch perfekt ausführen können. Ich bin bereit, Sie über unsere bisherigen Ermittlungen zu unterrichten.«

*

Nicht mal zehn Minuten später war ich bei ihm. Dorstmann erwartete mich an seinem Schreibtisch. Vor ihm lag ein dunkelblauer Ordner, auf dem er wie schützend seine Hände liegen hatte. Über seine Brille sah er mich ernst, aber nicht ärgerlich an.

»Man soll nicht immer auf seinen Chef hören«, begann er ansatzlos. »Der Bauch muss auch mitentscheiden.«

Er nahm die Hände vom Ordner, lehnte sich zurück und verschränkte die Arme vor der Brust. »Also: Abgesehen von der Rauferei und jetzt dem Diebstahl der Caritaskasse, haben wir nichts in der Hand. Natürlich haben wir auch ein wenig in Thomas Bodecks Leben gekramt und seine Geschäftsbeziehungen unter die Lupe genommen. Seine Frau arbeitete schließlich jahrelang im Büro mit. Wir fanden heraus, dass Bodeck ein harter Hund ist, wenn es um Geschäfte geht.«

»Zart war er nie.«

Dorstmann ging auf den Scherz nicht ein. »Gegen seine Beziehungen zum Osten ist nichts einzuwenden. Ruth Bodeck hat sich sogar dafür starkgemacht, die Geschäfte mit dem gesamten Ostblock noch zu intensivieren. Sie hatte halt eine soziale Ader und war in dem Glauben, dass diesen Menschen immer noch geholfen werden müsste. Wir können ziemlich sicher sein, dass ihr von der Seite her keine Gefahr drohte. Von den deutschen Geschäftspartnern blieben vier übrig, die einen plausiblen Grund hätten, sich an Thomas Bodeck zu rächen. Wohlgemerkt an ihm, nicht an seiner Frau. Aber wir können nicht ausschließen, dass da ein Zusammenhang besteht. Zwei von den Firmen haben wir nach reiflicher Überlegung ebenfalls ausgeschlossen. Eines ist ein Konsortium, eine Gesellschaft mehrerer Banken, die Eigenheime baut. Hier entscheidet nie ein Einzelner. Auf meine Frage, ob Bodeck sie aufs Kreuz gelegt habe, sagten die Verantwortlichen, dass es ihnen egal wäre, sie verdienten immer noch genug.«

»Die können wir in der Tat abhaken.«

»Dann gibt es eine Firma mit Sitz in Gießen. Sie hat mindestens noch vier andere Sägewerke als Zulieferer, bleibt Bodeck aber treu, weil er angeblich das beste Holz liefert. Übrig bleiben nur noch zwei: Dieser Heinz-Werner Kübler und Franz Papenberg. Sie kennen beide?«

»Nur Papenberg«, sagte ich. »Von Kübler hatte ich bis vorgestern Abend, als Thomas Bodeck mir von dem Vorfall auf dem Gemeindefest erzählte, keine Ahnung. Papenberg gehörte eines der drei Sägewerke.«

»Nun, Papenberg hat jetzt eine kleine Schreinerei gegründet und betreibt gleichzeitig ein Reiseunternehmen. Die Schreinerei braucht Holz. Papenberg bezieht es von einem Sägewerk hier aus Winterberg, obwohl Bodecks Sägewerk nur einen Steinwurf von ihm entfernt liegt. Mir ist schleierhaft, warum er keine Geschäfte mit Bodeck macht.«

»Das kann ich Ihnen sagen. Franz Papenberg war nie ein Freund von Thomas Bodeck. Schon zu unseren Kindertagen oder Jugendzeiten gab es zwischen den beiden Stunk.« Ich erzählte ihm von den Osterfeuerstangen.

»Aha. Das erklärt einiges. Papenberg ist nicht gut auf Bodeck zu sprechen. Er wünscht ihm die Pest ans Bein, hat er gesagt, und dass seine Frau ermordet wurde, juckt ihn überhaupt nicht. Schade hat er gesagt, dass es Bodeck nicht auch noch erwischt habe. Papenberg war unterwegs zu einem Kunden, den er angeblich nicht angetroffen hat.«

»Also kein sicheres Alibi.«

»So ist es«, Dorstmann nickte grimmig. »Kübler hat die Geschäftsverbindung zu Bodeck seit dieser Prügelei abgebrochen, seine Kistenfirma, die bis dahin am Ortseingang von Züschen lag, aufgelöst und in Niedersfeld neu aufgebaut. Woher er jetzt sein Holz bezieht, weiß ich nicht. Kübler war zur Tatzeit bei seiner Geliebten. Aber die Frau ist nicht bereit, eine Aussage zu machen. Sie sagt immer nur ›ist möglich‹ oder ›wahrscheinlich‹. Es ist so, als wenn man mit losem Kies eine Mauer bauen wollte. Kübler könnte ein Motiv für den Mord an Ruth Bodeck haben, aber Papenberg? Hätte der nicht eher Thomas Bodeck umgebracht als seine Frau?«

Das war einleuchtend.

Dorstmann löste seine Arme vor der Brust, ergriff den blauen Ordner und schob ihn zu mir rüber.

»Die Protokolle«, erklärte er dabei. »Es ist besser, Sie lesen sie selbst.« Er hielt den Ordner noch fest und beugte sich vor. »Ich hätte da allerdings eine Bedingung.«

»Und die wäre?«

»Ich möchte von Ihnen das Versprechen haben, dass Sie alles für sich behalten. Ich will ehrlich sein. Ich habe nur noch ein paar Jahre bis zu meiner Pensionierung. Ich möchte sie nicht gefährden.«

Ich versprach ihm in die Hand, über alles zu schweigen. Dann machte ich mich ans Werk.

Die Aussagen Thomas Bodecks, Eva Stahlbergs und Jürgen Maibachs deckten sich mit dem, was sie mir erzählt hatten. Seit dem Mord waren insgesamt neun Hinweise eingegangen, von denen man die meisten vergessen konnte, weil die Anrufer die Polizei nur auf den Arm nehmen wollten und nicht mal ihre Namen genannt hatten. Die anderen Zeugenaussagen – insgesamt noch drei – waren zunächst vielversprechender. Demnach wollten sie zur Tatzeit fremde Autos in der Nähe der Kirche gesehen haben. Die Kirche befand sich auf einem Hügel nur etwa einen Kilometer von der Ebenau entfernt. Die Aussagen der drei Zeugen widersprachen sich allerdings dahin gehend, dass jeder ein anderes Kennzeichen gesehen haben wollte. Mal war es ein »K« für Köln, dann ein »MG« für Mönchengladbach und schließlich ein holländisches Fahrzeug. Dorstmann hatte alle überprüft, war aber zu dem Ergebnis gekommen, dass sie nichts mit dem Mord zu tun hatten. Es waren einfache Gäste.

Zwei Jugendliche hatten kurz nach dem Mord – die Kirchenuhr schlug gerade Viertel nach fünf - mit ihren Mopeds über die Mollseifener Straße ein Wettrennen veranstaltet. Dabei waren sie aus Züschen hinaus gefahren und hatten einem Auto ausweichen müssen, das ihnen in Höhe des Sportplatzes mit viel zu hoher Geschwindigkeit entgegen gekommen war. Da die Polizei die Todeszeit Ruth Bodecks mit siebzehn Uhr und acht Minuten exakt wusste, – wie bloß? – war auch dieser Raser unverdächtig, denn er entfernte sich nicht, sondern näherte sich dem Tatort.

Interessant für mich war die Aussage des Müllmannes. Dieser Mann hatte Ruth Bodeck im Wohnzimmer liegen sehen und die Polizei benachrichtigt. Also war meine Vermutung, dass jemand von der Müllabfuhr der Polizei die Täterbeschreibung gegeben hatte, doch richtig.

Auf der nächsten Seite waren sorgfältig alle Fingerabdrücke aufgelistet, die man im Bungalow gefunden hatte. Die meisten konnten zugeordnet werden.

Ich blätterte um und stutzte. Die Polizei wusste schon von dem Mord, als der Anruf des Müllmanns bei ihnen einging. Woher?

Ich überflog seine Aussage noch einmal, dann kam ich zu Tarrach. Karl und Hildegard Tarrach, die Nachbarn.

Ich hob den Kopf. Dorstmann sowie Siemering und Koch mussten mich die letzten Minuten unaufhörlich beobachtet haben.

»Tarrach hat Willi Kaiser angerufen«, sagte ich.

Dorstmann nickte. »Lesen Sie weiter, Herr Falke.«

Die nächsten Zeilen schockierten mich. Corinna Tarrach, die zehnjährige Tochter, hatte den Mord gesehen. Ich spürte einen Kloß im Hals. Ein zehnjähriges Mädchen also. Ich war erschüttert und musste mich erst wieder sammeln, bevor ich weiterlesen konnte.

»Corinna saß auf ihrer Schaukel«, sagte Dorstmann in meine Gedanken hinein. »Die beiden, Ruth Bodeck und Corinna, haben sich zugewunken, und zwar immer dann, wenn Corinna den höchsten Punkt erreicht hatte und über die Hecke sehen konnte. Plötzlich muss es an Bodecks Tür geläutet haben, denn Ruth drehte sich laut Corinna um und ging offenbar zur Tür. Bis dahin konnte Corinna allerdings nicht sehen. Erst als zwei Personen – Ruth Bodeck und ihr Mörder – wieder ins Wohnzimmer getreten waren, konnte Corinna sehen, was geschah. Sie ist sofort ins Haus gerannt. Ihre Mutter war allein. Von ihr wissen wir die genaue Uhrzeit. Sie wollte zuerst gar nicht glauben, was ihre Tochter erzählte, aber dann hielt sie es für besser, die Polizei anzurufen ...«

»Willi Kaiser.«

Er nickte. »Herr Kaiser hat alles richtig gemacht. Er hat einen Blick durchs Fenster geworfen und dann den Tatort abgesperrt. Inzwischen hatte die Polizeiwache einen zweiten Anruf erhalten, den von dem Müllmann. Es gab natürlich riesiges Aufsehen, als drei Polizeiwagen mit Blaulicht vorfuhren, aber niemand dachte an Mord. Etwa drei Stunden später trafen wir aus Dortmund hier ein.«

Ich konnte es nicht fassen. Der Gedanke, dass eine Zehnjährige in höchster Gefahr schwebte, wenn das an die Öffentlichkeit drang, raubte mir den Atem.

»Und von Corinna wissen Sie, dass es zwei Täter waren?«

Dorstmann schüttelte den Kopf. »Nicht direkt. Corinna war total durcheinander und sprach immer nur von einem Mann, der geschossen hatte. Es dauerte lange, bis wir mithilfe des Computers ein Phantombild erstellen konnten. Sie behauptet steif und fest, dass der Mann eine Glatze gehabt habe. Das ziehen wir auch nicht in Zweifel, aber die Glatze könnte er sich auch nur rasiert haben, und Haare können nachwachsen. Deshalb die beiden Fahndungsbilder. Sie sind schwach, das wissen wir. Aber besser als gar nichts. Corinna hat ja nur ein paar Blicke ins Wohnzimmer werfen können und auch nur für Sekundenbruchteile. Sie hat den Mann so gut wie nicht gesehen. Das war einfach zu wenig, auch für unsere ausgeklügelte Software.«

Seit einigen Jahren gab es die Software »I.S.I.S Phantom«. Sie umfasste eintausendfünfhundert Zeichnungen von Tätern. Das Phantombild wird aus unendlich vielen Details dieser Bilder nachgestellt; ein Mensch wird sozusagen »nachgebaut«. Ein Kind von zehn Jahren hat eigentlich eine unglaublich gute Auffassungsgabe, aber hier war die Beobachtungszeit wohl wirklich zu kurz gewesen. Anhand dieses Fotos jemanden zu beschuldigen, wäre hoffnungslos, der Tatvorwurf würde von jedem Strafverteidiger in der Luft zerrissen. Selbst ein Staatsanwalt hätte sich gehütet, hierauf eine Anklage aufzubauen.

Die Hoffnung, über das Phantombild an den Mörder heranzukommen, war geplatzt wie eine Seifenblase.

Wir schwiegen, während ich meine Gedanken ordnete.

»Wenn Corinna den Mörder gesehen hat«, sagte ich langsam, »dann kann es doch auch sein, dass der Mörder sie bemerkt hat.«

»Davon müssen wir leider ausgehen«, stimmte mir Dorstmann zerknirscht zu. »Aber wir wollen auch nichts dramatisieren. Tarrachs haben sich gegen einen Bodyguard für ihre Tochter gewehrt. Sie wollen nur ihre Ruhe haben. Zwei Beamte halten sich morgens in der Nähe der Schule auf.«

Das klang zwar beruhigend, würde aber im Ernstfall nicht reichen.

Ich las weiter. Es folgten noch zwei weitere Seiten. Es war die Aussage Karl Tarrachs. Demnach vermutete man, dass die Mörder ihren Wagen an der Kirche stehen gelassen und sich zu Fuß zum Haus geschlichen hatten. Karl Tarrach war von der Arbeit gekommen und von der Mollseifener Straße in Richtung Ebenau abgebogen. In diesem Moment raste ein Wagen in Höhe des Parkplatzes der Kirche auf ihn zu. Tarrach reagierte instinktiv und konnte im letzten Moment ausweichen. Leider war er so sehr mit seinem Wagen beschäftigt, dass er die Insassen nicht beschreiben konnte. Er war sich jedoch sicher, zwei Personen gesehen zu haben.

»Im Nachhinein wäre ein Zusammenstoß günstig gewesen«, sagte Dorstmann, »aber wer ahnt denn schon, dass in dem Wagen Mörder sitzen würden. Jetzt wissen Sie alles. Nehmen Sie es nicht persönlich, Herr Falke, aber nur weil wir auf der Stelle treten, habe ich mich entschlossen, Sie einzuweihen. Ich bin dankbar für jede Hilfe.«

Ich schloss den Ordner.

»Auf gute Zusammenarbeit.«

Er hielt mir die Hand hin, und ich drückte sie fest.

*

Lange überlegte ich, ob es ratsam war, die Familie Tarrach aufzusuchen, aber schließlich kam ich zu dem Ergebnis, dass mir bei einer gründlichen Recherche keine andere Wahl blieb.

Meinen Wagen stellte ich wie immer auf der breiten Garageneinfahrt vor Thomas´ Bungalow ab und sagte Elena, die aus einem Fenster lugte, dass ich zu Hildegard Tarrach wollte. Ein kleiner Pfad führte links am Bungalow vorbei auf das Grundstück der Tarrachs. Das Haus war nur etwa halb so groß und wirkte sehr bescheiden.

Hildegard Tarrach war eine Frau mittleren Alters. Misstrauisch sah sie mich an. Wahrscheinlich vermutete sie in mir auch einen der Reporter, die, wie ich erfahren hatte, die gesamte Nachbarschaft der Bodecks ausgefragt hatten, deshalb stellte ich mich rasch vor. Ihre Zurückhaltung lockerte sich nur unwesentlich.

»Ich wohne bei Thomas Bodeck«, erklärte ich weiter. »Sie können mir vertrauen. Herr Bodeck ist ein alter Schulfreund von mir.«

Jetzt lächelte sie zaghaft. »Ich hab von Ihnen gehört, aber ich bin sehr vorsichtig geworden. Kommen Sie herein.«

Hildegard Tarrach war allein. »Sie wollen dem Kommissar

helfen, nicht?«

»Ja. Bis zu meiner Pensionierung war ich selbst Kriminalkommissar. Manchmal braucht man Hilfe. Es muss schrecklich für Sie gewesen sein - ein Mord direkt nebenan.«

»Oh ja, das kann man wohl sagen. Besonders, wenn man sich gut kennt. Wir kennen uns hier an der Ebenau alle. Wir machen ab und zu Straßenfeste. Jeder bringt etwas mit, und wenn es schön warm ist, haben wir an der ganzen Ebenau Stände aufgestellt, Tische, Stühle, Getränke, und jeder kann überall so viel essen und trinken, wie er will. Das ist immer ein Mordsspaß ...«

Erschrocken brach sie ab und fuhr sich mit den Fingern nervös am Brustbein entlang. »Es – es ist mir so rausgerutscht.«

»Was?«

»Das Wort >Mord<. Es war ein Mordsspaß.«

»Das macht doch nichts«, beruhigte ich sie. »Das sind Wortklaubereien. Wo ist Corinna jetzt?«

Sie sah auf ihre Uhr. »Noch in der Schule. Sie hat erst in einer halben Stunde Schluss. Dann hole ich sie ab. Die Grundschule ist nur einen Katzensprung entfernt. Wenn Sie aus dem Wohnzimmer gucken, können Sie das Gebäude sehen.«

»Ich weiß«, nickte ich. »Ich hab die Schule zwar nicht mehr selbst besucht, aber ich kenne sie von meinen Schulfreunden. Als sie in die achte Klasse kamen, wurde das neue Gebäude eingeweiht. Damals war hier noch die Volksschule.«

»Das wusste ich nicht. Ich bin nämlich nicht von hier. Wir sind aus Essen. Dort haben mein Mann und ich uns kennengelernt, aber wir wohnen jetzt schon über zehn Jahre hier. Und es gefällt uns gut. Alle sind so nett, gar nicht so stur, wie man uns weismachen wollte. Und jetzt? Die arme Ruth. Sie war immer so gut, besonders zu Corinna. Und jetzt ist sie tot.« Die Erinnerung überwältigte sie. Ihre Stimme klang gequält.

»Sie haben also Herrn Kaiser angerufen?«, lenkte ich das Gespräch vorsichtig in eine andere Richtung.

Hildegard Tarrach nickte.

»Die Todeszeit wird exakt mit acht Minuten nach fünf angegeben.«

Sie nickte abermals. »Ich weiß nicht, wieso, aber als Corinna hereinstürzte, habe ich ganz unbewusst zur Uhr gesehen.«

»Wie sind Sie in Bodecks Haus gekommen?«

»Wir haben einen Schlüssel. Die Bodecks haben einen von uns und wir von ihnen. Wie es bei Nachbarn hier üblich ist. Wir haben der Polizei aufgeschlossen, sind aber nicht mit hineingegangen. Ich hab mich nur um meine Tochter gekümmert. Später bin ich mit ihr bei der Polizei gewesen, als sie diesen Mann beschreiben sollte. Mehr wissen wir leider nicht.« Sie lächelte verlegen. »Das ist nicht viel, nicht wahr?«

Ich sah zum Fenster hinaus und zu Thomas Bodecks Bungalow und fragte Hildegard Tarrach, ob ich mich in ihrem Garten ein bisschen umsehen dürfe. Sie hatte nichts dagegen.

Die Terrasse lag, von dichten Büschen und einem Holzzaun eingerahmt, im Schatten.

Die Schaukel stand ein paar Meter weiter auf dem grünen Ra-sen. Ich stellte mich neben sie und sah mich um. Die Straße war von hier aus nur noch teilweise zu erkennen, mein Blick ging darüber hinweg auf andere Häuser und auf den Hackelberg. Diesen Weg waren die Mörder vermutlich nicht gekommen, denn dann hätten sie Corinna ganz sicher auf ihrer Schaukel gesehen und ihr Vorhaben verschoben.

Der Rasen unter der Schaukel war stärker abgenutzt, Corinna musste sie also häufig benutzt haben. Ich schob die Schaukel erst sanft, dann kräftig an. Das Geräusch, das sie verursachte, war leise und nur in der näheren Umgebung zu hören, ein Beweis dafür, dass die Mörder nichts bemerkt hatten. Außerdem verschluckte die dicke Rhododendronhecke jeden Laut.

Ich zog an den Strippen. Sie waren aus festem, daumendicken Hanf, stark genug, um einen Mann bis zu neunzig Kilogramm zu tragen. Ich setzte mich vorsichtig auf die Schaukel und sah hinüber zum Bungalow. Im Sitzen konnte ich über der Hecke nur das Oberlicht des Wohnzimmerfensters sehen. Ich zögerte. Sollte ich wirklich schaukeln wie ein kleines Kind? Aber ich hatte keine andere Wahl und hoffte, dass die Hanfseile halten würden. Ich stieß mich ab, nahm mit abwechselnd angezogenen und gestreckten Beinen rasch an Fahrt zu, und es fehlte nicht viel, und ich hätte waagerecht in der Luft gelegen. Etwa viermal schwang ich die Schaukel hin und her. Dabei ächzte sie vernehmlich lauter als vorhin beim leichten Anstoßen, hielt aber. Tatsächlich konnte ich durch das Wohnzimmerfenster die Konturen der Möbel erkennen, eine Person dort auszumachen, wäre kein Problem gewesen.

Ich hielt die Schaukel an und erhob mich. Hildegard Tarrach stand in der Tür, das Gesicht sorgenvoll verzogen.

»Entschuldigen Sie«, sagte ich rasch. »Aber nur so kann ich mir ein Bild machen.«

»Jaja, ich hatte nur Angst, Ihnen würde was passieren. Mein Mann ist mal abgestürzt, daraufhin hat er die Seile verstärkt.«

»Wissen Sie noch, was für ein Wetter war, als Ruth Bodeck erschossen wurde?«

»Wetter? Warten Sie! Ich glaube, bewölkt. Ja, es hingen Nebelwolken am Himmel. Es hatte zwei Tage lang geregnet, aber die Sonne war schon durch den Nebel zu sehen. Corinna konnte es kaum erwarten. Sie liebt ihre Schaukel.«

Ich zeigte auf die Garage. »Haben Sie was dagegen, wenn ich mal dort hinaufklettere?«

Sie schüttelte nur stumm den Kopf.

»Haben Sie vielleicht eine Leiter?«

»In der Garage.«

Ich holte die Aluminiumleiter, legte sie an die Seitenwand und stieg auf das Garagendach. Von hier oben aus konnte ich fast die ganze Ebenau überblicken. Fast jedes Haus besaß eine Garage. Der Gedanke, dass die Mörder von einem Dach aus die Gegend ausgekundschaftet hatten, um Ruth Bodecks Gewohnheiten zu studieren, schien absurd, war aber nicht völlig auszuschließen. Es wäre nicht schwer für sie gewesen, an der Mauer hochzuspringen, die Dachrinne zu fassen und sich dann daran hochzuziehen. Allerdings mussten es dann junge Männer gewesen sein, in guter körperlicher Verfassung.

Ich stieg wieder vom Dach, bedankte mich höflich bei

Hildegard Tarrach und ging hinüber zum Bungalow.

Elena hatte mich auf der Garage gesehen.

»Ein kleiner Ausgleichssport«, erklärte ich ihr und schmunzelte. Sie erwiderte mein Lächeln.

Sofort wurde ich aber wieder ernst. »Elena, Herr Bodeck sagte, dass Sie an dem Tag, an dem seine Frau erschossen wurde, nicht im Haus waren. Haben Sie montags regelmäßig Ihren freien Tag?«

»Oh, Jesus, Herr Kommissar, nein. Das war ein Zufall. Ich dachte, Frau Bodeck würde mitfahren. Ich hatte mich zu Besuch bei meiner Freundin angemeldet. Ich wollte nicht, aber die gnädige Frau hat darauf bestanden.«

»Wann haben Sie das Haus verlassen?«

Sie dachte nach. »Na, so um drei am Nachmittag.«

Also über zwei Stunden vor dem Mord.

»Habe ich Schuld, dass die Chefin erschossen wurde, Herr Kommissar?«

»Nein, Elena, nein, natürlich nicht.«

Sie lächelte dankbar.

»Möchten Sie Tee, Herr Kommissar?«

»Nein, danke.« Ich gab es auf, sie darauf hinzuweisen, dass ich kein Kommissar mehr war.

*

Mein Hemd klebte mir auf dem Rücken. Diese kleine sportliche Extraeinlage war schon fast zu viel für einen alten Mann wie mich gewesen. Ich zog mir rasch frische Kleidung an. Dann ging ich zu meinem Wagen und fuhr los.

Willis Streifenwagen stand wieder vor seinem Haus. Er führte wirklich ein schönes Polizistenleben, konnte immer mal auf einen Sprung bei seiner Frau vorbeisehen. Sie hatten gerade ihr Mittagessen beendet. Willi blätterte in einer Zeitung, Sandra korrigierte einige Schulhefte.

»Ist denn schon Wochenende?«, meinte Willi ironisch, als ich auftauchte.

»Für einen Pensionär ist immer Wochenende«, entgegnete ich. »Übrigens klappt es am Sonntag doch nicht. Gabi hatte mich bereits eingeladen. Tut mir leid, aber sie war zuerst.« Die kleine Lüge kam mir glatt über die Lippen. Ich ließ mich in einen Sessel fallen.

Willi sah mich prüfend an. »Bist du nur gekommen, um uns das zu sagen?«

»Nein. Dorstmann hat mich eingeweiht«, sagte ich ohne Umschweife.

»Oh«, Willi schien überrascht zu sein. »Das hätte ich nicht gedacht.« Er legte die Zeitung zur Seite. Sandra blickte von ihren Heften auf. »Was willst du jetzt von mir wissen?«

»Wer hat Corinna zuerst befragt?«

»Ich«, antwortete Sandra.

»Du ...?«

»Willi rief mich an. Corinna war vollkommen verstört, als ich ankam. Aber ich bin ihre Klassenlehrerin, zu mir hat sie Vertrau-en. Bis die Polizeipsychologin eintraf, war Corinna schon wieder etwas ruhiger geworden. Es weiß sonst niemand, dass Corinna Zeugin des Mordes war.«

»Trotzdem muss sie beschützt werden.«

»Wir tun unser Bestes«, sagte Willi.

»Corinna ist ein aufgewecktes Mädchen«, meinte Sandra. »Es ist ihr vollkommen klar, dass es sich nicht um einen Film handelt, Johannes, sondern bitterer Ernst ist.«

»Wie geht es ihr jetzt?«

»Gut. Sie ist ja noch ein Kind und Kinder vergessen schnell. Du kannst ganz beruhigt sein, Johannes, dem Kind geht es wirklich gut.«

Ihre Zuversicht beruhigte mich tatsächlich.

»Gibt es irgendetwas, das Corinna erzählt hat und nicht im Protokoll steht?«

Willi sah seine Frau an und zuckte die Schultern. »Mir fällt nichts ein.«

»Überlegt bitte. Alles kann wichtig sein.«

»Corinna sagte, dass sie hin und wieder mit Ruth Bodeck spazieren war«, meinte Sandra langsam. »Besonders der neue See hat es ihr angetan.«

»Der Silbersee?«, fragte ich. Außerhalb Züschens gab es einen kleinen See, der im Volksmund nur der »Silbersee« hieß. Woher der Name stammte, war nicht ganz geklärt. Manche sagten, er sei dem berühmten Karl-May-Buch entnommen, andere wiederum behaupteten, dass die Sonne einen silbrigen Glanz über das Wasser legt und bizarre Figuren auf die Oberfläche zaubert. Auf jeden Fall hatte irgendjemand den Namen »Silbersee« erfunden.

Willi schüttelte den Kopf. »Nee, nee, der wird zugekippt. Die Gemeinde baut einen neuen See, direkt hinter dem alten Bahndamm. Das Gelände ist von der Stadt Winterberg gekauft worden, Toiletten stehen schon lange dort. Da werden immer wieder große Feten gefeiert.«

»Deshalb also die Bauarbeiten«, sagte ich.

Er nickte. »Der Bahndamm ist die ideale Staumauer. Was Besseres gibt es nirgendwo. Sind dir die Plakate nicht aufgefallen, Johannes? Sie hängen doch an jeder Ecke. Vor dem Mord waren es noch mehr, dann hat man sie gegen die Phantombilder getauscht. Aber irgendwas ist im Busch.«

»Was meinst du damit?«

»Ach, er redet nur Unsinn«, sagte Sandra und naschte eine Praline. Sie konnte es sich leisten.

Willi schüttelte energisch den Kopf. »Irgendwie wird da gemauschelt. Der See sollte schon längst fertig sein. Wart´s nur ab.«

»Hat das was mit Thomas zu tun?«

Er zuckte die Achseln. »Das glaube ich nun wieder nicht, aber wer weiß, wo der alles seine Hände drin hat.«

Willi stand auf und gab Sandra einen Kuss. »Ich muss los. Hab schon zu viel Zeit vertrödelt.«

Ich drückte ihr die Hand und ging mit Willi hinaus. Neben seinem Dienstwagen blieb er stehen.

»Dorstmann wollte schon nach zwei Tagen aufgeben«, sagte Willi.

»Der spinnt doch wohl, was?«

Willi lachte. »So was sagt man schon mal, wenn es nicht

weitergeht. Er hat sich auch nicht besonders gut eingeführt in Winterberg und Züschen.«

»Dorstmann verdächtigt zwei Personen«, sagte ich leise. »Papenberg und Kübler.«

Willi wiegelte sofort ab. »Bei beiden sehe ich keine Chance, Johannes. Die sind rein wie Waschpulver.«

»Manche haben sich auch schon mal die Haut von den Fingern gewaschen. Zuviel geschrubbt. Papenberg hat das schwächste Alibi. Aber diese Leute sind meistens am saubersten. Nur wer Dreck am Stecken hat und ein Verbrechen plant, sucht sich ein handfestes Alibi. Wer ist Küblers Geliebte? Ihr Name stand nicht im Protokoll.«

»Helen heißt sie, eine Amerikanerin. Sie wohnt in Olsberg. Sie ist einen Tag, nachdem Dorstmann bei ihr war, abgereist.«

»Hat Kübler sie davon gejagt?«

»Möglich.« Willi stieg ein. »Wie gehst du jetzt vor?«

Ich sah auf die Uhr. »Ich werde noch ein bisschen spazieren gehen und mich dann im Franzosenhof umsehen. Jürgen Maibach will dort bei einem Mädchen gewesen sein, als er die Nachricht von Ruths Tod erhielt. Ich will zur Sicherheit sein Alibi überprüfen.«

8

Zu meiner Jugendzeit hatte der Franzosenhof einen zweideutigen Ruf gehabt. Auf der einen Seite war es ein gut besuchtes Tanzlokal mit köstlichem Essen und einer gepflegten Band, die für Jung und Alt die richtige Musik spielte, auf der anderen Seite munkelte man, dass hinter der Fassade auch dem horizontalen Gewerbe nachgegangen wurde. Die alten Leute, die nur Arbeit gekannt und im Laufe ihres Lebens weiter nichts als das Sauerland kennengelernt hatten, tuschelten hinter vorgehaltener Hand, dass die Mädchen im Franzosenhof Prostituierte seien und verzogen abfällig den Mund, wenn die Rede von diesem Etablissement war. Oder sie drohten mit hoch erhobenem Zeigefinger demjenigen die schlimmste Verdammnis an, der einen Fuß über die Schwelle des Hotels setzen würde.

Ein Ereignis von damals fiel mir wieder ein. Im Kino in Winterberg zeigten sie den Film »Die Sünderin« mit Hildegard Knef. Die Knef war vielleicht zehn Sekunden mit bloßen Busen zu sehen, aber unser Pastor schimpfte von der Kanzel eine geschlagene Viertelstunde über den Film, und er verbot allen, ihn sich anzusehen.

Und was machte unsere Jugend? Sie charterte sich einen Bus und fuhr nun extra nach Winterberg. Ich war damals erst zehn und durfte nicht mit. Aber noch Jahre später war dieser Vorfall Stammtischgespräch.

Heute hatte der Franzosenhof zwar immer noch seinen zweideutigen Ruf, aber niemand störte sich daran.

Da es früh am Abend war, hockten nur ein paar Gäste auf den Stühlen. Einige Animiermädchen saßen vor dem Tresen, hinter dem drei Barmixer und zwei Mädchen Cocktails mixten oder Gläser spülten.

»Ich bin Ilona«, lächelte mich ein zu stark geschminktes Mädchen hinter dem Tresen an. »Heute ist Gedeckzwang.«

»Dann nehme ich ein Gedeck.«

Es bestand aus einem Bier und einem Korn.

»Kostet achtfünfzig. Zahlung sofort. So was wird leicht vergessen. Wenn Sie zum Klo gehen, sind Sie plötzlich verschwunden. Sie wären nicht der Erste.«

Ich gab ihr zehn Euro.

Dann sah ich mich um.

Es hatte sich einiges verändert in den letzten dreißig Jahren. Alles war moderner, aber dennoch in dunklen Farben gehalten. Das trübe Licht sorgte dafür, dass man die Gäste nicht genau erkennen konnte.

Ich wusste nicht, wo ich ansetzen sollte und wollte Ilona gerade fragen, ob sie Jürgen Maibach kannte, als ich ihn sah.

Er stand etwa fünf Meter von mir entfernt am anderen Ende der Bar, hatte sich weit über den Tresen gebeugt und redete auf einen der Mixer ein. Ich verfluchte die zu laute Musik, sah aber, dass Maibach immer hektischer wurde, und der Mixer nur den Kopf schüttelte oder die Schultern zuckte.

Es dauerte nicht lange, dann beendete Maibach abrupt das Gespräch. Ich konnte mich gerade noch hinter einen Pfeiler ducken, als er an mir vorbei zum Ausgang hetzte. Rasch wechselte ich meinen Platz.

Der Mixer, mit dem Maibach gesprochen hatte, sah mein halb volles Glas und verzichtete darauf, sich nach meinen Wünschen zu erkundigen.

Ich hielt mein Gesicht im Schatten. »Nicht viel los heute, wie?«

Er beachtete mich gar nicht, hob nur die Achseln. »Kommt schon noch. Waren Sie noch nie hier?«

»Doch. Vor dreißig Jahren.«

Er lachte wie über einen guten Witz und spülte weiter seine Gläser.

»Es stimmt«, sagte ich. »Aber da waren Sie wohl noch nicht geboren. Ich kannte das Lokal, als es noch ein Geheimtipp war.«

»Hab davon gehört, dass es früher verrucht war.« Er lachte wieder, diesmal verhaltener. »Wie sich die Zeiten doch ändern, nicht?«

»Kann man wohl sagen.« Ich nippte an meinem Glas. »Früher wurden hier schon mal Gäste rausgeworfen. Wenn sie zu viel getrunken hatten oder pöbelten, kriegten sie Lokalverbot.«

»Das ist heute nicht anders.«

»Ach. Hat der Kerl von vorhin etwa Lokalverbot?«

»Wen meinen Sie?«

»Na den, mit dem Sie geredet haben.«

Der Mixer stellte ein geputztes Glas ins Regal, drehte sich zu mir und kniff die Augen zusammen.

»Kenne ich Sie nicht?«

»Unwahrscheinlich«, antwortete ich schnell. »Ich bin, wie ich schon sagte, dreißig Jahre nicht mehr hier gewesen.«

Er nickte schwach und widmete sich seiner stumpfsinnigen Spülarbeit. Dabei sah er immer wieder zu mir hin. Ich merkte, dass es hinter seiner Stirn arbeitete.

Eine Reisegesellschaft war angekommen. Die meisten waren ältere Herrschaften, Ehepaare, die sich unsicher umsahen, weil sie ihrer äußeren Erscheinung nach nicht in solche Etablissements wie den Franzosenhof gehörten.

Sie setzten sich an einen Tisch nicht weit von mir. Eine Kellnerin brachte ihnen die Karte.

»Was?«, hörte ich einen älteren Mann schimpfen. »Fünfzehn Euro? Ich dachte, das wäre umsonst.«

»Das Essen, ja«, lächelte die Kellnerin honigsüß. »Aber die Getränke müssen Sie selbst bezahlen.«

»Nepp«, rief ein anderer.

Der Mixer vor mir grinste. »So sind sie immer«, sagte er. »Aber das legt sich.«

»Hören Sie«, raunte ich ihm zu. »Ich habe ein delikates Anliegen, aber vielleicht können Sie mir dabei helfen.«

Ich legte einen Schein auf den Tresen. Er nahm ihn ohne Regung.

»Dieser Mann vorhin, ich kenne ihn, das heißt, ich weiß nicht, wie er heißt, aber ich habe ihn schon ein paarmal gesehen ...« ich zögerte absichtlich. »Bei – bei meiner Frau. Ich vermute, dass die beiden ein Verhältnis miteinander haben.«

»Das ist Pech, Mann.«

»Sicher«, nickte ich. »Aber ich muss wissen, ob dieser Kerl an einem bestimmten Tag bei meiner Frau gewesen ist.«

»Was für einen bestimmten Tag?«

»Das ist unser Hochzeitstag, wissen Sie? Ich war leider auf einer Geschäftsreise und hatte mich verspätet. Ich kam erst am nächsten Tag zurück, und seitdem habe ich den Verdacht, dass meine Frau nicht allein war.« Ich nannte ihm das Datum, an dem Ruth Bodeck erschossen wurde. Und das war ein Fehler.

Er runzelte die Stirn, sah mich wieder an, und diesmal dämmerte es ihm.

»Dachte mir doch gleich, dass ich Sie irgendwo her kenne.« Sein Grinsen wurde böse. »Der Falke!«, spuckte er aus. »Sie haben kein Recht, mich auszufragen. Sie sind nicht mehr bei der Polizei.«

Ich fühlte mich noch immer im Vorteil. »Sie haben mir alles freiwillig gesagt. Außerdem – warum sollte ich Sie ausfragen?«

»Sie können mir nichts vormachen. Das Datum, das Sie mir gerade nannten, ist der Tag, an dem diese Frau ermordet wurde.« Er beugte sich vor, sodass sein schlechter Atem mich traf. »Verschwinden Sie!« zischte er über den Tresen.

Ich zog es vor, dem Folge zu leisten und setzte mich an meinen alten Platz zurück. Zumindest mein Glas wollte ich noch austrinken, das Bier war teuer genug gewesen.

»Er hat Sie erkannt?« Ilona beugte sich über den Tresen und tat so, als würde sie einige Bierdeckel ordnen.

»Sie wussten sofort, wer ich bin?«

»Von Anfang an«, nickte sie. Sie sah zu dem Mixer hinüber. »Von Max erfahren Sie nichts. Max sagt nie etwas.«

»Und Sie?«, fragte ich.

Sie richtete sich auf und zapfte umständlich an einem Bier. Dabei ließ sie Max nicht aus den Augen.

»Wenn Sie was über Maibach wissen wollen«, raunte sie, »müssen Sie Nancy fragen. Sie ist seine Tussi.«

Ich sah mich unauffällig nach den anderen Mädchen um. »Wer von denen ist Nancy?«

»Die ist heute nicht hier«, antwortete Ilona. »Hat wohl ihre Tage. Aber Sie können sie in ihrem Zimmer besuchen. Dreiundvierzig. Sie müssen außen rumgehen.«

Sie stellte das Bier vor mich hin. »Auf Kosten des Hauses«, sagte sie leise.

Ich nahm nur einen Schluck, legte aber dennoch einen Schein auf den Tresen.

*

Die ersten Regentropfen fielen bereits, als ich zur Tür hinaus trat. Kurz darauf fing es an zu blitzen und zu donnern.

Das Gewitter half mir, unbemerkt die Außentreppe des Franzosenhofs zu erreichen. Ich huschte die Treppe hinauf und drückte gegen die Tür. Sie war offen. Der Flur, in dem ich mich befand, war lang und dunkel. Als ich eintrat, ging das Licht an.

Das Zimmer befand sich im hinteren Drittel. Auf mein Klopfen hörte ich Schritte, ein Schlüssel rasselte und die Tür wurde einen Spaltbreit aufgezogen. Die Sicherheitskette hing Nancy genau in Höhe der Nase.

»Ja?«

»Entschuldigen Sie, dass ich Sie störe. Ich habe von Ilona Ihre Zimmernummer erhalten. Mein Name ist Falke ...«

»Ilona hat Sie bereits angemeldet«, unterbrach sie mich. »Kommen Sie herein.«

Nancy war ungeschminkt und blass. Sie trug einen einfachen Jogginganzug. In der Bar hatte Nancy sich mit starken Unterleibsschmerzen abgemeldet.

»Eigentlich kann ich es mir gar nicht leisten, nicht zu arbeiten«, sagte sie. »Ich brauche das Geld für meine Eltern. Sie glauben, dass ich in einem Café serviere. Ab und zu schicke ich ihnen Geld.«

»Sie stammen nicht aus Winterberg?«

»Nein.«

Anscheinend wollte Nancy mir ihren Heimatort nicht nennen, und ich fragte sie nicht danach.

»Sie prostituieren sich.«

Sie schien nicht beleidigt zu sein, es war ihr nur etwas peinlich. »Das sagen alle über die Mädchen, die hier arbeiten. Damit müssen wir leben. Nein, ich gehe nicht auf den Strich. Ob Sie es glauben oder nicht, ich habe in meinem ganzen Leben erst mit drei Männern geschlafen.«

»Einer davon ist Jürgen Maibach.«

»Ja.«

»Wie oft treffen Sie sich?«

Sie zuckte die Schultern. »Nicht sehr oft, ein bis zweimal im Monat vielleicht.«

»Warum lassen Sie sich mit ihm ein?«

Ihr Blick ging an mir vorbei. »Er gefällt mir. Er ist immer höflich, und er behandelt mich gut.«

»Lieben Sie ihn?«

Ein Lächeln huschte um ihre Lippen. »Nein, ich glaube nicht.«

»Aber er gibt Ihnen Geld?«

»Hin und wieder«, sagte sie zögernd. »Warum haben Sie gesagt, Jürgen hätte Sie mit Ihrer Frau betrogen?«

»Woher wissen Sie das?«

»Von Ilona.«

»Ich wollte Max zum Sprechen bringen.«

»Verdächtigen Sie Herrn Maibach wirklich, etwas mit dem Mord zu tun zu haben?«

»Verdächtigen? Sagen wir mal so: Er ist nicht aus dem Schneider.«

Sie nahm ein Taschentuch heraus, schnäuzte sich und behielt es dann in der Hand. Ich sah, dass sie es fest durchknetete.

»Er hat mir geschworen, dass er nichts damit zu tun hat.«

»Wann kam Maibach am zwölften Mai zu Ihnen?«

»Kurz nach vier.«

»Und wie lange blieb er?«

Sie brauchte nicht nachzudenken. »Bis nach elf Uhr, dreiundzwanzig Uhr also.«

»Mussten Sie nicht in der Bar arbeiten?«

»Montags ist nie viel los hier. Ich kann meinen freien Tag selbst bestimmen, auch kurzfristig. Jürgen rief am Morgen bei mir an und sagte, er habe Sehnsucht nach mir. Ich hab mich gefreut, aber auch gewundert, schließlich waren wir am Abend vorher noch zusammen. Wir waren im Kino und anschließend noch auf ein Bier im Sonnblick. Sie kennen das Lokal?«

Ich lächelte. »Dort war früher unser Stammtisch. Ist er heute noch, glaube ich.«

»Ja, da waren wir noch an diesem Sonntagabend. Trotzdem wollte Jürgen mich sehen. Ich solle mir den Abend freinehmen. Sanders, mein Chef, hatte nichts dagegen. Wir arbeiten ja nur auf Provisionsbasis.«

»Und Maibach war an dem Montag, an dem Zwölften, die ganze Zeit mit Ihnen zusammen?«

Sie nickte zögernd.

»Diese – diese Frau«, sagte sie leise. »Die ist doch gegen siebzehn Uhr ermordet worden, nicht? Das stand jedenfalls in der Zeitung.«

»Ja.«

»Dann kann Jürgen nichts damit zu tun haben. Wir haben etwas getrunken und dann geschlafen, kurz, nachdem er gekommen war - richtig geschlafen, meine ich«, fügte sie hinzu und lachte kurz auf.

»Wie lange haben Sie geschlafen?«

Sie zuckte die Schultern. »Eine Stunde vielleicht, eher weniger. Wir waren plötzlich beide sehr müde. Es lag vielleicht am Wetter. Ich bin in Jürgens Armen eingeschlafen und wieder wach geworden.«

Das sah nach einem guten Alibi aus. Ich stand auf. »Ich danke Ihnen, dass Sie Zeit für mich hatten. Vielleicht sehen wir uns mal wieder – in der Bar.«

Ich lächelte ihr noch einmal zu und ging dann hinaus.

Quer hinter meinem Wagen hatte ein Reisebus geparkt, und ich hatte Mühe, aus der Parklücke herauszukommen. Beim Davonfahren warf ich einen Blick auf den Bus. »Reiseunternehmen Papenberg« stand in Großbuchstaben an der Seite.

Papenberg! Hatte er die alten Leute in den Franzosenhof gebracht? Eine Kaffeefahrt zu den Freuden der Jugend, dachte ich. Nepp war wirklich das richtige Wort dafür.

*

Als ich kurze Zeit später den Bungalow betrat, war Thomas in seinem Arbeitszimmer und telefonierte. Die Tür war nur angelehnt, und ich konnte seine laute Stimme gut verstehen.

»Er ist eher gekommen«, jammerte Elena. »Der Chef hat schon gegessen. Es ist unhöflich, einen Gast allein essen zu lassen.«

Sie hatte tatsächlich Tränen in den Augen. Ihr zuliebe aß ich mehr als beabsichtigt, und das tröstete sie ein wenig.

Auf dem Weg zur Toilette hörte ich Thomas immer noch telefonieren. Er sprach unbeherrscht und zornig. Satzfetzen wie »das können Sie nicht beweisen« und »ich gehe zur Polizei« oder

»Sie werden es noch bereuen« drangen durch die Tür.
Das klang gar nicht gut.
Als ich wieder zurückkam, saß er im Kaminzimmer und starrte auf die Terrasse.
»Probleme?«
Er drehte den Kopf. Sein Gesicht sah müde aus. »Hans, hab dich gar nicht kommen hören. Nein, ich habe keine Probleme, nur das Übliche. Ich will mein Sägewerk nach Hessen auslagern.«
Die Grenze zu dem Bundesland war nur knapp zehn Kilometer von Züschen entfernt.
»Die kassieren dann meine Steuern«, sprach Thomas weiter, »und vielen ist das ein Dorn im Auge.« Er lächelte selbstzufrieden. »Und wie war dein Tag heute?«
»Aufschlussreich, sehr aufschlussreich.« Ich dachte an Dorstmanns Erklärungen. »Du betreibst rege Geschäfte mit dem Osten, Thomas, nicht? Kannst du diesen Partnern vertrauen?«
Er stutzte. »Voll und ganz. Das sind wirklich redliche Menschen, Hans. Natürlich gibt es in diesen Ländern auch Ganoven. Aber meine Partner sind absolut in Ordnung. Warum fragst du?«
»Wir suchen immer noch nach einem Motiv. Wie stufst du dieses Bankenkonsortium ein und deinen Kunden aus Gießen?«
»Ah!« Er lehnte sich zurück. »Eine interessante Überlegung. Solange ihr Profit gesichert ist, stellen sie keine Fragen. Und die Firma Zander aus Gießen war bereits zu Zeiten meines Alten unser Kunde. Über dreißig Jahre, Hans.«
Ich beobachtete ihn. Er war ruhig, fast gelassen, ein eiskalter Geschäftsmann, der vor niemandem Angst zu haben schien.
»Wie sind eigentlich deine Verbindungen zu Papenberg und zu Kübler?«
Er sah mich überrascht an und schüttelte dann den Kopf. »Mit Kübler mache ich keine Geschäfte. Mit Franz habe ich nie welche gemacht, der hatte ein eigenes Sägewerk. Jetzt kriegt er Holz aus Winterberg für seine Schreinerei.«
»Warum Kübler dich hasst, ist klar, aber was ist mit Franz?

Liegt es daran, dass ihr beide schon seit eurer Kindheit wie Hund und Katze seid?«

Er lachte auf. »Das ist längst vergessen. Ich hab ihm sein Sägewerk vor einigen Jahren abgekauft, zu einem guten Preis. Er stand vor dem Konkurs und konnte mit dem Geld das Schlimmste abwenden und sich wieder mit einem Reiseunternehmen und einer Schreinerei aufrappeln. Und Kübler? Wenn du so willst, hat er sich aus seiner Sicht schon gerächt, indem er die Geschäftsbeziehung zu mir abgebrochen hat.«

»War das ein großer Verlust für dich?«

Er legte den Kopf zur Seite. »Sagen wir mal so: Einen Monat Haushaltsgeld habe ich durch ihn schon verloren. Gibt es noch etwas, was du mir präsentieren willst?«

Ich schüttelte den Kopf und erhob mich. Als ich aus dem Zimmer ging, sah ich, wie Thomas eine Flasche des teuren Rotweins öffnete.

*

Es regnete noch, als ich eine Stunde später angezogen auf dem Bett lag. Das Gewitter war weiter gewandert, und der Donner verlor sich bereits hinter den Bergen. Ich hatte Thomas gesagt, dass ich müde sei. Dieser Fall lag mir schwer im Magen, weil alles so greifbar war wie ein Pudding. Das Telefon auf meinem Nachttisch läutete. Automatisch nahm ich den Hörer ab.

»Ja, ich bin´s«, sagte Thomas. Er sprach nicht mit mir. Dieses Telefon war mit anderen gekoppelt. Vermutlich klingelte in jedem Raum gleichzeitig der Apparat.

»Vierundzwanzig mal sieben ist korrekt«, hörte ich Thomas sagen. »Wir liefern in drei Tagen.«

Mehr bekam ich nicht mit. Ich legte auf. Ich wollte nicht Thomas´ Geschäftsgespräche mit anhören.

Das Gespräch war offenbar schnell beendet. Ich hörte Thomas in die Küche gehen und mit Elena reden.

Dem Knall gegen meine Fensterscheibe schenkte ich keine Beachtung. Ein Gewitter mit Hagel und Regen kam oft zurück. Dann kam der zweite Knall, und die Scheibe hatte einen Sprung.

Den nächsten Stein ahnte ich mehr, als ich ihn sah. Er traf

den Fensterrahmen. Ich löschte die kleine Tischlampe und huschte zum Fenster. Drei, nein, vier Gestalten konnte ich unterhalb der Straße ausmachen. Sie duckten sich hinter die hohen Hecken.

Wieder flog etwas auf mein Fenster zu, verfehlte es zum Glück und landete an der Mauer.

Es waren kleine Fackeln, Osterfeuerfackeln. Und sie brannten trotz der feuchten Witterung wie Schwefel. Sie mussten lange in einem Heizungskeller gelegen und getrocknet haben. Ich rannte in die Diele. Thomas starrte aus dem Fenster.

»Thomas!«, schrie ich. »Hast du das gesehen?«

Er fuhr herum. »Sie wollen mein Haus abfackeln!« Seine Stimme klang schrill. »Ich ruf die Polizei.« Er stürzte ins Arbeitszimmer.

Die Gestalten draußen warfen weiter brennende Fackeln. Einige landeten auf dem Garagendach, wo sie wirkungslos verpufften.

Nebenan schrie Elena auf.

Ich lief zu ihr. Ein Stein war durch das Fenster in die Küche geflogen. Sie kauerte in einer Ecke und zitterte am ganzen Körper.

»Was soll das?«, schrie ich durch das zerbrochene Fenster hinaus. »Was wollt ihr?«

Keine Antwort. Stattdessen ein erneuter Schwall von Steinen und Fackeln.

Thomas stürzte herein. »Ich hab Willi erreicht. Verdammt, was hab ich denen getan?«

Ich deutete auf einen Stein, der neben dem Bettpfosten lag. Er war mit einem Papier umwickelt. Thomas bückte sich und faltete es auseinander.

»MÖRDER!« stand in Großbuchstaben darauf. Und darunter: »DU ENTKOMMST UNS NICHT. AUCH WENN DIE POLIZEI DIR NICHTS BEWEISEN KANN. WIR KRIEGEN DICH!«

Wieder prallten einige Wurfgeschosse gegen die Mauer, das Fenster und auf das Dach. Neben der Hecke loderte plötzlich ein Busch auf, aber durch das Gewitter waren die Äste zu nass, um richtig brennen zu können.

»Das Haus ist aus Stein«, rief Thomas. »Da kann nichts passieren.«

In der Ferne ertönte eine Polizeisirene, die rasch näher kam. Ich hörte draußen Rufe, schnelle Schritte entfernten sich, und dann waren die Angreifer im Dunkeln verschwunden.

Ein paar Nachbarn hingen in ihren Fenstern. »Ich hab drei Mann gesehen«, rief einer zu mir hin. »Jugendliche.«

Ich schloss das Fenster und drehte mich um. Thomas saß benommen und mit leerem Blick auf einem Stuhl, als stünde er unter Schock. Elena reichte ihm etwas zu trinken.

»Sie denken alle, dass ich es war, Hans«, flüsterte er. »Das ganze Dorf. Aber ich habe mit Ruths Tod nichts zu tun. Warum glaubt mir denn niemand?«

Er ließ den Kopf hängen, und ich legte ihm tröstend eine Hand auf die Schulter.

Kurz darauf schellte es an der Haustür. Es waren Willi und Siggi.

9

Wir schliefen in dieser Nacht zum Freitag nur wenig. Die Polizei hatte alles aufgenommen, aber jeder wusste, dass bei der Anzeige nichts herauskommen würde. Keiner der Angreifer hatte identifiziert werden können.

Der Schaden am Bungalow hielt sich zum Glück in Grenzen. Thomas wollte von unterwegs aus gleich bei einem Handwerker anrufen. Er war schon im Sägewerk, als ich im Morgenmantel zum Frühstück kam.

Ich fühlte mich wie gerädert. Die Schmerzen im Rücken kamen wie ein regelmäßiger Pulsschlag. Die Schaukel und die abendliche Aufregung hatten einem alten Mann von zweiundfünfzig Jahren den Rest gegeben. Ich warf ein paar Tabletten ein und wartete auf ihre wohltuende Wirkung.

Elena brachte mir Orangensaft, Kaffee, frische Brötchen, Käse, Wurst und russische Marmelade. Sie war heute Morgen anders als sonst, irgendwie bedrückt, was verständlich war.

»Sie dürfen sich das von gestern Abend nicht so zu Herzen nehmen, Elena. Dorstmann und ich werden es schon wieder richten.«

Woher ich meinen Optimismus nahm, war mir nicht klar. Aber das brauchte sie nicht zu wissen. Ich überlegte, wie ich sie aufheitern konnte.

»Kaffee ist karascho«, sagte ich.

Sie stutzte, sah mich einen Moment lang perplex an und lachte dann. »Ärta par russki.«

»Da.«

»Sie können Russisch?«

Ich zuckte verlegen die Schultern. »Können wäre zu viel gesagt. Ich habe mal vor über dreißig Jahren ein paar Brocken bei der Bundeswehr gelernt. Viel ist nicht hängen geblieben, nur dass ›karascho‹ gut heißt, ›spassiba‹ danke, ›paschalusta‹ bitte.«

Sie lächelte abermals. »Das ist schön.«

»Vielleicht können Sie mir in den nächsten Tagen noch mehr beibringen.«

»Das wollen Sie wirklich?«

»Warum nicht.«

Sie ging beschwingt hinaus.

Ich nahm die Zeitung und blätterte lustlos darin herum. Nach zwanzig Minuten begab ich mich in mein Zimmer. Das Bett war schon gemacht, Hose, Hemd und Socken lagen sorgfältig oben drauf. Es waren passende Socken.

Elena! Sie war sehr taktvoll vorgegangen, hatte meine Schlamperei gemerkt und legte mir nun wie selbstverständlich meine Kleidung zurecht. Ich schmunzelte. Ich hatte eine neue Freundin gefunden.

Draußen fuhr ein dunkelblauer Kleinbus vor. An den Seitentüren stand schräg in großer Schrift: »Martin Michallek - Partyservice.«

Martin selbst stieg aus. Er war groß und hatte immer noch dunkles Haar, das für meine Begriffe über den Ohren zu hoch rasiert war. Ein kleiner Bauchansatz zeigte, dass er seinen Beruf ernst nahm und offenbar selbst sehr gerne aß.

Ich öffnete ihm die Tür. »Hallo, Martin.«

»Hallo, Johannes«, strahlte er. »Mensch, ist das eine Freude, dich zu sehen. Wie geht´s?«

»Gut. Fährst du etwa selber aus?«

»Hin und wieder ja.« Er nickte zerknirscht. »In den letzten Tagen war der Teufel los. Jeder wollte Grillsachen. Nach dem Regen von gestern ist es weniger geworden. Aber zwei Aushilfsfahrer haben schon wieder aufgehört. Die sind nicht für schwere Arbeit geboren. Was bleibt mir da anderes übrig als selbst einzuspringen? Ich würde auch lieber die Beine hochlegen. Wie lange bleibst du hier?«

»Bestimmt noch ein paar Tage.«

»Prima«, sagte er. »Ich melde mich.«

Er ging an mir vorbei ins Haus.

Ich hätte mich gern mit Martin unterhalten. Da er aber im Moment offenbar sehr eilig war, stieg ich in mein Auto und fuhr nach Winterberg.

*

Vor der Polizeiwache standen drei Streifenwagen und ein blauer Passat mit Dortmunder Kennzeichen. Dorstmanns Wagen. Der Hauptkommissar war also schon angekommen. Er trank einen Cappuccino, den Siemering mit der Kaffeemaschine zubereitet hatte, als ich eintrat.

Noch bevor ich etwas sagen konnte, deutete Dorstmann auf seinen Schreibtisch. »Da liegt Bodecks Anzeige.« Seine Miene drückte Mitleid aus. »Wahrscheinlich musste man damit rechnen. Wenn er, wie Sie sagen, Neider und Feinde hat, ist es für die leicht, Gewalttäter aufzuwiegeln. Meistens schaden sie niemandem, werden nur laut. Zwei Kollegen vom Streifendienst sind unterwegs, um drei Jugendliche zu vernehmen. Jemand hat hier angerufen und gesagt, dass er bei einem der Jungen Fackeln gesehen hat.«

»Die Fackeln«, nahm ich das Stichwort auf. »Sie waren pulvertrocken.«

Dorstmann legte die Stirn in Falten. »Meinen Sie, dass man sie für diesen Überfall angefertigt hat?«

»Möglich. Sie können aber auch noch vom letzten Osterfeuer übrig sein. Beweisen kann man das wohl nicht.« Ich sah mich um. »Wo ist Kollege Koch?«

»Holt neue Zündkerzen für unseren Wagen. Der Motor hat während der ganzen Fahrt hierher gestottert. Hoffentlich kriegen wir das Geld zurück.«

»Hat Kochs Befragung wegen des Diebstahls beim Gemeindefest der Caritas etwas gebracht?«

Dorstmann schüttelte den Kopf. »Überhaupt nichts. Der Mann war richtig erschrocken. Er hatte Angst, dass sein Fall wieder aufgerollt wird.«

Dorstmann zündete sich eine Zigarette an, dann sah er abwechselnd auf seinen Glimmstängel und zu mir. »Was dagegen?«

Ich schüttelte den Kopf. Er war der Chef hier.

Er drückte sie aus. »Ich weiß, wann es ungelegen kommt.«

»Sonst irgendetwas Neues?«

»Nein. Wir sind noch einmal Ruth Bodecks Leben durchgegangen-gen, haben die Kollegen in Gießen gebeten, ein wenig über Bodecks dortigen Geschäftspartner rauszukriegen.« Er sah mich über seine Brille hinweg an. »Fehlanzeige. Jedenfalls nichts, was uns helfen könnte. Dann haben wir noch einmal Ruth Bodecks Freundinnen befragt. Zu Karneval war sie ein paar Mal allein tanzen, hat geschmust wie alle anderen auch.«

Ich musste innerlich schmunzeln über seinen Eifer. Hatte meine Anwesenheit ihm etwa Beine gemacht?

»Bodecks Sekretärin Eva Stahlberg ist ein hübsches Früchtchen. Ich war noch mal bei ihr. Kurz nach ihrer Einstellung ist Ruth Bodeck ausgeschieden. Am Anfang ist Frau Stahlberg noch von Ruth Bodeck in alles eingewiesen worden – hoffentlich nicht auch in die Liebespraktiken ihres Mannes ...«

Er sah mich dabei mit einem schrägen Blick an. Ich zuckte

nur die Achseln.

»Das war alles, Herr Falke. Ach ja, heute Morgen kamen ein paar Anrufe überregionaler Zeitungen. Sie wollten wissen, ob das stimme, was in der WP stand. Ich hab sie an Ihr ehemaliges Präsidium in Bielefeld verwiesen. Ist Ihnen doch recht, oder?«

Es machte mir nichts aus.

Dorstmann sah auf den dreiteiligen Kalender an der Wand. »Montag werden es zwei Wochen seit dem Mord an Ruth Bodeck. Seit dieser Zeit pendele ich zwischen Dortmund und Winterberg hin und her, insgesamt sieben Mal. Ich weiß das wegen der Reisekostenabrechnung. Ich werde hier nicht sehr freundlich aufgenommen. Sie haben es einfacher, Sie duzen sich mit jedem, da kommt schon eine ganz andere Stimmung auf, aber ich? Ich bin ein Fremder und noch dazu ein Bulle.«

»Wenn Sie wollen, können wir uns duzen.«

»Das ist doch nicht dasselbe. Aber trotzdem vielen Dank. Tja.« Er hob die Arme. »Was werden Sie bis Montag tun?«

»Mich erholen, faulenzen, kegeln und ein wenig mit meiner Schulkollegin klönen.«

»Wie schön für Sie«, meinte er neidisch.

»Vielleicht trete ich Kübler und Papenberg mal die Tür ein.«

Dorstmann nickte. »Tun Sie das.« Er legte den Kopf zur Seite. »Falls bis Montag etwas Überraschendes eintritt ... Sie würden mich doch informieren?«

»Selbstverständlich, Herr Hauptkommissar.«

*

Ich überlegte, ob ich einen kurzen Zwischenstopp bei Gabi einlegen sollte, entschied mich jedoch, sofort nach Niedersfeld zu fahren und mich im Gasthof Zur Post ein wenig umzuhören. Hier hatten Thomas und Ruth vor achtundzwanzig Jahren geheiratet.

Niedersfeld war nicht so groß wie Züschen. Wie in den meisten sauerländischen Dörfern standen rechts und links der Hauptstraße mindestens eine Bäckerei, zwei Gasthöfe und ein Café. Die Hauptstraße war breit, und in den Vorgärten blühten unzählige Blumen.

Das Gasthaus Zur Post befand sich in der Nähe der Kirche. Ich fand einen freien Parkplatz, stellte meinen Wagen ab und ging hinein. Den Mann hinter dem Tresen schätzte ich auf über siebzig. Seine wettergegerbte Haut zeigte, dass er sich viel im Freien aufhielt. Vermutlich war er hauptberuflich Bauer und betrieb die Kneipe nebenbei. Ich bestellte eine Apfelschorle und setzte mich auf einen Hocker.

Er wischte sich die Hände an der Schürze ab und nahm ein Glas aus dem Schrank hinter sich. Draußen wieherte plötzlich ein Pferd. Der alte Mann sah zum hinteren Fenster hinaus. Eine Scheune oder ein Stall grenzte an das Wirtshaus. Der oberste Teil einer Tür war geöffnet, und ein Pferdekopf schaute heraus.

»Das ist Heyden.«

»Wie?«

»Heyden.« Der Wirt nickte zu dem Pferd hinüber. »So nennen wir ihn. Ein gutes Tier, hat schon ein paar Rennen gewonnen.«

»Haben Sie noch mehr Pferde?«

»Nein, nur dieses eine. Das reicht auch. Wäre sonst zu teuer. So viel bringt der Laden hier nicht.« Er stellte die Schorle vor mich. »So, bitte sehr. Wie kann ich Ihnen helfen?«

Ich sah auf.

Er lächelte freundlich. »Sie sind der pensionierte Kommissar, der bei der Aufklärung des Mordes in Züschen hilft, nicht?«

»Sie haben mich also erkannt?«

»Man müsste schon blind sein, nach all dem, was in der Zeitung steht und im Fernsehen gezeigt wird. Was wollen Sie wissen?«

»Alles. Wie hieß Ruth Bodeck mit Mädchennamen?«

Der Wirt öffnete schon den Mund, hielt jedoch inne und sah zum Fenster hinaus. Ein alter Helfer hatte das Stalltor völlig geöffnet.

»Pass doch auf, du Trottel«, knurrte der Wirt, wandte sich aber sogleich wieder mir zu. »Langenbach hieß sie mit Nachnamen. Also, dann passen Sie mal auf ...«

Eine Viertelstunde später rekapitulierte ich noch einmal das, was er mir in seiner ruhigen, sachlichen Art erzählt hatte.

Ruth Bodecks Vater Eduard war Bergarbeiter gewesen, dann, als der Bergbau in Ramsbeck eingestellt wurde, war er zur Stadt-verwaltung gegangen. Zuerst als Handlanger, später als hauptamtlicher Totengräber. Anfangs sei es eine scheußliche Arbeit für Eduard gewesen. Später, so hatte er seiner Tochter mal gesagt, habe er sich daran gewöhnt, aber offenbar stimmte das doch nicht. Vor drei Jahren nahm er sich das Leben. Erika, Ruths Mutter, hatte einen Platz im Altenheim erhalten und erfreute sich noch guter Gesundheit. Seit Ruth ermordet worden ist, soll sie depressiv und kaum noch ansprechbar sein. Thomas Bodeck sei nie Ruths große Liebe gewesen. Sie habe sich als sechzehnjährige in einen Italiener verliebt, mit dem sie nach Italien auswandern wollte, aber nur ihren Eltern zuliebe sei sie von dem Plan abgewichen. Als der Italiener dann zurück in seine Heimat ging, hat Ruth sich tagelang eingeschlossen und mit niemandem gesprochen. Irgendwann dann trat Thomas in ihr Leben. Aus anfänglicher Sympathie sei Liebe geworden, eine grundsolide Zuneigung. Als er sie fragte, ob sie ihn heiraten wolle, hatte Ruth sofort zugesagt. Sie wollte versorgt sein, viele Kinder haben und eine gute Ehefrau und Mutter werden. Kinder waren ihr aufgrund einer Eierstockentzündung, die sie sich auf einer Wanderung auf einem Gletscher in Österreich zugezogen hatte, aber verwehrt. Thomas hatte sie zu dieser Wanderung überredet und sich dann lange Vorwürfe gemacht. Das war vor über zwanzig Jahren gewesen. Seitdem hatte Ruth sich in Niedersfeld außer nach dem Tod ihres Vaters nie mehr blicken lassen.

»Woher wissen Sie das alles?«, fragte ich, nachdem der Wirt geendet hatte.

Er lächelte. »Der Italiener war mein Kellner und Eduard Langenbach bis zu seinem Selbstmord ein guter Freund von mir. Er ist viel zu früh gestorben.«

Ich trank meine Apfelschorle aus.

»Haben Sie irgendeine Vorstellung, welches Motiv hinter

dem Mord an Ruth Bodeck stecken könnte?«

»Nein«, sagte er, ohne zu zögern. »Wenn Sie an den Italiener denken – den können Sie vergessen. Erstens ist es fast dreißig Jahre her, und außerdem war der so lieb, der heulte schon los, wenn er nur eine Fliege zertrat.«

Ich wollte ihn schon darauf hinweisen, dass solche Menschen manchmal die schlimmsten Mörder sein konnten, aber ich konnte mir die Bemerkung im letzten Moment noch verkneifen.

»Was ist mit diesem Kübler?«

Der alte Mann runzelte die Stirn. »Dem Kistenmacher?«

»Ja.«

»Der ist vor einigen Jahren hierher gezogen.«

»Und wohnte vorher in Züschen. Was machen seine Kinder?«

»Die gehen zur Schule. Warum fragen Sie?«

»Nur so«, sagte ich ausweichend. Er wusste offenbar nichts von der Prügelei in Züschen. »Können Sie mir sagen, wo ich Kübler finde?«

»Kommen Sie mit nach draußen. Ich werde Ihnen den Weg beschreiben.«

Zwei Minuten später saß ich wieder im Wagen. Der Wirt beachtete mich nicht mehr, als ich vom Parkplatz fuhr. Er kümmerte sich um sein Pferd.

*

»Heinz-Werner Kübler« stand in übermäßig großen Buchstaben auf einem Holzschild quer über der Parkplatzeinfahrt. Ein Kleintransporter, zwei 7,5t Lkws und ein Sattelfahrzeug standen an einer Verladerampe, ein älterer BMW und ein an der rechten Motorhaube zerbeulter Volvo neben der kleinen Treppe, die zum Büro führte.

Die Tür war verschlossen, also drückte ich auf eine altmodische Klingel. Wenig später öffnete eine Frau von etwa fünfzig Jahren. Sie sah mich, ohne ein Wort zu sagen, fragend an. Ich nannte meinen Namen. Ihr Blick war kalt und abweisend, und ich fragte mich, wie es ein Mann bei dieser Frau aushalten konnte.

»Ich möchte den Chef sprechen.«

»In welcher Angelegenheit?« Ihre ölige Stimme lief mir den Rücken hinab. Diese Frau war mir auf Anhieb unsympathisch.

»In der Angelegenheit Thomas Bodeck.«

Die Frau runzelte die Stirn. »Dem wurde doch die Frau erschossen, nicht?«

»Ja. Sie brauchen deswegen nicht unbedingt zu weinen.«

Ihr Gesicht blieb unbeweglich. »Wir machen keine Geschäfte mit Herrn Bodeck.«

Ich spürte, dass diese Frau ganz genau wusste, warum ich hier war.

»Also, wo finde ich den Chef?«

»Mein Mann ist hinten im Hof.«

Noch bevor ich mich herumgedreht hatte, wurde die Tür schon zugeschlagen.

Ich stiefelte die Treppe hinunter. Der Hof befand sich hinter dem Wohnhaus. Als ich an einem Transporter vorbei ging, hörte ich eine Stimme, die kurze, laute Anweisungen brüllte.

»Die Kisten dorthin, verdammt noch mal.« Der Mann mit der lauten Stimme stand auf einem Holzstapel. Das musste Kübler sein, denn so konnte sich nur ein unbarmherziger Chef benehmen. Wieder schrie er einen jungen Kerl an. »Geht das denn nie in deinen Kopf? Wofür hast du den eigentlich?«

Die Männer um ihn herum arbeiteten, ohne auf seine Worte hektisch zu reagieren. Ein Zeichen, dass sie es gewohnt waren.

»He, Sie! Wer sind Sie?«

Er hatte mich entdeckt.

»Ach nee«, sagte er, bevor ich mich vorstellen konnte. »Der Falke!«

Bisher war ich immer ein bisschen stolz gewesen, wenn jemand mich so nannte, aber die abfällige Art, mit der dieser Mann den Namen aussprach, ließ mir vor Wut das Blut ins Gesicht schießen.

»Das sind Se doch, nich? Der Falke! Ich kenne Se doch

wieder außer Zeitung.« Er lachte meckernd. »Spielen sich in den Vordergrund. Oder stimmt es, was man sich über Sie erzählt? He, Jungs, das ist der Falke.«

Ein paar der Männer lachten, aber die meisten verzogen nur kurz den Mund.

Heinz-Werner Kübler sprang von dem Holzstapel und stapfte wie ein tollpatschiger Bär auf mich zu. Er war groß, mit dunklen Haaren, die ihm bis in den Nacken fielen und die von grauen Strähnen durchzogen waren. Sein Gesicht war grob, die Haut mit einigen Aknenarben übersät, seine Lippen wulstig und spröde.

Dicht vor mir blieb er stehen und streckte seine Pranke aus. Mit dem rechten Zeigefinger berührte er mich fast.

»Eines sag ich Ihnen gleich. Den Weg hierher hätten Se sich sparen können. Ich sag nichts mehr. Ich hab alles schon dem anderen Kommissar gesagt, was ich weiß, und das ist verdammt wenig. Aber er hat mich reingerissen.«

Ich hob gelassen eine Augenbraue.

»Das wissen Se wohl gar nicht, was? Er hat mein verfluchtes Alibi überprüft. Ja, ich war bei einer Schnalle. Das habe ich auch zugegeben. Aber verdammt noch mal, musste er es so laut wiederholen, dass es meine Alte hören konnte? Können Se sich vorstellen, was seitdem hier los ist? Die Hölle macht se mir heiß. Nie hätte die was rausgekriegt. Muss man auch die Alte von dem Bodeck erschießen.«

»Bitte mäßigen Sie sich, Herr Kübler«, sagte ich. »Ein Mensch wurde getötet.«

»Hä?« Er starrte mich an, als käme ich vom Mars. »Kommen Se mir nich so, Herr Falke, nich auf diese Tour. Ich denke nur an mich, an niemand sonst. Es gibt jeden Tag zig Morde auf der Welt, in Deutschland, in Nordrhein-Westfalen, vielleicht sogar im Sauerland. Soll ich mit jedem Mitleid haben?«

»Nein, aber mit jemandem, den Sie kannten.«

»Ich kannte Ruth Bodeck, klar.« Er lachte. »Und wie ich die kannte. Die werde ich mein Leben lang nicht vergessen. Oder wissen Se gar nicht, was vor drei Jahren passiert ist?«

»Doch.«

»Na also. Deshalb kommen Se doch, nich? Ich will Ihnen mal was sagen. Wenn ich mich an ihr hätte rächen wollen, hätte ich es längst getan. Glauben Se, ich warte drei Jahre? Für wie dumm halten Se mich?«

Das wollte ich ihm nicht so deutlich sagen.

»Viele Jahre war ich ein guter Kunde von Bodeck. Aber da-nach nich mehr. Nee, da war nichts mehr. Außerdem wurde er viel zu teuer und zu – zu affig.«

Dieser Kübler und Thomas Bodeck passten nun wirklich nicht zusammen.

Ich versuchte es anders.

»Sie stellen nur Kisten her?«

»Klar, Mann. Auch die, in die jeder mal reinkommt. Sie auch. Wollen Se sich eine aussuchen? Sie können später bezahlen.«

Er lachte wieder. Dieser Mann ekelte mich an.

»Also«, sagte er noch einmal. »Ich sag nichts weiter. Gucken Se in die Protokolle oder so, und außerdem – außerdem will ich mit Ihrer Branche nichts zu tun haben. Seit Ihr Kollege hier war, ist mein Leben im Arsch. Verstehen Se?« Er verzog den Mund zu einem hämischen Grinsen. »Und wenn Se keinen Durchsuchungsbefehl haben, dann verschwinden Se von meinem Grund und Boden.«

Er drehte sich auf den Hacken um und ging so schnell, wie ich es ihm gar nicht zugetraut hätte, in den nächsten Schuppen.

Wütend biss ich mir auf die Unterlippe. Dieser Kerl hatte mich wie einen Schuljungen stehen lassen. Während meiner aktiven Dienstzeit hatte ich viele sinnlose Fahrten unternommen, bis ein Mord aufgeklärt worden war, und Anfeindungen und Beschimpfungen sehr oft erfahren, aber jetzt hatte ich es nicht mehr nötig, mich beleidigen zu lassen. Der Tag war mir gründlich verdorben.

*

Auf der Fahrt nach Züschen beruhigte ich mich wieder. In Elenas Küche duftete es so verführerisch, dass das Gespräch mit Kübler schließlich verblasste.

»Der Chef ist in seinem Arbeitszimmer«, sagte Elena. »Er hat noch eine Besprechung.«

Ich nahm die Gelegenheit wahr, um mit ihr ein paar Worte auf Russisch zu wechseln. Sie antwortete mit einem ganzen Schwall russischer Wörter, von denen ich nicht mal die Hälfte verstand.

Thomas kam in diesem Moment dazu und starrte verblüfft auf uns beide. »Jetzt sagt bloß, ihr könnt euch unterhalten, ohne dass ich es verstehe?«

»Wär doch nicht schlecht, oder?«

Er verzog den Mund. Erst jetzt sah ich, dass Thomas nicht allein war. Jürgen Maibach tauchte hinter ihm auf. Es war ein geradezu groteskes Bild. Thomas in seiner Arbeitskleidung und Maibach im dunklen Anzug. Niemand wäre auf die Idee gekommen, dass Thomas der Chef war.

Maibach hob kurz die Hand und ging zur Tür. »Dann noch einen schönen Abend«, sagte er und verschwand.

Thomas setzte sich zu uns. »Morgen früh fahre ich nach Rosenheim. Ich komme erst am Sonntag gegen Abend wieder. Der Kunde in Rosenheim ist ein seltsamer Kauz, macht fast nur an Wochenenden Geschäftsabschlüsse. So ist das halt, wenn man einen Betrieb leitet. Willst du nicht mitkommen, Hans? Am Wochenende kommst du doch ohnehin nicht weiter, oder?«

»Das weiß man nie. Aber danke für dein Angebot. Ich bleibe lieber hier. Außerdem hab ich Willi versprochen, heute Abend zum Kegeln zu kommen.«

»Gut. Dann sehen wir uns am Sonntag wieder. Fühl dich hier wie zu Hause.«

*

Vor über dreißig Jahren gründeten meine Freunde den Kegelklub »Fall um« im Nuhnetalhotel. Bei unseren Kegelabenden damals wurde ausgiebig gezecht, eben bis zum Umfallen. Außerdem – ein Kegel fällt immer, wie Willi zu sagen pflegte. Wir haben uns damals sehr amüsiert über den Namen. Er passte irgendwie zu uns.

Als ich die Kegelbahn betrat, wurde ich mit lautem »Hallo« begrüßt. Die alten Kegelbrüder freuten sich tatsächlich, mich zu sehen. Es war, als wäre ich nie von Züschen fort gewesen.

Willi kam als Letzter.

»Hallo, Johannes. Kriegte noch ein Papier auf den Schreibtisch«, knurrte er. »Einer alten Frau war das Portemonnaie gestohlen worden. Der Apotheker hat es gefunden und ordnungsgemäß bei uns abgegeben, mit hundert Euro drin. Die Frau behauptet jedoch, dass im Portemonnaie zweihundertfünfzig Euro gewesen seien. Nun steht Aussage gegen Aussage. Der Apotheker ist ein recht schaffender Mann, und ich glaube, dass er ehrlich ist. Geld hat er selbst genug. Aber was glaubt ihr, was passiert? Der ehrliche Finder, in diesem Fall der Apotheker, muss das fehlende Geld bezahlen. So will es das Gesetz. Wenn sich das rumspricht, gibt es doch nur eine Möglichkeit.«

»Das Geld herausnehmen und das Ding wegwerfen«, sagte Achim, der Jüngste von uns. Willi nickte.

»Da soll einer schlau draus werden«, meinte Georg Wellenheim, unser Senior und Leiter des Verkehrsamtes.

»Lasst uns endlich anfangen«, rief Achim.

Ich war nicht mal schlecht im Kegeln. Manche Würfe gelangen mir besser als vor dreißig Jahren.

»Kegelst du etwa heimlich?«, fragte Georg einmal. Er war sonst der Beste und lag nun in der Gesamtpunktzahl hinter mir.

»Nee, es ist die Freude, euch mal alle wiederzusehen.«

Die Ironie nahmen sie genüsslich zur Kenntnis.

»Was treibst du denn jetzt so in deiner Freizeit?«, wollte Kai Barbach wissen. Er hatte stark zugenommen. Seine glatten Haare wiesen auch bereits ein kleines kreisrundes Loch am Hinterkopf auf.

»Ach, da gibt es viel zu tun. Am Haus muss ´ne Menge in Ordnung gebracht werden, dann der Garten, einfach alles, was bisher liegen geblieben ist. Aber all das ist stinklangweilig. Ich bin froh, dass ich hier mal wieder eine andere Aufgabe habe.«

Damit hatte ich zu meinem Thema gelenkt. Sie sprangen auch gleich darauf an und bombardierten mich mit Fragen nach den bisherigen Ergebnissen über den Mord, die ich so gut es ging, beantwortete.

»Eine Scheißsache«, sagte Georg. »Früher hat Thomas mit uns gekegelt, aber seit er der Chef ist, hat er keine Zeit mehr. Immer nur Geld scheffeln. Das geht nicht gut.«

»Genau«, pflichtete ihm Achim bei.

»Hat er etwa irgendwas Verbotenes getan?«

Sie lachten plötzlich alle. »Wer sein Geld so schnell vermehrt wie Thomas, kann das nicht mit rechten Dingen schaffen«, ließ sich nun auch Harald Maurer vernehmen.

»Ach, hört doch auf«, rief Kai und zu mir gewandt: »Du weißt doch, dass es nichts Schlimmeres gibt als Neider. Gerade hier ist man sofort neidisch. Dabei tut Thomas nur seine Arbeit.«

»Du solltest dich mal nach dem Tropenholz erkundigen«, sagte Achim unverhofft.

Ich horchte auf. »Was denn für Tropenholz?«

»Lass dir das von Willi erklären.«

Willi nahm einen gewaltigen Schluck von seinem Bier. »Nun – also, Thomas stand mal in Verdacht, Tropenholz verarbeitet zu haben.«

Ich runzelte die Stirn. »Das ist doch kaum möglich.«

»Sagst du. Aber sieh es doch mal von der praktischen Seite. Heute werden alle möglichen Lebensmittel, Schweine, Rinder, Schafe, Krabben von einem Ort Europas zum anderen transportiert und wieder zurück. Ist es da so unwahrscheinlich, dass man auch Tropenhölzer hierher transportiert?«

»Das müsste aber eine große Organisation sein.«

»Wir haben alles durchgecheckt«, sagte Willi. »Ein Typ aus Meschede hat das damals übernommen, ist aber schon nach einigen Wochen wieder abgezogen.«

Warum hatte Dorstmann davon nichts erwähnt?, fragte ich mich. Hatte er etwa nicht in diese Richtung recherchiert oder hatte er es bewusst verschwiegen?

»Gibt es sonst noch etwas über Thomas oder Ruth?«, fragte ich und sah Kai dabei an.

Ich musste am Ball bleiben, der Alkohol löst bekanntlich die Zunge, und Kai, Achim und auch Willi hatten schon reichlich getrunken.

»Nö, eigentlich nicht«, sagte Kai.

»Und was ist mit dem See?«, warf Achim ein. Er war heute gut in Fahrt, sorgte immer wieder für Überraschungen und neue Stichworte.

»Das ist auch so eine Sache, Johannes«, sagte Kai. »Der See soll die Attraktion von Züschen werden. Es muss irgendeinen Sponsor geben, der das Bauvorhaben finanziert. Man munkelt, dass es ein Holländer ist. Wer sonst? Winterberg ist doch Klein-Holland, und auf allen Campingplätzen siehst du fast nur holländische Kennzeichen. Franz Papenberg, der spuckt Gift und Galle. Es wird vermutet, dass ein Privatmann die Parkgebühren am See kassieren will. Wenn das stimmt, zahlt Franz sich dumm und dämlich für seine Busse. Du müsstest das wissen, Georg.«

»Sei still«, sagte Georg Wellenheim. Er war plötzlich sehr nervös.

»Warum?«, fragte Kai unbeirrt weiter. »Du bist doch im Gemeinderat. Du sitzt an der Quelle. Was geht da vor, Georg?«

Georg seufzte. »Nichts.«

»Das kannst du uns nicht erzählen.« Kai war so richtig in Fahrt gekommen. »Wenn es einer weiß, dann du. Weißt du, Johannes, es wird ein Riesengeheimnis um den See gemacht. Man hätte den alten Silbersee lassen sollen, statt Geld für diesen neuen auszugeben.«

»Es gibt kein Geheimnis«, antwortete Georg schwach.

»Die Sache stinkt zum Himmel, Johannes«, sagte Kai noch einmal. »Niemand hier weiß was Genaues. Es sickern immer nur Einzelheiten durch und dann völlig zusammenhanglos. Die Gerüchteküche brodelt.«

Ich stieß Willi an. »Hat Dorstmann sich nicht darum gekümmert?«

»Nein, warum? Hat das was mit dem Mord zu tun?

Dorstmann sah keinen Zusammenhang. Aber du kannst ihn ja darauf hinweisen, wenn du willst. Er kam heute und fragte, ob ich mit euch Skat spielen würde.«

»Was hast du gesagt?«

»Nur wenn es um Geld ginge.«

Die nächste Stunde verging mit konzentriertem Kegeln und allgemeinen Themen. Ich beobachtete dabei Georg Wellenheim. Er wurde noch schlechter, kaum ein Wurf gelang ihm. Ich sah ihm an, dass er nervös war und bemüht, sich nichts anmerken zu lassen.

Gegen elf gingen wir leicht torkelnd nach Hause. Ich trank sonst nie sehr viel Alkohol, aber heute war ich unmäßig geworden. Auf halbem Weg gelang es mir, Georg festzuhalten.

Er blieb sofort stehen.

»Du gibst nie auf, Johannes, was?«, fragte er heiser.

»Nein, nicht wenn es um Mord geht.«

Georg schüttelte den Kopf. »Es hat mit Mord nichts zu tun, glaub mir.«

»Georg, du solltest mir alles sagen. Wenn Dorstmann davon erfährt, macht er dir die Hölle heiß, und dann bist du verpflichtet, zu reden. Sag es lieber mir, vor allem, wenn es dabei um krumme Dinger geht.«

Trotz der Dunkelheit bemerkte ich, dass er zusammenzuckte.

»Es geht um keine krummen Dinger, Johannes«, sagte Georg langsam. »Seit etwa drei Jahren ist es offiziell, dass der Silbersee fallen gelassen wird und ein neuer See gebaut werden soll. Aber schon seit mehr als fünf Jahren ist es inoffiziell. Als die ersten Gedanken darüber im Gemeinderat auftauchten, hat man uns zum Stillschweigen verpflichtet. Wir wollten keine politischen Spekulationen. Aber irgendeiner hat dann doch geplaudert.«

»Was gab es denn da zu reden?«

Er zögerte und stieß die Luft aus. »Wir brauchen eine neue Zufahrtsstraße, Parkplätze, Toiletten und auch Sportmöglichkeiten. Und das kostet viel Geld. Aber die Gemeinde ist pleite, Johannes. Sie geht wie fast alle auf dem Zahnfleisch. Und dann kam eines Tages Thomas zu mir. Er habe von den finanziellen Schwierigkeiten der Gemeinde gehört, sagte er. Und er könne uns helfen. Er bot uns an, alles auf seine Kosten bauen zu lassen. Er hat uns das Angebot schriftlich eingereicht.«

»Wunderbar. Wo findet man solche Gönner?«

Georg lächelte gequält. »Sein Vorschlag war, eine Schranke am Eingang der Zufahrtsstraße aufzustellen, mit einem Gebührenhäuschen, das tagsüber ständig besetzt ist, mit Studenten, Schülern, Rentnern, eben mit Leuten, die viel Zeit haben und sich nebenbei etwas verdienen wollen. Die Durchfahrt sollte fünfzig Cent pro Achse betragen, die Parkgebühren selbstverständlich extra. Von den Einnahmen würde die Stadt Winterberg einen Anteil erhalten, Züschen ebenfalls, aber den größten Batzen würde Thomas verdienen.«

»Und was habt ihr gemacht?«

»Natürlich abgelehnt. Wir haben ihn ausgelacht. Manche warfen ihm modernes Raubrittertum vor. Allerdings - in der zweiten Sitzung wurde mit knapper Mehrheit zugestimmt.«

»Umfaller?«

Er wandte sich ab. »Geld macht jeden gefügig, Johannes.« Er hob nur die Achseln.

Ich brauchte einen Augenblick, um zu begreifen. Das war ein Schlag. Thomas Bodeck musste einen Teil der Ratsmitglieder bestochen haben, und was noch schlimmer war, sie hatten sich bestechen lassen.

»Wir haben die Verträge bereits unterzeichnet«, sagte Georg leise. »Niemand kommt mehr raus. Ein Knebelvertrag. Du siehst, es wird für Lastwagen oder Busse sehr teuer. Der Franz, der hat ihm mehr als einmal den Tod gewünscht.«

»Mal angenommen, Thomas kann die Parkplätze und die Zufahrtsstraße nicht finanzieren, was dann?«

»Wenn alles nicht innerhalb der nächsten zwei Monate fertig ist, ist sein Vertrag hinfällig.«

10

Am Samstag erwachte ich um zehn und fühlte mich, als hätte ich eine Woche lang auf einer Steinbank gelegen. Mein Schädel brummte, meine Lippen waren wie ausgetrocknet. Ich schlurfte in die Küche und trank ein Glas eiskaltes Wasser. Danach ging es mir zwar nicht viel besser, aber die Trockenheit im Mund war vorübergehend weg. Elena bedachte mich mit einer Mischung aus Mitleid und Schadenfreude.

Ich trank nur einen Tee und widmete mich ausgiebig der Tageszeitung, denn sie brachte wieder etwas über »den Falken«. »Ist er wirklich so gut wie sein Ruf?« lautete die Schlagzeile und: »Hat er nach vier Tagen mehr erfahren als Hauptkommissar Dorstmann nach fast zwei Wochen?« Dann ließen sie sich über einige meiner bisherigen Fälle ausgiebig aus, die sie offenbar aus dem Archiv gekramt hatten. Gegen halb zwölf überlegte ich, was ich mit dem Tag anfangen konnte.

Am Wochenende wirken die Dörfer des Hochsauerlandes fast immer wie ausgestorben. Die Geschäfte waren samstags noch bis vierzehn Uhr geöffnet, letzte Einkäufe wurden dann getätigt, und vor den meisten Einfamilienhäusern wurden die Gehsteige gefegt. Ein paar Männer wuschen ihre Wagen. Aber danach war Schluss. Die Menschen bereiteten sich auf das Wochenende vor.

Die Hotels haben im Sauerland bis auf wenige Monate im Jahr Hochkonjunktur, und auch die Ferienhäuser und Pensionen sind meistens gut belegt. Ohne Gäste wäre Züschen ein einsamer Ort, denn abgesehen von den jährlich wiederkehrenden Vereinsfesten gab es keine Veranstaltung, die ein bisschen Leben bringt. Das Schützenfest Ende Juli war das Highlight, dem das ganze Dorf entgegenfieberte.

Eine halbe Stunde später hatte ich mich entschieden. Es war noch nicht wieder so warm wie in den Tagen zuvor. Seit gestern Mittag regnete es zwar nicht mehr, aber dünne Wolken bedeckten seitdem den Himmel.

Ich lenkte meine Schritte zu dem alten Bahndamm. Er war

zur Hälfte, bis dort, wo sich ein kleiner Trampelpfad befand, gerodet. Ich balancierte darauf entlang, bis ich etwa die Mitte erreicht hatte.

Jetzt konnte ich alles viel besser überblicken.

Am Hang hinter der Ahre standen mehrere Bagger auf einem halbkreisförmig angelegten lehmigen Weg. Zwei Toilettenhäuschen waren bereits fertig, und eine Umkleidekabine befand sich im Rohbau. Die Parkplätze reichten für mehr als hundert Wagen.

Großartig, Thomas, dachte ich.

Langsam ging ich weiter über den Trampelpfad auf die gegenüberliegende Seite.

Von hier aus gab der zukünftige Staudamm eine noch prächtigere Kulisse ab. Im Hintergrund konnte ich einige Dächer des Dorfes mehr erahnen als sehen. Und plötzlich stellte ich fest, wie ruhig es hier war. Kein Lärm, nur Vogelgezwitscher und manchmal ein Rascheln in der Nähe. Es war der ideale Ort zum Abschalten. Als sich mit zwanzig Jahren unsere Einstellung zum anderen Geschlecht änderte, bot diese Abgeschiedenheit hier außerordentliche Möglichkeiten für die allerschönsten intimen Vorhaben.

»Hallo.«

Ich drehte mich um. Der Förster-Jäger stand fast neben mir. Er musste sich entweder angeschlichen haben, oder ich war so in Gedanken versunken gewesen, dass ich ihn nicht hatte kommen hören.

Sein Dackel setzte sich zwischen uns.

»Schön, was?«

Ich nickte.

»Dat Schönste auf dieser Welt ist ein See und recht viel Geld«, orakelte er. »Mannomann, wenn es um Geld geht, ist wohl alles egal. Den alten See lässt man verfallen. Kennen Sie ihn?«

»Ich war zuletzt vor zwanzig Jahren dort.«

»Er ist eine Kloake. Als ich hier anfing, habe ich den Vorschlag gemacht, einen ansehnlichen See daraus zu machen, als

Anlaufpunkt für Spaziergänger, Urlauber und so weiter, eben mit allem Pipapo. Aber die im Stadtrat haben mir gar nicht zugehört. Blind waren sie und taub. Jetzt haben sie den Salat. Jetzt müssen sie bluten für den neuen See. Verstehen Sie so wat?«

Ich schüttelte lächelnd den Kopf.

»Man sagte mir, dass der See entstanden ist, als einige Einwohner Züschens auf die Idee kamen, den Ahrefluss umzuleiten. Bei den Erdarbeiten schüttete man einen Damm auf, durch den das Wasser gestaut wurde. Zufälle gibt es. Silbersee passt jetzt natürlich nicht mehr zu dem Tümpel, aber es war ein schöner Name. Fantasie haben die Sauerländer, nur keinen Humor.« Der Förster deutete auf die Bagger. »Seit Tagen stehen die hier rum. Ich frag mich, wer das alles zahlen soll? Die sollen dem Sponsor mal in den Hintern treten, dass es weitergeht.«

Ich sah ihn an. »Sie wissen, wer es ist?«

»Nee, leider nicht.«

Der Förster-Jäger tippte an seine Mütze und bog nach rechts in Richtung Hackelberg ab. Sein treuer Hund folgte ihm.

*

Mein zweites Ziel an diesem Samstag sollte der alte Bahnhof sein, wo Franz Papenberg seit geraumer Zeit sein Reisebüro hatte. Wenn es nach den üblichen Gepflogenheiten ging, musste Papenberg auch am Samstag bis vierzehn Uhr geöffnet haben. Jetzt war es kurz vor eins. Es kam zumindest auf einen Versuch an.

Der Bahnhof war schon lange stillgelegt, der Zugverkehr seit vielen Jahren eingestellt. Der ehemalige Bahnhofsvorplatz war mit Achtkantsteinen gepflastert, unterbrochen nur von kleineren hellen Steinen, die in gleichmäßigen Abständen Parkbuchten markierten.

Dort, wo damals eine Brücke über die Schienen führte, spielten Kinder Fußball. Sie hatten den alten Brückenbogen als Tor genommen.

Ich war überrascht. Wo konnte man heute noch Straßenfußballer finden?

»Hallo«, sagte eine helle Stimme neben mir.

Ein blonder Junge von vielleicht elf Jahren sah zu mir auf. Unter dem Arm hatte er einen Ball geklemmt. »Willst du zu meinem Opa?«

»Wenn du Papenberg heißt, ja.«

»Ich bin Jörg Papenberg. Mein Opa ist im Büro.«

»Und dein Papa?«

»Der ist in der Schreinerei. Die ist dahinten.«

Jörg zeigte an dem Bahnhofsgebäude vorbei auf einen großen Schuppen, vor dem ein Kastenwagen stand. Arbeiter waren dort nicht zu sehen.

»He, Papenberg, komm doch endlich«, rief ein anderer Junge unter der Brücke.

»Ich glaube, du wirst gebraucht«, sagte ich zu dem Steppke.

Er nickte und wollte los.

»Warte mal«, sagte ich. »Kennst du Corinna? Corinna Tarrach?«

»Klar.«

»Ist sie eine Freundin von dir?«

»Nee, die ist blöd. Die kann ich nicht leiden.«

Und weg war er.

Ich sah ihm nach, wie er den Ball aus der Hand auf das Tor schoss, dann drehte ich mich um und ging auf das dreigeschossige, alte Bahnhofsgebäude zu. Es war renoviert und in einem perfekten Zustand, wie ich sofort registrierte. Statt des Schildes »Bahnhof« stand nun »Reiseunternehmen Papenberg« über dem Eingang.

Zwei Frauen, eine schwarzhaarige und eine brünette, saßen an dem lang gestreckten Schreibtisch, hinter dem an der Wand die Regale mit allen nur erdenklichen Prospekten vollgestopft waren. Sie hielten die Telefonhörer am Ohr. Ich hörte nicht zu, denn das, was sie den Kunden am anderen Ende der Leitung zu erzählen hatten, interessierte mich nicht.

Ich setzte mich und wartete geduldig, dass sie ihr Gespräch beendeten. In der Zwischenzeit sah ich mich um. Neben der Tür hing ein übergroßes Plakat. »Der neue See« stand darauf.

Es war keine Fotografie, sondern eine Zeichnung, eine gute Zeichnung. Sie zeigte einen malerischen blauen See mit riesigen Parkplätzen und Spazierwegen rund herum.

»Was kann ich für Sie tun?«

Die Brünette sah mich fragend an.

»Ich möchte Herrn Papenberg sprechen.«

Sie zog eine Augenbraue hoch. »Ich weiß nicht, ob er zu sprechen ist, Herr ...«

»Falke, Johannes Falke.«

Sie griff wieder zum Telefon. »Hier ist ein Herr Falke, der Sie sprechen möchte. Gut.«

Sie legte auf und zeigte auf eine Tür. »Gehen Sie dort hinaus zur Treppe. Erster Stock zweite Tür links. Herr Papenberg erwartet Sie.«

Franz Papenberg saß in einem schwarzen Ledersessel. Er hatte sich prächtig gehalten, hatte zwar einen kleinen Bauchansatz und ein paar graue Haare, aber sonst sah er gut aus.

»Guten Tag«, sagte ich.

»Tag, Johannes«, sagte Franz Papenberg, als wären wir die besten Freunde, dabei hatten wir damals nur auf dem gemeinsamen Schulhof Kontakt miteinander. »Setz dich.« Er wies auf den Besucherstuhl. »Was hat dich denn wieder nach Züschen verschlagen? Du bist doch in Hannover, nicht wahr?«

»Bielefeld«, sagte ich. Franz wusste bestimmt, wo ich wohnte. So etwas sprach sich in Züschen schnell herum. Vielleicht wollte er so zeigen, wie beschäftigt er war.

»Bielefeld, soso. Machst du Urlaub hier?«

»Nicht ganz. Ich bin pensioniert und habe von dem Mord an Ruth Bodeck gehört.«

»Aha«, machte er nur, ganz den routinierten Geschäftsmann spielend. Fast hätte ich lachen müssen.

»Du hilfst dem Kommissar, nicht? So etwas stand doch in der Zeitung. Ich erinnere mich jetzt wieder. Hat wohl nicht genug Mitarbeiter, der arme Kerl. Die sparen an allen Ecken und Enden.«

Franz gab sich unendlich viel Mühe, Witz und Intelligenz

zu beweisen.

»Willst du eine Reise buchen oder kommst du wegen Bodeck?« Er sah mir die Antwort an. »Wegen Thomas Bodeck also! Ich habe mit ihm nichts mehr zu tun. Er hat mich fast an den Rand des Ruins gebracht.«

»Thomas hat dir das Sägewerk abgekauft«, hielt ich dagegen.

Franz stieß die Luft aus. »Abgekauft ist gut. Er hat es für einen Spottpreis gekriegt, nachdem er uns ruiniert hatte.«

»Wie das?«

Er lehnte sich zurück, verschränkte die Arme vor der Brust, um damit Überlegenheit zu demonstrieren. »Unser Sägewerk war nicht so groß wie Bodecks, nicht mal halb so groß, und natürlich konnte ich mit den Niedrigpreisen nicht mithalten. Vielleicht wäre es mir gelungen, wenn ich die Osterfeuerstangen im ganzen Sauerland gekriegt hätte. Das muss doch angefangen haben, als du noch zur Schule gingst. Thomas wollte uns kaputtmachen. Das ist die Wahrheit, Johannes. Er kriegt immer, was er will. Irgendwann ging es bei uns nicht mehr. Da war es mit meiner Herrlichkeit vorbei. Ich hatte das Sägewerk allein übernommen und war kurz darauf pleite. Ich habe dann mit meinem letzten Geld dieses Reiseunternehmen aufgebaut, einen alten Bus aus einer Konkursmasse gekauft.«

Franz lachte kurz. »Ironie des Schicksals. Ich geh in Konkurs und kaufe den billigen Bus aus einer anderen Konkursmasse. Na ja, Schwamm drüber. Ich begann mit kleineren Reisen für Sportvereine, Kegelklubs und Schulklassen. Dann fing ich an mit Seniorenreisen. Du siehst, mein lieber Johannes, ich habe mich abermals von unten nach oben gearbeitet, und ich lasse mir nicht schon wieder was von Thomas Bodeck ans Zeug flicken. Ich hab mit dem Mord nichts zu tun.«

»Nur zur Sicherheit, Franz. Du hast ein Alibi für die Mordzeit?«

Franz verzog säuerlich das Gesicht. »Das ist es eben, verdammt. Ich war unterwegs nach Medebach. Ich hatte einen Termin mit dem Vorsitzenden des Sportvereines. Ich wollte ihm ein Angebot für eine Fahrt ins Allgäu machen. Aber der Kerl war nicht da, sein Haus leer. Ich bin dann zurückgefahren.«

»Wie lange warst du unterwegs?«

»Na, so ungefähr eine Stunde.« Er beugte sich vor. »Du willst mir daraus doch keinen Strick drehen, Johannes, hä?«

»Nein«, sagte ich und wechselte das Thema. »Was passierte mit deinen Arbeitern?«

Er atmete auf. »Die meisten wurden von Thomas Bodeck übernommen, ein paar zogen nach Hessen oder sonst wohin. Nur vier habe ich für die Schreinerei behalten. Aber die wirft nicht viel ab, die kämpft jeden Tag ums Überleben.«

»Und deine Angestellten?«

»Ich hatte nur zwei«, sagte er ruhig.

»Eva Stahlberg.«

Er hielt meinem Blick stand. »Richtig. Ich hab sie rausgeworfen. Es gab Meinungsverschiedenheiten, und ich kann niemanden gebrauchen, der mir gegenüber nicht loyal ist.«

»Und Jürgen Maibach? Hast du ihn auch entlassen?«

»Nee, der ist freiwillig gegangen, mit Eva.«

»Wusste Maibach, dass dein Sägewerk auf der Kippe stand?«

Franz hob die Hände. »Vermutlich. Er hatte ja Einblick in die Bücher. Aber auch wenn er es nicht wusste, hätte ich ihn nicht mehr halten können.«

Vor dem offenen Fenster heulte ein schwerer Motor auf. Franz Papenberg stand auf und ging ans Fenster.

»Du musst mich jetzt entschuldigen, Johannes. Ein Reisebus ist angekommen. Ich muss die Gäste empfangen.«

Ich folgte ihm nach unten.

Aus dem Reisebus stiegen Senioren.

»Das wird ein schöner See«, hörte ich.

»Guter Platz, richtig zum Wohlfühlen.«

Ich drehte mich nach Papenberg um. Er sah aus, als habe er auf eine Zitrone gebissen.

*

Kurz vor dem Abendessen sah ich Karl Tarrach zum ersten Mal. Ich hörte eine Männerstimme auf seiner Terrasse und ging um die Rhododendronhecke herum, vorbei an der Schaukel, auf der Corinna den Mord beobachtet hatte. Der Mann saß unter der Pergola bei einem Bier.

Karl Tarrach enttäuschte mich, nachdem ich seine Frau kennengelernt hatte. Er war nicht nur klein, sondern auch kugelrund. Und wie das bei dicken Menschen üblich ist, schwitzte er ununterbrochen.

»Setzen Sie sich«, sagte er, nachdem ich mich vorgestellt hatte. »Ich bin bei jedem Wetter hier, sofern es meine Zeit erlaubt. Ein Bier?«

»Gern.«

Er rief durch die offene Terrassentür ins Haus. Seine Frau streckte ihren Kopf heraus.

»Oh, Sie, Herr Kommissar«, sagte sie, wie es schien ehrlich erfreut.

»Wie geht es Ihrer Tochter?«, fragte ich Karl Tarrach.

»Naja, gut wäre vielleicht übertrieben, aber sie ist ein Kind. Ein Kind vergisst leicht. Im Augenblick ist sie auf ihrem Zimmer. Möchten Sie sie sprechen?«

»Nein, nicht nötig.« Ich wollte bei Corinna nicht wieder die schreckliche Erinnerung auffrischen.

»Es kommt immer wieder hoch«, sagte Tarrach. »Immer wenn ich darüber spreche.«

Hildegard Tarrach brachte das Bier, lächelte mir zu und verschwand wieder.

Ihr Mann nahm einen kräftigen Schluck. »Man nennt Sie ›den Falken‹, nicht wahr?«, sagte er plötzlich.

»Das liegt nur an meinem Namen«, wehrte ich ab.

»Naja, irgendwas wird schon dran sein. So ganz ohne Grund kriegt man solch einen Ruf nicht. Also, ich glaube, ich kann es kurz machen. Ich hab tatsächlich nur schemenhaft zwei Personen gesehen, so unglaublich das klingt. Ich war zu sehr mit meinem Auto beschäftigt. Ich musste dem Kerl ja ausweichen, sonst hätte er mich gerammt.«

»Das weiß ich alles«, sagte ich so freundlich wie möglich, aber mich interessierte etwas anders.

»Sie sagten eben, dass Sie an den Wochenenden oft auf der Terrasse sitzen. Was machen Sie dann? Lesen Sie ein Buch, eine Zeitung?«

»Nein, ich sitze einfach nur hier. Ich schufte die ganze Woche und brauche meine Entspannung. Ich starre einfach nur in die Gegend.«

»Dann bekommen Sie doch sicher einiges von Ihren Nachbarn mit.«

»Das bleibt nicht aus«, gab er zögernd zu.

»Was können Sie mir denn über die Bewohner an der Ebenau sagen? Gab es in letzter Zeit irgendetwas Ungewöhnliches, besonders bei den Bodecks?«

Tarrach überlegte sehr lange. »Nein. Also, da war nichts, jedenfalls nichts, wenn ich hier saß.«

»Haben Sie sich des Öfteren mit Ruth Bodeck unterhalten?«

»Selbstverständlich. Sie kam fast immer auf die Terrasse und hatte ein paar freundliche Worte übrig.«

»War sie in letzter Zeit verändert?«

»Nein.« Die Antwort kam klar und ohne zögern.

»Was denken Sie über den Mord?«

»Ein Verrückter«, antwortete Tarrach. »Oder ein früherer Freund.« Er vermied es, »Liebhaber« zu sagen.

»Aber Sie haben nie jemanden bei ihr gesehen.«

Tarrach schüttelte den Kopf. »Nie, meine Frau auch nicht. Ich habe sie gefragt.« Er verzog den Mund. »Wir haben uns natürlich Gedanken gemacht, wer es gewesen sein könnte. Ich bin ja den ganzen Tag unterwegs. Nein, es war niemals ein Fremder bei ihr. Es ist nicht einfach für Sie, nicht?«

»Nein.«

»Sehen Sie, sie war eine bescheidene Frau, hat nie mit ihrem Geld geprahlt. Im Gegensatz zu ihrem Mann.«

Ich horchte auf. Sein abfälliger Ton überraschte mich.

Er bemerkte meine Verwunderung und nickte heftig. »Ihm

fliegt das Geld zu, ich muss es mir schwer erarbeiten. Sollte ich – was Gott verhüten möge – arbeitslos werden, müssten wir unser Haus verkaufen.«

Durch die Tür kamen seine Frau und Corinna. Sie war ein hübsches Mädchen, mit langen blonden Haaren und blauen Augen. Sie sah weder ihrem Vater noch ihrer Mutter ähnlich, erst beim zweiten Hinsehen entdeckte ich eine leichte Ähnlichkeit mit der Mutter. Corinna gab mir die Hand.

»Hallo, du bist Corinna?«

»Ja.«

»Ich bin Johannes.«

»Onkel Johannes«, sagte Hildegard Tarrach streng zu Corinna.

»Nein. Nicht Onkel. Einfach nur Johannes, das genügt.«

Hildegard Tarrach schluckte. »Wir wollen zu Tante Gudrun«, sagte sie zu ihrem Mann.

»In Ordnung. Wann kommt ihr wieder?«

»In zwei Stunden, höchstens.«

»Gut.«

»Wohnst du bei den Bodecks, Johannes?«, fragte Corinna.

»Ja«, antwortete ich.

»Mama hat gesagt, dass du auf meiner Schaukel warst.«

Ich verzog den Mund. »Ja, tut mir leid, dass ich dich nicht gefragt habe.«

»Ich war ja nicht hier. Du kannst noch mal schaukeln, wenn du willst.«

»Danke. Aber ich glaube, das ist nicht mehr nötig.«

Ihre Augen wurden groß. »Aber es macht doch Spaß, oder?«

»Und wie. Riesigen Spaß.«

Sie lachte.

»Komm«, sagte Hildegard Tarrach und ergriff ihre Hand. Wenig später waren sie verschwunden.

»Eine hübsche Tochter haben Sie, Herr Tarrach.«

»Ja, sie ist unser ganzer Stolz. Wenn ihr was passieren würde – ich glaube, wir würden das nicht überleben.«

11

Der Sonntag war im Hochsauerland traditionell Kirchtag. Jeder, der etwas auf sich hielt, besuchte den Gottesdienst. Seit zwanzig Jahren hatte ich außer zur Kommunion meiner beiden Kinder keine Kirche mehr betreten. Ich war der Ansicht, dass man mit Gott immer und überall viel besser reden konnte als in einer Kirche.

Da das Gotteshaus nur einen Katzensprung entfernt von Thomas Bodecks Haus war, ging ich erst kurz vor Beginn der Messe los.

Die Kirche war wie zu meiner Jugendzeit voll besetzt. Ich stellte mich hinten in die Menschenmenge. Unangenehme Erinnerungen tauchten auf: der schlechte Atem der Umherstehenden, die nach Schweiß riechende synthetische Kleidung der älteren Frauen, die Alkoholfahnen einiger Jugendlicher. Nichts hatte sich geändert, nur der Pastor war ein anderer.

Er hatte eine sympathische Stimme, die perfekt in einen Gottesdienst passte. Aber schon nach zehn Minuten war es mit meiner Andacht vorbei.

Nicht weit von mir entfernt in der Bank entdeckte ich Eva Stahlberg und Jürgen Maibach. Die beiden saßen nebeneinander, was nicht verboten und auch nichts Besonderes ist, aber ihre Schultern berührten sich fast ununterbrochen und nicht nur, weil es in der Bank zu eng oder in der Kirche zu kalt war. Sie suchten förmlich den Körperkontakt.

Ich zwang mich, dem Gottesdienst zu folgen, aber es fiel mir schwer, denn immer wieder schweiften meine Blicke zu den beiden ab.

Hinter mir sang jemand laut und falsch. Ein anderer stieß mich an. Da ich dachte, dass das in der Menge aus Versehen geschehen war, reagierte ich nicht, bis ich einen unmissverständlichen Rippenstoß erhielt.

Es war Georg Wellenheim, mein Kegelbruder. Er sah schlecht aus.

»Was machst du denn in der Kirche?«, flüsterte er mir zu.

Ich konnte ihn kaum verstehen, denn der Mann hinter mir sang noch lauter.

»Dasselbe wie du«, raunte ich zurück. »Beten.«

Er nickte, aber er glaubte mir wohl kein Wort, dabei hatte ich es doch so ernst gemeint. Vermutlich hatte Georg meine Blicke bemerkt, mit denen ich Eva Stahlberg und Jürgen Maibach taxierte. Ich bemühte mich, nicht mehr zu ihnen hinzusehen.

Nach der Messe wartete Georg draußen. »Na, wie war die Predigt?«, fragte er.

Ich brauchte nicht zu überlegen, ich hatte kein Wort behalten.

»Das dachte ich mir«, sagte er. »Aber wenn du mich fragst, ich weiß auch nichts mehr. Ich hör gar nicht hin.«

»Warum gehst du dann in die Kirche?«

»Eigentlich nur wegen der Leute. Sie müssen dich sehen, dann bist du ein guter Christ. So war es doch schon immer und so wird es in Züschen auch immer sein. Ich glaube, im ganzen Sauerland ist es nicht anders.«

Dem konnte ich gut zustimmen.

»Manche setzen sich allerdings darüber hinweg. Aber dann bist du ein Heide. Und ein Heidenkind wollen die wenigsten sein. Also gehen sie in die Kirche.« Er wischte sich über die Stirn.

»Geht´s dir nicht gut?«, fragte ich.

»Ich hab seit zwei Nächten kein Auge zugetan«, zischte er. »Hast du es für dich behalten?«

»Selbstverständlich. Ich werde es allerdings morgen Dorstmann sagen.«

»Muss das sein?«, fragte Georg gequält.

»Ja.« Ich nickte.

»Psst«, machte er plötzlich und legte den Finger auf den Mund.

Von der Seite her kam Kai Barbach auf uns zu. Er hatte sich schick gemacht. Dunkler Anzug, Weste, weißes Hemd und gestreifter Schlips, dazu passende schwarze, moderne Schuhe. Georg trug eine Kombination, ebenfalls sehr modisch.

Am Sonntag zog man sich seinen besten Anzug an. Das war vor dreißig Jahren schon so und bis heute offenbar geblieben. Ich schämte mich ein bisschen in meiner Jeans, meiner Sportjacke und dem offenem Hemd.

»Gehen wir zum Frühschoppen?«, fragte Kai.

Georg schüttelte den Kopf. »Ich nicht. Es ist nicht mehr so wie früher, Johannes, als wir zwölf und mehr waren. Heute kommt kaum einer. Die meisten haben jetzt Familie, Kinder und müssen zu Hause bleiben.« Er sah auf die Uhr. »Ich muss los. Bis dann.«

Vom Parkplatz der Kirche fuhr Jürgen Maibach mit seinem Mercedes-Cabrio ab. Er hatte das Verdeck geöffnet. Neben ihm saß Eva Stahlberg. Sie sahen uns, nickten flüchtig und waren schon vorbei.

»Toller Schlitten«, meinte Kai. »Maibach muss ganz schön bei Thomas verdienen, dass er sich so einen Wagen leisten kann. Kein Wunder, dass die Frauen auf ihn fliegen. Aber die Stahlberg hat sowieso was mit jedem.«

»Woher willst du das wissen?«

»Na, wer so aussieht und keinen festen Freund hat, muss es mit jedem treiben. Hör dich nur mal in Züschen um, Johannes. Das sagt jeder.«

»Aber keiner weiß es genau?«

»Nee, natürlich nicht. Sie macht es eben sehr geschickt.«

Der übliche Dorfklatsch, dachte ich. Das hört wohl niemals auf.

Als eine der Letzten kam Sandra aus der Kirche. Ein paar Schulkinder liefen um sie herum. Corinna war allerdings nicht unter ihnen. Sandra verzog das Gesicht. »Sobald die Kinder mich sehen, kommen sie angelaufen. Manchmal kann es lästig sein, aber meistens ist es schön. Sie sind so anhänglich.«

»Wo ist Willi?«, fragte ich.

»Zu Hause. Er will sich einmal gründlich ausschlafen.« Sandra sah auf ihre Uhr. »Vielleicht macht er gerade das Mittagessen.«

Kai und ich lachten. Wir wussten, dass Willi zwei linke

Hände hatte, wenn er kochen sollte.

»Grüß ihn von uns«, sagte ich noch zu Sandra, bevor sie in ihren Wagen stieg.

Ich ging mit Kai zum Frühschoppen ins Sonnblick und bat ihn, Augen und Ohren offen zu halten.

Der Frühschoppen war enttäuschend. Außer Kai und mir kamen nur noch zwei flüchtige Bekannte. Da ich keine Lust verspürte, auch ihnen nur Fragen zu dem Mord zu beantworten, verließ ich nach einem Bier und zwei Cola den Sonnblick wieder.

*

Gegen zwei Uhr am Nachmittag fuhr ich nach Winterberg zu Gabi Rensenbrink.

Die Frau, die auf der Couch im Wohnzimmer saß, sah aus wie fünfundzwanzig, hatte sich kaum verändert seit damals, und auch ihr Haar war noch genauso dunkel wie früher. Wenn sie es gefärbt hatte, dann war es ihr glänzend gelungen, einen natürlichen Ton zu erwischen. Ihr Gesicht war glatt und schmal, ihre grünen Augen groß und klar. Schon immer waren es Roswithas Augen, die jeden magisch anzogen.

Gabi stieß mir in den Rücken. »Na, da staunst du, was?«, sagte sie leise.

Ich ging näher. Roswitha erhob sich aus ihrem Sessel. Ihr Händedruck war fest, ihr Mund lächelte und entblößte eine Reihe perlweißer Zähne.

»Hallo, Roswitha«, sagte ich leise.

»Tag, Johannes.«

Gabi kicherte neben mir. »Setz dich doch endlich, Johannes. Der Kaffee ist gleich fertig, ich hole ihn.«

Sie verschwand in der Küche.

Ich ließ mich neben Roswitha nieder und spürte sofort das Knistern, das zwischen uns lag.

»Wie geht es dir?«, fragte ich mit belegter Stimme.

»Gut ...« Sie zögerte. »Naja, so gut auch nicht. Andreas will sich von mir trennen.«

Andreas war ihr Mann. Er stammte aus Frankfurt. Roswitha hatte ihn auf einer Urlaubsreise kennengelernt. Andreas war so verliebt in Roswitha gewesen, dass er auf ihre Bedingung, nach Züschen zu ziehen, sofort eingegangen war. Jemand aus unserer Klasse hatte diese Geschichte auf einem unserer Klassentreffen zum Besten gegeben, und Roswitha hatte nicht widersprochen. Ich erinnerte mich, dass Thomas bereits eine Andeutung von Roswithas Trennung gemacht hatte.

»Hat Andreas eine Neue?«

Sie nickte leicht. »Ich glaube es. Ich bin mir nicht sicher, aber es muss so sein. Er redet ja schon seit Wochen nicht mehr mit mir.«

»Dieser Schuft. Wie kann man eine Frau wie dich verlassen?«

»Du Schmeichler.«

Gabi kam zurück. »Habt ihr euch gut unterhalten?«

Ich nickte. »In fünf Minuten sind wir die letzten zwanzig Jahre durchgegangen.«

Sie streckte mir die Zunge raus.

In den nächsten Minuten unterhielten wir uns sehr angeregt, und es war schön, nicht über den Mord an Ruth Bodeck reden zu müssen. Wir vermieden offenbar alle ganz bewusst dieses Thema. Sich mit Roswitha zu unterhalten, war angenehm. Sie war sehr gebildet. Sie interessierte sich für Politik und war sogar über einige Sportarten hervorragend informiert. Ich konnte immer noch nicht verstehen, warum sie nicht auch das Gymnasium besucht hatte. Vermutlich hatte es daran gelegen, dass es damals in Nordrhein-Westfalen noch keine Schulbuchfreiheit gab. Roswithas Eltern waren arm.

Ganz zum Schluss tauchte der Name Thomas Bodeck in unserer Unterhaltung auf, als Roswitha zu Gabi sagte: »Ich weiß noch gar nicht, was ich zum Jubiläum anziehen soll.«

»Was für ein Jubiläum?«, fragte ich.

»Thomas´ Fünfundzwanzigjähriges«, sagte Gabi. »Er hat vor fünfundzwanzig Jahren die Firma von seinem Alten übernommen.«

»Und er hat euch eingeladen?« Das überraschte mich, denn Thomas schien nicht gut auf Gabi zu sprechen zu sein.

Sie grinsten mich an. »Er hat mich eingeladen«, betonte Roswitha. »Aber ich habe nur unter der Bedingung zugesagt, dass ich Gabi mitbringen darf.«

»Raffiniert«, nickte ich.

»Eben«, bestätigte Gabi. »Wenn ich ihn schädigen kann, dann bin ich dabei. Du kommst doch auch, oder? Du bleibst doch so lange?«

»Ich denke schon.« Ich stand auf.

»Willst du gehen?«, fragte Gabi perplex.

»Nur ein bisschen die Füße vertreten.« Mein Rücken schmerzte. Ich trat ans Fenster. »Bist du eigentlich mal dieser Eva Stahl-berg begegnet?«

»Flüchtig. Warum?«

»Sie wohnt fast Tür an Tür mit dir.«

Gabi stellte sich neben mich. Auf dem Randstreifen unterhalb der Wohnsiedlung parkte Jürgen Maibachs Mercedes-Cabrio. »Seit ich hier bin, steht der Wagen dort. Es sieht so aus, als sei Maibach mit Eva Stahlberg von der Kirche direkt hierher gefahren.« Ich sah Gabi an. »Wie kann sich eine junge Frau wie Eva Stahlberg eine Eigentumswohnung leisten? Oder ist sie gemietet?«

»Soviel ich weiß, wohnen hier nur Eigentümer«, sagte Gabi.

»Thomas hat sie Eva geschenkt«, sagte Roswitha.

Wir drehten uns gleichzeitig um. Roswitha wurde plötzlich verlegen und senkte den Kopf.

Ich stieß mich vom Fensterbrett ab. »Du bist dir sicher, dass er Eva die Wohnung geschenkt hat?«

»Er hat es mal erwähnt.«

»Wieso weißt du das, Roswitha?«, fragte ich leise und setzte mich wieder neben sie. »Warum hat er es gerade dir erzählt?«

Roswitha zuckte verlegen die Schultern.

»Weiß es außer dir noch jemand?«

»Ich glaube nicht«, antwortete sie leise.

Gabi kniff die Augen zusammen. »Was läuft da zwischen dir und Thomas?«

»Nichts!«, protestierte Roswitha für meine Begriffe zu laut. Gabi schien es nicht zu merken. Sie stellte die Tasse so hart auf den Tisch, dass es klirrte.

»Er kauft dieser Stahlberg einfach eine Wohnung? Für hundertzehntausend Euro? Johannes, was denkst du darüber? Ein Mann macht seiner Geliebten Geschenke, sicher, Armreifen, Ketten, Ringe, eine Uhr, vielleicht sogar einen Pelz, aber eine Wohnung? Es gibt also doch einen dunklen Punkt in Thomas´ Vergangenheit.«

»Ihr seid gemein«, sagte Roswitha. Sie hatte Tränen in den Augen. »Es tut mir leid, dass ich darüber geredet habe.«

Mir tat es nicht leid.

*

Auf der Fahrt von Winterberg nach Züschen ging mir eines nicht aus dem Kopf: Wieso war Roswitha die Einzige in Thomas Bodecks Umgebung, die wusste, dass er seiner Sekretärin eine Eigentumswohnung geschenkt hatte? Wem vertraute man so etwas an, wenn es ein Geheimnis bleiben sollte? Einer Klassenkameradin? Oder gab es zwischen Roswitha und Thomas doch eine engere Beziehung, von der niemand etwas wissen sollte?

Auch auf mich hatte Roswitha früher eine faszinierende Wirkung ausgeübt. Sie war die schönste Frau unseres Jahrgangs gewesen. Kurz nach dem Abitur hatte ich mal darüber nachgedacht, mich um sie zu bemühen, aber als ich später mit meinem Beruf anfing, verloren wir uns aus den Augen. Dann lernte ich Inge kennen und Roswitha ihren Andreas. Jetzt also stand ihre Ehe vor dem Ende.

Das Handy klingelte in meine Gedanken hinein.

»Ich bin´s«, sagte meine Frau leise. »Ich hab lange gezögert, ob ich dich auf dem Handy anrufe, aber du hast seit Tagen nichts von dir hören lassen.«

Das schlechte Gewissen regte sich prompt in mir. »Ich hätte dich auch noch angerufen.«

Sie hörte nicht zu. »Jan hat vorgestern eine Klausur geschrieben.«

»Und?«

»Er hat ein ganz gutes Gefühl.«

Beim letzten guten Gefühl hatte er die Arbeit in den Teich gesetzt.

»Christin ist in Urlaub gefahren. An den Wörthersee.«
»An den Wörthersee? Wo hat sie denn das Geld her?«
»Oma hat ein bisschen beigesteuert.« Das kam sehr leise.

Ich stieß die Luft aus. Typisch! Wenn sie mal einen lichten Moment hatte, verwöhnte sie ihre beiden einzigen Enkel nach Strich und Faden, aber was konnte ich schon dagegen machen, wenn es ihre Mutter erlaubte?

»Wie lange bleibst du?«

Es war eine rein rhetorische Frage. So lange, bis der Fall gelöst ist, wollte ich antworten, sagte aber ausweichend: »Ein paar Tage. Es ist komplizierter, als ich dachte.« Das war die Standardantwort bei meinen früheren Fällen gewesen. »Ich melde mich wieder. Übrigens wohne ich jetzt bei Thomas Bodeck. Hast du was zu schreiben? Dann notier dir die Nummer.«

Als ich auflegte, dachte ich darüber nach, ob Inge wirklich froh darüber war, dass ich wieder eine Aufgabe hatte. Mehrmals hatte sie davon gesprochen, dass ich Golf oder Tennis spielen sollte, aber dafür war mir das Geld zu schade.

*

Thomas war seit einer halben Stunde aus Rosenheim zurück. Er saß im Wohnzimmer. Die Jalousien waren heruntergelassen. Vor ihm stand eine angebrochene Flasche Rotwein.

»Komm, setz dich, Hans«, sagte er, ohne die Füße von der Couch zu nehmen. »Trink mit. Es gibt nichts Schöneres, als den Tag gemütlich ausklingen zu lassen. Bedien dich. Gläser stehen im Schrank.«

Ich holte mir ein Glas, goss mir ein und setzte mich ihm gegenüber. Er war fröhlich gestimmt, ich weniger, wenn ich darüber nachdachte, was ich seit Freitagabend alles erfahren hatte.

»Zum Wohl.« Ich nahm einen kräftigen Schluck.

»Die Besprechung in Rosenheim war ganz schön hart«, sagte Thomas. »Aber es hat sich gelohnt, ich habe einen dicken Fisch an der Angel. Natürlich auf Kosten eines wohlverdienten

Wochenendes. Als Selbstständiger hast du nie Freizeit. Ich wundere mich, wieso Ruth es solange bei mir ausgehalten hat. In den letzten Jahren haben wir nie Urlaub gemacht, immer nur Arbeit, Arbeit, Arbeit. Ruth ist zwar ein paar Mal für einige Tage weggefahren, aber das kann einen Urlaub nicht ersetzen.« Er sah mich an. »Glaubst du, dass die ganze Sache irgendwann im Sande verläuft?«

»Willst du das?«, fragte ich erstaunt.

»Nein, natürlich nicht. Ich will schon, dass der Mord aufgeklärt wird, aber sag mir, kommt die Polizei, kommst du einen Schritt weiter?«

Ich antwortete nicht sofort.

Thomas fuhr sich mit der Hand durch das Haar. »Es gibt so vieles, was ich Ruth noch sagen wollte, aber die Zeit kann man nicht zurückdrehen. Ich sollte nur noch daran denken, was vor mir liegt. Aber kann man das? Kann man wirklich alles vergessen?«

Er kam doch tatsächlich ins Philosophieren.

»Die Erfahrung sagt, dass es Jahre dauert, bis man über den Tod eines Angehörigen hinwegkommt — wenn überhaupt«, antwortete ich leise.

»Das denke ich auch.«

Ich nippte an meinem Glas. »Ich war heute bei Gabi zum Kaffee trinken. Roswitha war auch dort.«

»Roswitha?« Thomas erwachte aus seiner Trance. »Wie hat sie dir gefallen? Tolle Frau, was? Worüber habt ihr geredet?«

»Über alles Mögliche.«

Ein schmales Lächeln huschte um seine Lippen, als er sein Glas ansetzte und trank.

»Du hast deiner Sekretärin die Eigentumswohnung gekauft.«

Der Satz kam für Thomas so unverhofft, dass er sich verschluckte und husten musste. »Woher hast du das?«

»Von Roswitha«, antwortete ich.

Verblüfft sah ich ihn erröten, und schnell wandte er seinen Blick dem Fenster und den fast geschlossenen Jalousien zu, durch die sich die letzten Sonnenstrahlen ins Zimmer schlichen.

»Von Roswitha also«, murmelte er. »Die Weiber können den Mund nicht halten. Ich habe Eva die Wohnung nicht gekauft, Hans. Ich habe ihr das Geld vorgeschossen. Sie war damals gerade knapp bei Kasse. Jetzt behalte ich immer einen Teil ihres Gehalts ein, bis das Darlehen getilgt ist.«

»Hast du Belege?«

»Belege?« Thomas schüttelte verwundert den Kopf. »Ja, spinnst du? Das war ein Abkommen auf Vertrauensbasis. Ich brauche keine Belege oder gar einen Vertrag. Alles, was ich habe, sind die Überweisungsquittungen. Basta. Zufrieden?«

Aus den Augenwinkeln beobachtete ich ihn. Er kaute auf seiner Unterlippe und stierte in sein Glas. Meine Worte hatten ihn unruhig werden lassen, das stand fest, und ich konnte ihn nicht mal schonen.

»Thomas«, sagte ich langsam. »Was hast du mit Tropenholz zu tun?«

Sprachlos starrte er mich vielleicht drei Sekunden lang an, dann lachte er laut auf.

»Wer hat dir das gesteckt, Hans?«

»Ich habe es gehört«, sagte ich ausweichend.

»Das ist eine kuriose Geschichte, Hans. Früher durfte man Tropenholz nicht mal denken, dann stand man mit einem Bein schon im Gefängnis. Heute ist das Verbot längst gelockert worden, obwohl immer noch ein paar Verrückte mit Tropenholz handeln. Tropenholz! Darüber kann ich doch nur lachen. Hätten die wohl gerne gehabt, dass ich mich darauf einlasse, um mir ans Bein pinkeln zu können. Alle leben nicht schlecht von meinen Gewerbesteuern, aber man würde mich lieber heute als morgen aus dem Dorf jagen.«

Thomas kniff die Augen zusammen. »Du hast es von Georg, was? Natürlich, du warst am Freitag beim Kegeln. Klar, Georg ist Mitglied des Gemeinderates.« Seine Aufmerksamkeit wuchs plötzlich. »Das ist doch nicht alles, Hans. Du hast noch etwas, stimmt´s?«

Ich nickte. »Du sponserst die Parkplätze am neuen See.«

Obwohl er sich um Gelassenheit bemühte, spürte ich, dass seine Selbstbeherrschung sank. »Ich wusste, dass das Geheimnis auf dünnen Füßen steht«, sagte er leise.

»Das ist es nicht, was mir Sorgen macht, Thomas. Du hast die Leute aus dem Stadtrat bestochen.«

Jetzt wurde Thomas doch tatsächlich eine Spur bleicher. Seine Wangenknochen mahlten aufeinander, und seine Lippen, die er zu einem schmalen Strich zusammengezogen hatte, zuckten leicht. Einige Minuten verstrichen, in denen Thomas offenbar auf eine weitere Erklärung von mir wartete. Da ich ihm aber diesen Gefallen nicht tat, stieß er plötzlich unbeherrscht aus.

»Ja, habe ich! Mensch, Hans, es gibt keine Branche mehr auf der Welt, wo nicht bestochen wird. Glaubst du, bei euch ist das anders? Jeder muss sehen, wie er zurechtkommt. Wenn ich es nicht gewesen wäre, dann ein anderer. Es gibt zig Unternehmer, die sich jetzt ein Loch in den Bauch ärgern, weil sie nicht auf meine Idee gekommen sind. Die hätten mehr geboten als ich. So etwas ist Usus. Daraus kann mir doch keiner einen Strick drehen. Das hat nun wirklich nichts mit dem Mord an Ruth zu tun.«

Ich hätte ihm gern zugestimmt.

Elena kam herein. Die Unterbrechung passte mir gar nicht, war aber nicht mehr zu ändern. Elena bemerkte, dass ich verärgert war. »Entschuldigen Sie, Herr Kommissar, aber da war ein dringender Anruf.«

»Für mich?«, fragte ich.

Elena schüttelte den Kopf und sah Thomas an. »Ein Herr hat angerufen. Ich weiß den Namen nicht mehr.«

»Was wollte er?«

»Für das Fest zusagen.«

»Ah, das kann nur Heckenheider sein.« Thomas nickte. »Der war der Einzige, von dem ich noch keine Antwort hatte. Danke, Elena.«

Sie verließ das Zimmer wieder, nicht ohne mir noch einmal einen entschuldigenden Blick zuzuwerfen.

Thomas war wütend. »In zehn Tagen ist mein Jubiläum.

Vor genau fünfundzwanzig Jahren hat mein alter Herr mir die alleinige Führung des Sägewerks übertragen. Ich habe eine große Feier geplant. Aber ich weiß nicht, ob ich sie abblasen soll. Ich frage mich, wie Ruth reagiert hätte.«

»Und?«

»Sie würde nicht wollen, dass es ausfällt. Seit einem halben Jahr sind die Einladungen raus. Meine Arbeiter schuften Jahr für Jahr, manche reden seit einem Jahr von nichts anderem mehr als von der Riesenfeier. Ich möchte sie nicht enttäuschen.«

»Dann finde einen Kompromiss«, sagte ich.

»Welchen?«

»Geh hin, lass dich kurz sehen und fahr dann wieder nach Hause. Lass die anderen feiern.«

»Das wäre vielleicht die Lösung«, sagte er nachdenklich.

12

In der Nacht zum Montag hatte es geregnet. Das Klingeln meines Handys weckte mich. Nach langer Zeit hatte ich in dieser Nacht wieder von meinem Dienstunfall geträumt. Es war ein Albtraum gewesen. Der Lastwagen war nicht von der Seite, sondern von vorn auf uns zugekommen und hatte uns wie ein Panzer überrollt. Überall sah ich Blut. Auf der Straße lag eine Frauenleiche, die Ähnlichkeit mit Ruth Bodeck hatte. Völlig durchgedreht schreckte ich auf und meldete mich.

»Dorstmann«, sagte eine bekannte Stimme.

»Oh, Herr Hauptkommissar.« Ich sah auf die Uhr. Es war kurz vor acht. »Schon in Winterberg?«

»Nein, noch in Dortmund. Hier gibt es Schwierigkeiten. Nichts Besonderes, aber es hält mich eben länger auf. Sie kennen das sicher.«

»Natürlich.«

»Wir sind nicht vor Nachmittag in Winterberg, werden uns heute ein Hotel nehmen. Ich hab die Zusage der Finanzkasse. Toll, was?« Es klang mehr als ironisch.

»Gratuliere.«

Er grummelte am anderen Ende. »Haben Sie was Neues für mich?«

»Einiges, Herr Hauptkommissar. Aber das hat Zeit bis heute Nachmittag.«

»Wirklich?«

»Ganz sicher«, sagte ich überzeugend.

»Gut, dann bis später.«

Dorstmann beendete das Gespräch. Ganz langsam wich die bedrückende Wirkung des Albtraums von mir. Nach einer kalten Dusche war mein Kopf wieder klar.

Elena leistete mir beim Frühstück Gesellschaft.

»Der Chef hat heute sehr schlechte Laune. Er hat nur Tee getrunken.«

»Hat er gesagt, ob er im Betrieb ist?«

»Nein, gar nichts, kein Wort.«

Wenig später fuhr ich zum Sägewerk.

Thomas war nicht da. Eva Stahlberg und Jürgen Maibach waren reserviert, aber freundlich. Eva Stahlberg trug hautenge Jeans, ein schwarzes Top und eine blaue kurze Jacke, die vorn geöffnet war. Ihre Depressionen – wenn sie welche gehabt hatte – waren wie weggewischt. Jürgen Maibach wirkte wieder wie aus dem Ei gepellt. Dunkler Anzug, Weste und Schlips, die Haare frisch geföhnt.

»Der Chef ist in Hessen«, sagte er.

Thomas schien es mit seiner Ankündigung, die Firma zu verlegen, ernst zu meinen.

Eva Stahlberg nahm einige Papiere vom Schreibtisch und ging damit zur Tür.

»Bleiben Sie«, sagte ich. »Ein paar Fragen habe ich auch an Sie, wenn Sie gestatten.«

»Ich laufe nicht weg«, säuselte sie. »Muss nur die Aufträge ins Werk bringen.«

Sie warf Maibach einen schnellen Blick zu, und als dieser nur mit den Schultern zuckte, ging sie hinaus.

Maibach wies auf einen Stuhl. »Bitte«, sagte er.

Ich setzte mich. »Ich war am Samstag bei Franz Papenberg«, begann ich. »Sie waren einige Jahre bei ihm beschäftigt.«

»Etwas mehr als vier«, antwortete er sofort.

»Und wie lange arbeiten Sie schon für Thomas Bodeck?«

»Fünf Jahre«, antwortete er, ohne nachzudenken.

»Sie haben damals bei Papenberg gekündigt. Warum? Einfach so?«

Maibach lehnte sich zurück. Sein Blick war offen und freundlich. »Ich traf Herrn Bodeck vor mehr als fünf Jahren im Sonnblick. Irgendwann lud er mich zu einem Drink ein. Tja, und dann sagte er, dass er einen fähigen Abteilungsleiter suche.«

»Prokuristen?«

»Ich habe keine Prokura. Ich selbst sage auch nie Prokurist, das tun die anderen. Die wissen genau, dass ich mich darüber ärgere.«

»Was ist denn daran so schlimm, dass man Sie Prokurist nennt?«

»Wie?« Er starrte mich verständnislos an. »Nein, ich ärgere mich nicht, weil sie es sagen. Ich ärgere mich, weil ich eben keine Prokura habe. Ich hätte sie verdient, aber Herr Bodeck hat sie mir nicht gegeben. Noch nicht.«

»Sie haben damals sofort bei Papenberg gekündigt?«

»Nein. Ich habe mir Bedenkzeit ausgebeten. Und dann wurde mir die Entscheidung leicht gemacht. Ein paar Tage später sagte mir Eva – ich meine Frau Stahlberg -, dass sie kündigen würde.«

»Wie hat Papenberg darauf reagiert?«

Er zog die Mundwinkel herab. »Gelassen würde ich sagen. Ja, sehr ruhig.«

»Wussten Sie zu dem Zeitpunkt schon, dass er Konkurs an-melden muss?«

»Nein, nicht hundertprozentig jedenfalls. Finanzielle Engpässe gab es schon, aber die kommen überall vor. Dass es so schlimm war, konnte keiner ahnen.«

»Hat Frau Bodeck Ihrer Einstellung sofort zugestimmt?«

»Woher soll ich das wissen?« Maibachs Stimme klang

plötzlich gereizt. »Herr Bodeck machte mir das Angebot, nicht sie.«

Er brach ab und drehte sich um, sodass ich sein Gesicht nicht mehr sehen konnte. Warum war er so abweisend geworden? Lag es daran, dass ich Ruth Bodeck erwähnt hatte?

»Noch eine andere Frage, Herr Maibach. Wie würden Sie Ihre Beziehung zu dieser Nancy bezeichnen?«

Er sah mich von der Seite mit gerunzelter Stirn an. »Da ist keine Beziehung. Sie ist eine nette Abwechslung für mich, wenn Sie verstehen, was ich meine. Aber das beruht auf Gegenseitigkeit. Ich hoffe, Sie nehmen mir das nicht übel.«

»Warum sollte ich? Weiß Frau Stahlberg von Nancy?«

»Eva?« Er war einen Moment irritiert. »Wie kommen Sie denn darauf?«

»Sie waren gestern lange bei ihr.«

»Sie beschatten mich?« Er zog die Stirn kraus.

»Nein, ich war bei einer Schulfreundin, die im selben Häuserblock wie Frau Stahlberg wohnt, und dort sah ich Ihren Wagen. Er stand noch auf dem Parkplatz, als ich am späten Nachmittag wieder abfuhr.«

»Eva und ich sind befreundet, nicht mehr. Und seit Jahren Arbeitskollegen. Wir haben uns unterhalten, das ist alles.«

*

Eva Stahlberg fand ich in der großen Werkshalle in der Nähe des Gatters. Zwei Männer – ein älterer und ein noch ganz junger – standen bei ihr und hielten Frühstückspause.

Der Jüngere der beiden Männer erhob sich und holte eine Thermoskanne aus seiner abgewetzten Tasche. An der Stelle, an der er gesessen hatte, lagen drei Fackeln im Sägemehl.

»Was ist das?«, fragte ich den Älteren. »Wo kommen die her?«

»Hä? Das sind ganz normale Fackeln«, antwortete er. »Übrig vom letzten Osterfeuer.«

»Gibt es davon noch mehr?«

»Sicher. Wir nehmen sie zurück. Manche können wir noch verarbeiten.«

Das bedeutete, dass jeder, der hier arbeitete, an sie heran konnte. Ich vermutete sogar, dass viele von den Fackeln wussten.

Eva tippte mich an. »Kommen Sie, gehen wir zum Büro. Auf dem Weg können Sie Ihre Fragen stellen.«

Wir schlenderten wie auf einem gemütlichen Spaziergang. Auf dem Parkplatz am Rande des Geländes standen drei Firmenwagen. Ein Arbeiter spritzte sie mit einem Schlauch ab.

»Warum wollte Papenberg Sie rauswerfen?«, begann ich.

Sie blieb stehen. »Warum fragen Sie, was Sie schon wissen?«

»Ich möchte Ihre Version hören.«

Sie verzog ihren hübschen Mund und ging weiter. Ich blieb an ihrer Seite.

»Ich wohne seit fast acht Jahren in Winterberg«, sagte sie leise. »Ich habe mich damals auf Papenbergs Anzeige um die Stelle einer Sekretärin beworben und bin aus drei Bewerberinnen ausgewählt worden. Ich glaubte, es wäre aufgrund meiner guten Zeugnisse gewesen, aber die waren Papenberg völlig egal. Was er wollte, war eine Frau zum Repräsentieren.«

Wir gingen ein paar Meter schweigend weiter. Ich ließ ihr Zeit, sich zu sammeln.

»Hat er Ihnen Gewalt angetan?«, fragte ich dann.

Sie lachte laut auf. »Nein, dazu war er zu schlau oder zu dumm – ganz wie Sie wollen. Er hat mir Geld gegeben, Schmuck und Reisen geschenkt, und ich war anfangs so naiv, einiges davon anzunehmen. Damit hatte ich seiner Meinung nach Zustimmung signalisiert. Als ich ihm dann auf den Kopf zusagte, dass ich nicht mit ihm ins Bett gehen würde, hat er mich rausgeworfen.«

»Und um dem zuvorzukommen, haben Sie gekündigt?«

Sie blieb abermals stehen. Ihr Blick wurde hart. »Ich lasse mich nicht irgendwo rauswerfen. Das ist gegen meine Ehre, auch wenn es mich Geld kostet.«

»In diesem Moment kam Thomas Bodeck.«

Sie nickte. »Es war wie ein Sechser im Lotto für mich.

Hätten Sie da nicht zugegriffen?«

»Doch, bestimmt.«

Wir erreichten das Büro. Sie griff zur Türklinke.

»Sie haben mit Thomas geschlafen«, sagte ich leise. »Sie brauchen es nicht abzustreiten, er hat es zugegeben.«

»Das war etwas ganz anderes, Herr Falke«, sagte sie sehr, sehr leise, ohne mich anzusehen.

Ein LKW fuhr an uns vorbei.

»Hallo, Paul«, rief sie und winkte dem Bärtigen im Führerhaus zu. Der Mann grüßte kurz zurück und nickte mir dann mit breitem Grinsen zu.

Ich hob nur beide Arme in die Höhe. Er lachte und fuhr weiter.

»Ich muss ins Büro, Herr Falke«, sagte Eva Stahlberg. »Haben Sie noch weitere Fragen?«

»Im Moment nicht. Danke. Ich melde mich wieder, wenn es nötig ist.«

*

Dorstmanns Wagen stand vor der Polizeiwache. Die Motorhaube war noch warm, also war er erst vor wenigen Minuten angekommen.

»Nein, ich habe damit nichts zu tun«, schrie Dorstmann in den Hörer, als ich das Büro betrat. »Ich hab heute Morgen alles dem Kriminalrat auf den Tisch gelegt. Wenn es weg ist, ist es nicht mein Fehler. Ich habe meinen Fall hier, ja doch. Na, dann eben nicht.« Er knallte den Hörer auf die Gabel.

»Verdammte Bande«, sagte er. Er blickte auf die Uhr. Es war zwanzig vor eins. »Ich bin gerade erst angekommen und schon rufen sie mich an.«

»Was ist los?«, fragte ich vorsichtig.

»Jetzt machen sie mich dafür verantwortlich, dass sie eine Hausdurchsuchung verpatzt haben.«

»Wie das?«

»Kriminalrat Harms hatte sie angeordnet und mich damit beauftragt. Ich habe sie ihm heute Morgen auf den Schreibtisch geknallt, aber er findet sie offenbar nicht. Hektik, sage ich Ihnen, nichts als Hektik.«

Dorstmann grinste plötzlich. »Komisch, was? Noch vor ein paar Tagen wollte ich so schnell wie möglich von hier weg. Jetzt bin ich froh, dass ich hier bin. Diese Ruhe, diese angenehme Atmosphäre ...«

Er übertrieb absichtlich. Willi saß an der Wand am Computer und verzog das Gesicht.

»Warum haben Sie mir nicht gesagt, was bei Kübler passiert ist?«

»Passiert?« Er tat so, als verstünde er nichts.

»Er hat eine Stinkwut auf uns, weil Sie in Gegenwart seiner Frau seine Geliebte erwähnt haben.«

Dorstmann rückte seine Brille zurecht. »Wir können niemanden mit Samthandschuhen anfassen, Herr Kollege. Es geht um Mord. Ich hätte Sie vielleicht darauf vorbereiten sollen.«

Wenn er seinen Fehler mit Ironie überspielen wollte, war das fehl am Platz. Ich wurde immer noch wütend, wenn ich an Kübler dachte. Bevor ich mich dazu äußern konnte, sagte er: »Übrigens, die drei Knaben, die wir wegen der Fackeln vernommen haben, streiten alles ab. Sie sind total verstockt, aus denen ist nichts rauszukriegen.«

Das hatte ich befürchtet.

»Aber wir bleiben am Ball.« Dorstmann gab Koch und Siemering ein Zeichen. Gemeinsam setzten wir uns um den abgewetzten Tisch.

»Nun zu Ihnen, Herr Falke. Was haben Sie denn Neues herausgefunden?«

Ich erzählte von meinen Recherchen. Danach blieb es lange Zeit still.

»Dann fassen wir mal zusammen«, sagte Dorstmann und schaute auf seinen leeren Schreibtisch, als habe er alles mitgeschrieben.

»Wir haben erstens möglichen Schmuggel von Tropenholz, zweitens eine Eigentumswohnung, die vermutlich geschenkt wurde, drittens ein Sägewerk, das pleiteging, viertens eine Angestellte, die gekündigt hatte oder rausgeworfen wurde, und einen Angestellten, der aus Sympathie mit ihr ging, fünftens einen Kistenmacher, der ...« er machte eine abfällige Handbewegung, was alles aussagte. »Und sechstens einen Bestechungsfall. Habe ich was vergessen?«

Ich schüttelte den Kopf.

Dorstmann starrte sekundenlang auf seinen Tisch.

»Unentschieden«, sagte er.

»Wie?«

»Drei zu drei.« Er grinste. »Eins, drei und fünf kannte ich. Die anderen haben Sie rausgekriegt. Also drei zu drei.«

»Und was halten Sie davon?«, fragte ich.

Siemering ergriff das Wort. »Das Thema Tropenholz können wir abhaken. An dem Transport ist nichts, was nicht legal war. Greenpeace hat zwar im Norden Deutschlands bei einem Sägewerk gegen Tropenholz aus Zentral- und Westafrika protestiert, weil in diesen Zonen der Urwald gnadenlos gerodet wird, aber soviel ich weiß, wurde niemals eine Ladung Holz nach Nordrhein-Westfalen transportiert. Norddeutschland vielleicht. Wenn Tropenholz, dann aus Plantagen, aus Südostasien oder vom Amazonasgebiet. Dort soll es bereits eine ökologische Forstwirtschaft geben. Alles, was mit diesem Thema zusammenhängt, wäre viel zu aufwendig.«

»Gut.« Ich nickte. »Weiter.«

»Dass Angestellte kündigen oder ihnen gekündigt wird, ist nichts Neues«, sagte Koch.

»Sehe ich auch so«, bestätigte ich. »Vor allem, wenn die Firma den Bach runter geht.«

»Papenbergs Motiv wäre wirklich eindeutig.« Siemering klopfte auf ein Papier.

»Papenbergs beruflicher Untergang mit dem Sägewerk ist jetzt Jahre her«, warf Dorstmann ein und verengte die Augen. »Hier stellen sich zwei Fragen: Braucht man so lange, um sich zu rächen, und wenn ja, warum an der Ehefrau?«

»Um gleich mit der zweiten Frage zu beginnen«, antwortete ich. »Wir wissen es noch nicht. Zur Ersten würde ich sagen, dass es vielleicht ein geschickter Schachzug von Papenberg ist, so viel Zeit verstreichen zu lassen, um die Polizei in die Irre zu führen.«

Dorstmann lächelte nachsichtig. »Dann muss er uns aber für sehr dumm halten.«

Willi sah mich an, als habe ich den Verstand verloren. »Glaubst du wirklich, dass Franz so schlau ist?«

»Nein, eigentlich nicht.«

»Das Gleiche gilt für Kübler«, sagte Koch. »Der Mann ist einfach zu primitiv, um ein solches Verbrechen zu planen. Der wäre plumper vorgegangen, und wir hätten ihn.«

Dorstmann setzte seine Brille ab und legte sie vor sich. Sekundenlang rieb er sich die Nasenwurzel und dachte nach. »Bleiben nur noch der See und die Eigentumswohnung. Manchmal glaube ich doch, dass wir ohne solche Zufälle niemals weiterkommen würden. Oder meinen Sie, dass die Sache mit der Eigentumswohnung Zufall ist?«

»Es ist zumindest merkwürdig«, sagte ich.

»So kann man es auch ausdrücken. Aber es ist ja nicht verboten, seiner Sekretärin etwas zu schenken, meinetwegen auch eine Wohnung, Geld spielt offenbar bei Ihrem Schulfreund keine Rolle.« Dorstmann schüttelte den Kopf. »Und dann die Bestechung! Ich bin doch immer wieder erstaunt, mit welchen Mitteln andere reich werden wollen. Damit hat er sich mehr Feinde gemacht, als wir ahnen können.«

»Aber was hat das mit Ruth Bodeck zu tun?«, fragte ich. »Sie haben ihr Leben recherchiert. Es war makellos, ohne Fehl und Tadel.«

»Das ist es, was mich auch beschäftigt«, gab er zu. »Ich habe übrigens noch einmal in Braunschweig angerufen und um Amtshilfe gebeten. Sie erinnern sich doch noch an diesen Turner, bei dem Thomas Bodeck zur Tatzeit war, nicht? Ich zähle Turner nicht zum Kreis der Verdächtigen, aber die Kollegen dort sollen uns trotzdem alles zufaxen, was sie über Turner in Erfahrung bringen können.«

»Glauben Sie, dass das was bringt?«

Er schüttelte müde den Kopf. »Nein, aber ich hasse es, untätig herumzusitzen.«

Koch ging zur Tür. »Ich besorge uns was zu essen. Haben Sie auch Hunger?«, fragte er mich.

»Und wie«, sagte ich.

Koch ging hinaus.

Jeder von uns fixierte einen beliebigen Punkt im Raum. Wir hatten so viel und doch so wenig Greifbares. Ich fühlte mich wie in einer Sackgasse.

Dorstmann öffnete eine Schublade und zauberte plötzlich ein Skatspiel hervor. Er gab Willi ein Zeichen, sich näher zu uns zu setzen. Siemering räumte freiwillig und schnell seinen Platz.

»Es ist eigentlich nicht gestattet, während der Dienstzeit zu spielen«, sagte Dorstmann. »Aber betrachten wir es einfach als unsere Mittagspause. Das Minimum ist ein Cent. Einverstanden?«

Ich sah zu Willi. Er nickte.

»Einverstanden«, sagte ich.

Es war eine schöne Entspannung nach den letzten anstrengenden Tagen. Einfach abschalten und mal an nichts denken. Das tat gut und konnte meistens bei der weiteren Arbeit helfen. So war es früher bei mir oft gewesen. Wenn ein Mordfall wie festgefahren wirkte, fuhr ich aufs Land oder in den Teutoburger Wald, ging spazieren oder setzte mich in ein Café. Manchmal las ich auch ein Buch zur Entspannung, bis ich mich dann wieder auf den aktuellen Fall konzentrieren konnte. Krampfhaftes Überlegen führte nie zu etwas.

Die belegten Brötchen und Croissants, die Koch brachte, waren hervorragend, der Kaffee besser als Siemerings letzter Cappuccino.

Ich hatte lange nicht mehr Skat gespielt und verlor auch gegen Willi, der uns beide abzockte. Ich gönnte es ihm, vor allem, weil Dorstmann immer brummiger wurde.

»Wie viele Mörder hast du im Laufe deiner Dienstjahre geschnappt?«, fragte Dorstmann.

Das »Du« klang vertraulich und ehrlich. Dieser Mann hatte bisher vermutlich wenige Freunde gehabt. Im Dienst hatte ich außer meinen Vorgesetzten jeden geduzt. Die Vorgesetzten blieben auf Distanz.

»Ich habe sie nicht gezählt«, sagte ich und drückte Karo neun und zehn. »Herz Solo.«

»Oh«, machte Willi. Er hatte kein Pokerface, glühte plötzlich, und mir war klar, dass er die restlichen Trümpfe auf der Hand hatte. Kontra kam auch prompt.

Ich musste aufpassen und spielte vorsichtig aus.

Dorstmann bediente. »Ich habe bis jetzt zwölf Mörder als leitender Kommissar gestellt«, sagte er.

»Führst du eine Strichliste?«

»So was Ähnliches. Ich hab als junger Spund angefangen und dann nicht mehr aufgehört.«

Das kannte ich nur von der Bundeswehr. Auf zwölf kam ich auch, mindestens.

»Bei vielen anderen Mordfällen war ich Mitglied der Kommission«, sagte Dorstmann. »Die hab ich nicht mehr gezählt.«

Ich gab den ersten Stich ab. »Habt ihr alle Fälle gelöst?«

Er nickte. »Kein einziger ist uns durchgegangen.«

»Waren die meisten so wie hier?«, fragte Willi und zog mir einen Trumpf raus.

»Die meisten. Irgendwie hängen die alle zusammen. Mit Verwandten und Bekannten. Da sind fast alle Täter zu suchen.«

Willi legte die Karten auf den Tisch. »Alle für uns«, sagte er und feixte mich an.

Ich gab mich geschlagen. Das war schon das vierte Spiel, das ich in Folge verlor.

Das Telefon klingelte. Willi hob ab.

»Für dich«, sagte er und reichte mir den Hörer. Es war Gabi.

»Warum rufst du nicht auf meinem Handy an?«, fragte ich leicht verärgert. »Diese Leitung sollte frei bleiben.«

»Nun sei nicht gleich sauer. Ich habe es tausend Mal versucht, aber dein Handy ist ausgeschaltet.«

Ich griff in meine Tasche und sah auf das Display. Der

Akku war leer.

»Entschuldige bitte. Ich hab vergessen, den Akku aufzuladen. Du klingst so anders. Was ist los?«

Gabi holte tief Luft am anderen Ende. »Ich muss dich sprechen.«

»Jetzt?« Das passte mir gar nicht. »Ich hab hier noch zu tun.«

»Komm vorbei, sobald du kannst«, unterbrach sie mich. Ihre Stimme klang mühsam beherrscht. »Bitte, Johannes, es ist wichtig.«

»Gut.« Ich überlegte kurz. »Ich bin gegen zwei Uhr bei dir.«

Ich legte auf. Dorstmann sah mich fragend an.

»Meine Schulkollegin«, erklärte ich.

»Was will sie denn?«, fragte Willi.

Ich zuckte die Schultern. »Hat sie mir nicht gesagt. Aber es hörte sich an, als sei es wichtig. Irgendetwas ist passiert.«

Dorstmann packte die Spielkarten zusammen, hob den Kopf und sah mich prüfend an. »Hast du etwas mit ihr?«

Ich schüttelte heftig den Kopf.

»Ich habe trotzdem den Eindruck, dass sie sich mehr für deine Arbeit interessiert als deine Frau«, sagte Dorstmann. »Die hält nichts von der Polizeiarbeit, wie?«

»Nein«, antwortete ich.

Dorstmann senkte den Kopf. »Deshalb ist meine Ehe gescheitert. Sie war es irgendwann leid, dass ich zu jeder Tages- und Nachtzeit nur über meinen Fällen grübelte. Sie zog erst aus dem gemeinsamen Schlafzimmer aus, dann aus dem Haus. Irgendwann hatten wir uns daran gewöhnt, jeder für sich zu sein. Das war´s dann.«

»Bei mir ist es noch nicht soweit«, sagte ich.

*

Auf dem Weg zu Gabi Rensenbrink überlegte ich, was ihr Anruf bedeuten konnte. Vielleicht war ihr ja wirklich etwas eingefallen, oder wollte sie mich nur unter einem Vorwand in ihre Wohnung locken?

Um zehn nach zwei war ich bei Gabi. Sie war ungeschminkt und ihr Haar nass.

»Ich komme gerade aus der Dusche«, empfing sie mich. »Immer, wenn ich mich geärgert habe, stelle ich mich unter die Dusche. Manchmal stundenlang.«

Ihre Augen tränten. Ich war nicht sicher, ob sie geweint hatte, oder ob es von dem Duschgel kam.

»Die Polizeiwache war meine letzte Hoffnung«, sagte sie.

»Warum wolltest du mich sprechen?«

Gabi kniff die Lippen zusammen. »Verdammte Roswitha«, stieß sie aus. »Sie vögelt mit Thomas. Sie hat es mir gesagt, Johannes.«

Ihre derbe Ausdrucksweise war völlig neu für mich. Es musste die Enttäuschung oder die Bestätigung ihrer Vermutung sein, die sie so reden ließ.

»Roswitha war heute noch mal hier. Sie hatte die ganze Nacht nicht geschlafen, machte sich Vorwürfe, weil sie von der Eigentumswohnung geredet hatte. Ich sagte ihr auf den Kopf zu, dass sie das doch nur wissen könne, wenn sie was mit Thomas habe, und da hat sie es zugegeben. Jetzt wäre es sowieso egal, hat sie gemeint. Ich hab erst im Sägewerk angerufen, weil ich dachte, du wärst da. Als ich Thomas´ Stimme am Telefon hörte, ist mir ganz schlecht geworden. Johannes, das ist doch ein Schwein. Ich hab fast vor Wut geheult. Erst diese Eva, dann Roswitha, und sie – sie lässt sich darauf ein.« Gabi schüttelte sich regelrecht.

»Vielleicht weil Andreas eine andere hat«, warf ich ein.

»Na und? Warum dann ausgerechnet Thomas?«

Das konnte ich ihr auch nicht erklären.

Ich versuchte, eine Verbindung zu Ruth herzustellen. Er, der Lebemann und Sonnyboy und sie, das Aschenbrödel? Lag vielleicht gerade hierin der Reiz für Thomas, und suchte er deshalb außereheliche Beziehungen zu ganz anderen Frauen? Eine kurze flüchtige Affäre wie mit Eva Stahlberg hätte ich noch verstanden. Aber Roswitha? Das schien mir keine flüchtige Liaison zu sein.

Thomas hatte Ruth respektiert aber nicht mehr geliebt, wie

er mir selbst gegenüber eingestanden hatte.

»Woran denkst du?«

Gabis Stimme riss mich in die Wirklichkeit zurück.

»Das belastet ihn, nicht wahr?«, hakte sie nach.

Ich nickte schwach. »Ja, das kann es bedeuten.«

*

Thomas war nicht im Haus. Elena wollte mir einen Tee zubereiten, aber ich winkte ab.

»Ich hab eine Nachricht für Sie, Herr Kommissar«, sagte sie. »Ihre Frau hat angerufen. Klang nicht gut.«

»Danke, Elena.«

In meinem Zimmer steckte ich zuerst das Ladegerät in mein Handy, dann nahm ich den Telefonhörer vom Nachttisch und rief Inge an. Es dauerte, bis sie sich meldete.

»Ach du bist es, Johannes.« Ihre Stimme klang matt.

»Du wolltest mich sprechen?«, sagte ich.

»Ja.«

»Worum geht es? Um deine Mutter?«

»Nein. Jan hat seine Klausur verhauen.« Inge seufzte. »Wenn er es doch nur nicht so leicht nehmen würde. Aus dem Jungen wird nie etwas. Kannst du dich denn nicht mal um ihn kümmern?«

Der Vorwurf! Da war er. Ich hatte schon lange darauf gewartet.

»Sobald ich zurück bin«, sagte ich.

»Und Christin ist wieder da.«

»Hat das Geld doch wohl nicht gereicht«, sagte ich sarkastisch.

»Sie wäre beinahe vergewaltigt worden.«

Ich glaubte einen Moment lang, nicht richtig gehört zu haben.

»Es ist nichts passiert, zum Glück nicht. Sie konnte sich losreißen. Irgendein Mann hat sie zu einer Bootsfahrt auf dem Wörthersee überredet, und Christin – sie hat zugesagt. So ein bodenloser Leichtsinn! Er hat sie nachher noch in seinem Wagen mitgenommen, und dabei muss es beinahe passiert sein. Sie ist sofort in den nächsten Zug gestiegen. Seitdem hockt sie in ihrem Zimmer und heult sich die Seele aus dem Leib.«

Es war wie ein Schock. Meine Finger zitterten plötzlich, mein Mund war wie ausgetrocknet. »Kann ich Christin sprechen?«

»Sie will niemanden sehen.«

»Aber ich bin ihr Vater.«

»Ich frag sie.«

Inge legte den Hörer ab. Leise Schritte entfernten sich am anderen Ende, eine Tür klapperte. Wenig später kam Inge zurück. »Es hat keinen Zweck. Christin schämt sich. Auch vor dir.«

»Soll ich nach Hause kommen?«

»Das ist jetzt nicht mehr nötig. Sie hätte dich gestern gebraucht.«

Ich ließ den Hörer sinken. Mit ihrer direkten Art schaffte Inge es immer wieder, ein neues Messer in die Wunde zu stoßen. Ich legte den Hörer wieder ans Ohr.

»Ich bin bald fertig, Inge. Nur noch ein oder zwei Tage. Kann Christin solange bleiben?«

»Natürlich.«

»Ruf an, wenn du einen Rat brauchst. Bitte.«

»In Ordnung«, sagte sie ganz leise.

Nachdem ich aufgelegt hatte, blieb ich noch eine Weile vor dem Telefon sitzen. Christin hatte schon immer sehr an mir gehangen, sie war mein Liebling. Mit all ihren Sorgen kam sie zuerst zu mir, dann zu Inge. Nicht weil sie ihre Mutter weniger liebte als mich, aber wahrscheinlich waren es Inges Launen, die Christin in Stunden der Not abschreckten. Ich hatte sie in letzter Zeit zu sehr vernachlässigt, hatte geglaubt, sie wäre erwachsen, dabei blieb sie doch immer meine kleine Tochter.

In spätestens zwei Tagen, hatte ich zu Inge gesagt. In diesem Moment glaubte ich nicht daran, dass ich den Fall in achtundvierzig Stunden lösen würde.

Es wurde Zeit, dass ich mich etwas hinlegte. Die Schmerzen kamen blitzartig, wie Messerstiche. Manchmal schien es mir, als ob es doch der Ischiasnerv wäre und nicht mein Skelettgerüst, das mir Schwierigkeiten machte, aber die Röntgenbilder waren eindeutig gewesen.

*

Ich wurde wach, als eine Autotür knallte. Ein Blick zur Uhr zeigte mir, dass ich knapp eine Stunde geschlafen hatte. Nebenan hörte ich Thomas mit Elena reden. Es war ungewöhnlich, dass er um diese Tageszeit – es war nicht mal vier – nach Hause kam. Ich zog mich schnell an und ging ins Wohnzimmer.

Thomas schien seit gestern um zehn Jahre gealtert zu sein. Ich sah in seine roten, entzündeten Augen. Er sank apathisch in den Sessel und sehnte sich offenbar nur nach Ruhe, aber die konnte ich ihm jetzt nicht gönnen.

Ich kam gleich zur Sache. »Thomas, du hast ein Verhältnis mit Roswitha. Warum hast du es mir verschwiegen?«

Er sah mich einen Augenblick nachdenklich an. Ich erwartete schon eine Lüge, eine Ausrede, aber nichts dergleichen kam: »Ich könnte jetzt sagen, weil du mich nicht danach gefragt hast, Hans, aber das wäre plump. Nein, ich habe es weder dir noch Dorstmann gesagt, weil es niemand außer Roswitha und mir wusste. Woher hast du es?«

»Von Gabi.«

»Diese alte Hexe«, stieß er aus.

»Sie hat es von Roswitha selbst.«

Thomas blinzelte ungläubig. »Na gut, und nun? Was willst du machen? Welche Schlüsse ziehst du daraus? Bin ich jetzt des Mordes an meiner Frau überführt?«

»Red keinen Unsinn, Thomas. Aber du musst zugeben, dass das ein Motiv wäre. Wie lange geht das schon mit Roswitha?«

Er hob die Arme leicht an und wandte seinen Blick ab. »Etwa zehn Monate. Seitdem treffen wir uns regelmäßig. Niemals bei ihr oder mir, immer an neutralen Orten. Wir waren sehr vorsichtig.«

Das Läuten der Klingel ließ mich kurz stocken. Elena ging zur Tür.

»Wolltest du dich ihretwegen scheiden lassen?«, fragte ich

Thomas.

»Diese Überlegung hatte ich in der Tat mal angestellt, besonders als sie mir erzählte, dass ihre Ehe mit Andreas in die Brüche geht.«

»Du hättest Ruth also verlassen?«

»Ja.« Thomas sagte es ohne Pathos, ohne zu zögern und mit einer Entschiedenheit, die ich nicht erwartet hatte. Er drehte sich plötzlich zum Eingang um. »Wenn du das Dorstmann auch sagen musst, hast du jetzt Gelegenheit dazu. Er kommt gerade durch die Tür.«

»Kommen Sie ruhig herein, Herr Hauptkommissar«, sagte Thomas mit leichtem Sarkasmus in der Stimme und deutete auf mich. »Herrn Falke kennen Sie ja bereits. Nehmen Sie Platz.«

Dorstmann setzte sich, als hätte er schmutzige Hosen an und würde sich nicht trauen, sich in die teuren Sessel zu setzen.

»Was verschafft mir die Ehre?«, fragte Thomas.

»Kennen Sie einen Ulrich Berger, genannt Uli?«

Thomas legte den Kopf zur Seite. »Wer soll das sein?«

»Beantworten Sie mir nur meine Frage, Herr Bodeck.«

»Nun, ich bin mir nicht ganz sicher. Der Name kommt mir irgendwie bekannt vor, aber ich kann ihn mit niemanden in Verbindung bringen.«

»Überlegen Sie!«, forderte Dorstmann ihn auf, während er auch mich fragend ansah.

Der Name Ulrich Berger sagte mir nichts.

Thomas runzelte die Stirn. »Nein.« Er schüttelte den Kopf. »Wirklich nicht. Aber wollen Sie mir nicht sagen, warum Sie nach diesem Berger fragen?«

Dorstmann seufzte. »Ulrich Berger könnte eine Rolle bei dem Mord an Ihrer Frau spielen. Mehr kann ich Ihnen nicht sagen. Wenn Ihnen doch noch etwas zu Berger einfällt, rufen Sie mich bitte umgehend an.«

Dorstmann stand auf und ging zur Tür hinaus. Mit einem Kopfnicken gab er mir ein Zeichen, ihm zu folgen. Neben seinem Wagen blieb Dorstmann stehen. Er wirkte grimmig.

»Du warst gerade erst weg, Johannes, als wir einen Anruf

erhielten. Der Mann auf dem Phantombild soll ein gewisser Ulrich Berger sein.«

»Ein anonymer Anruf?«, fragte ich.

Dorstmann schüttelte den Kopf. »Wir haben Namen und Adresse des Anrufers. Rainer Müllenhoff.«

»Kenne ich auch nicht«, sagte ich nach kurzem Nachdenken. »Warum hat er sich erst heute gemeldet?«

»Er war zwei Wochen in Urlaub und wusste nichts von dem Mord.«

»Und er hat Ulrich Berger auf dem Foto erkannt?«

»Leider nein. Es gibt kaum eine Ähnlichkeit mit dem Bild, aber Berger habe vor mehr als zwei Wochen damit geprotzt, auszuwandern, weil er bald viel Geld hätte. Müllenhoff hielt es für eine Spinnerei, aber als er von dem Mord erfuhr, wurde er nachdenklich.«

Ich kniff die Lippen zusammen.

»Ich weiß, es ist wieder ein dünner Hinweis, aber besser als keiner. Rainer Müllenhoff hat auch lange gezögert, die Polizei anzurufen, aber dann hielt er es schließlich für seine Pflicht, uns zu informieren.«

»Hast du diesen Berger schon in die Mangel genommen?«, fragte ich Dorstmann.

»Dafür müssten wir ihn erst mal haben. Uli Berger wohnt am südlichen Ortsausgang Züschens in der Nähe der Drahtseilfabrik. Ich komme von dort, bin auf dem Weg zurück nach Winterberg. Berger war nicht zu Hause, auch sonst rührte sich in dem Haus nichts, obwohl sechs Parteien dort wohnen. Ein Nachbar konnte uns schließlich etwas über Berger sagen. Der sei ein Eigenbrötler gewesen. Freunde oder Bekannte habe er selten zu Besuch gehabt. Gesehen hatte der Nachbar Ulrich Berger seit Tagen nicht mehr.«

»Das bedeutet gar nichts.«

Dorstmann nickte. »Wir haben sofort eine Fahndung nach ihm ausgeschrieben. Genau zwei Wochen sind seit dem Mord an Ruth Bodeck vergangen. Das sind vierzehn mal vierundzwanzig Stunden, und dann ruft ein Mann an und sagt uns, dass es Uli

Berger sein könnte. Will er sich vielleicht nur wichtig tun? Ich weiß gar nicht mehr, was ich denken soll, Johannes. Sonst habe ich immer ein Gefühl gehabt, verstehst du? War es bei dir nicht genauso?«

»Doch.«

Dorstmanns Handy klingelte. Er nahm es aus der Jackentasche und meldete sich.

»Wo?« Er sah mich an. »Kennst du die Ponderosapforte?«

»Ja.« Ponderosapforte sagte selten jemand zu der kleinen Straße außerhalb Züschens in Höhe des alten Silbersees.

»Gut«, sagte Dorstmann in den Hörer. »Ich komme sofort.« Er steckte das Handy ein, sah mich einen Moment lang an, dann sagte er: »Es hat einen weiteren Toten gegeben. Ulrich Berger. Er wurde überfahren. Komm, Johannes, wir nehmen meinen Wagen.«

*

Wir fuhren am Züschener Sportplatz vorbei. Rechts und links stiegen grüne Wiesen sanft an, und ein paar Kühe weideten dicht hinter dem Zaun. Ein Schäfer wollte mit seiner Herde die Straße kreuzen, aber wir schafften es noch, rechtzeitig vorbeizukommen.

Schon von Weitem sah ich die Polizeiabsperrung. Siggi winkte uns sofort durch, und Willi erwartete uns an der Unfallstelle.

Der Unfall war auf der Mollseifener Straße passiert, genau genommen an dem Parkplatz vor der Abzweigung Flachengrund/Ponderosapforte. Umgangssprachlich wurde der Flachengrund nur »Flaggengrund« genannt. Das hatte nichts mit Flaggen zu tun, sondern eher mit der saloppen Aussprache der Züschener. Während der Flachengrund sehr eben war und nach links zum alten Silbersee führte, ging die Ponderosapforte rechts einen kleinen Berg hinauf. Wir nannten den Feldweg nur Ponderosapforte, weil vor Jahrzehnten ein Züschener Bürger dorthin ausgesiedelt war und im Fernsehen gerade die erfolgreiche Sendung »Bonanza« lief.

»Ein Bauer hat ihn gefunden, Herr Hauptkommissar«, sagte Willi zu Dorstmann. »Er befand sich mit seinem Traktor in der Nähe. Als ich in den Papieren des Toten den Namen Ulrich Berger las, habe ich Sie sofort angerufen.«

Dorstmann nickte zufrieden.

»Wir haben die Gegend abgesucht und den Unfallwagen entdeckt«, sprach Willi weiter. »Er steht etwa dreihundert Meter weiter. Ist stark beschädigt.«

»Was ist mit dem Fahrer?«, fragte Dorstmann.

Willi zuckte die Schultern. »Keine Spur von ihm.«

Dorstmann kniff die Augen zusammen. »Wissen Sie denn schon, wem der Wagen gehört?«

Willi sah mich kurz an. »Es ist einer von Thomas Bodecks Firmenwagen.«

Dorstmanns Kinnlade klappte herunter.

Siggi, der neben Willi stand, verzog das Gesicht. »Er ist nicht als gestohlen gemeldet.«

»Dann mal an die Arbeit.«

Weit und breit gab es keine Häuser, der Silbersee war von hier aus kaum zu erahnen. Die Hauptstraße führte geradeaus, bis sie nach ungefähr hundert Metern hinter einem Hügel in einer S-Kurve verschwand.

Unterhalb des Hügels, auf einem der Felder, stand der Traktor. Ich ging auf ihn zu und sah zur Unfallstelle zurück. Sie war von hier etwa siebzig Meter entfernt und durch ein brachliegendes Feld mit wildem Graswuchs nicht gut einsehbar. Einige andere Traktorspuren, die nicht identisch mit dem Traktor des Bauern waren, verliefen sich in Richtung der anderen Felder. Der Unfallwagen stand auf der Straße hinter der S-Kurve an einer Böschung.

Ich ging dorthin. Der Wagen musste in der S-Kurve von der Fahrbahn abgekommen sein, und da der Boden vom letzten Regen immer noch aufgeweicht war, hatte der Fahrer es offenbar nicht geschafft, über die scharfe Asphaltkante wieder auf die befestigte Straße zu kommen. Schließlich musste der Wagen dann seitlich abgerutscht und stecken geblieben sein.

Dorstmann war mir gefolgt.

»Der Fahrer muss zu Fuß geflohen sein«, sagte ich.

Dorstmann nickte zustimmend.

In etwa fünfzig Metern Entfernung ging ein kleiner Feldweg ab. Fünfzig Meter vom Unfallwagen bis zum Feldweg, die man innerhalb einer halben Minute zurücklegen konnte. Im Laufschritt hätte der Fahrer sie in wenigen Sekunden geschafft.

»Er ist dort verschwunden«, sagte ich und deutete ins angrenzende Dickicht. »In einer halben Stunde war er entweder in Mollseifen oder Züschen.«

Wir gingen zurück.

Ulrich Berger wurde gerade in einen Sarg gelegt. Er war dem Mann auf dem Phantombild absolut nicht ähnlich. Berger hatte rotblondes Haar und einen spärlichen Bartwuchs.

»Wie sicher können wir sein, dass Berger der Gesuchte auf dem Fahndungsbild ist?«, fragte ich Dorstmann.

»Gar nicht«, antwortete er. »Vorläufig ist Berger nur ein tragisches Verkehrsopfer.«

»Reicht der Verdacht des Anrufers, um Bergers Wohnung zu durchsuchen?«

»Ich werde den Staatsanwalt in Dortmund danach fragen. Es ist doch seltsam, dass Berger genau in dem Moment überfahren wird, in dem wir ihn suchen. Ich denke, das müsste dem Staatsanwalt reichen.«

Ein Polizist sammelte ein paar Utensilien ein, die an der Unfallstelle lagen. Ich hielt Dorstmann am Ärmel fest.

»Kann es sein, dass Ruth Bodecks Mörder eine Baseballkappe trug?«

»Wie kommst du darauf?«

Ich deutete auf eine weiße Baseballkappe. »Die gehört dem toten Ulrich Berger. Wenn er sie mit dem Schild im Nacken aufhatte, könnte man beim flüchtigen Hinsehen wirklich annehmen, er habe eine Glatze.«

Dorstmann biss sich auf die Unterlippe.

Auf dem Parkplatz neben der Unfallstelle wartete der Bauer auf uns. Seine braune Kleidung war alt und schmuddelig. Obwohl er schon über fünfzig war, kannte ich ihn nicht. Wäre die

Situation nicht so ernst gewesen, hätte Dorstmann sicher eine ironische Bemerkung gemacht.

»Sie waren also die ganze Zeit über auf dem Feld dort drüben?«, fragte Dorstmann den Bauern.

»Ja.«

»Und Sie haben das Fahrzeug gehört?«

»Nee. Mein Trecker lief. Ich kann ihn nicht abstellen, dann krieg ich ihn nicht wieder an. Jetzt muss ich auf meinen Bruder warten, bis der mit ´nem Zündkabel kommt.«

»Und wie haben Sie den Toten entdeckt?«

»Ich wollte nur schnell meine Stullen aus der Tasche holen. Die lasse ich immer hier auf dem Parkplatz.« Er streckte den Arm aus und deutete auf einen alten Leiterwagen. »Da lagen sie. Ich bin dann hierhin gelaufen und sah etwas auf der Straße liegen. Ich dachte doch nicht an einen Menschen. Ich -«

»Jaja«, unterbrach Dorstmann ihn. »Kennen Sie den Toten?«

Der Bauer schüttelte den Kopf.

Dorstmann hatte keine weiteren Fragen. Er bedankte sich bei dem Bauern, nicht ohne ihn zu bitten, am nächsten Tag zur Polizeiwache zu fahren, um ein Protokoll zu unterschreiben.

*

Thomas Bodeck war noch in seinem Bungalow, als Dorstmann und ich kurz darauf zurückkamen.

»Ulrich Berger ist tot«, sagte Dorstmann ohne Umschweife. »Er wurde mit einem Ihrer Firmenwagen überfahren.«

Thomas starrte mit offenem Mund zwischen Dorstmann und mir hin und her. »Wer hat den Wagen gefahren?«

»Das wissen wir eben nicht«, knurrte Dorstmann. »Der Fahrer hat Fahrerflucht begangen.«

»Das ist doch unmöglich.« Thomas Bodeck war außer sich. »Kommen Sie, Herr Kommissar. Wir fahren zum Sägewerk, wir müssen Maibach fragen.«

Aber Jürgen Maibach wusste von nichts. Er sei gegen drei Uhr zur Sparkasse gefahren und habe anschließend noch die Post weggebracht. Er sei ungefähr eine gute Stunde fort gewesen. Ob der Wagen die ganze Zeit auf seinem Platz gestanden habe? Er konnte es nicht sagen, er habe nicht darauf geachtet.

Eva Stahlberg hatte überhaupt keine Ahnung, ebenso wenig der Lkw-Fahrer Paul.

Aber die Tatsache blieb, dass jemand den Wagen vom Gelände gefahren hatte. Nur wer?

»Gibt es eine bestimmte Zuordnung der drei Firmenwagen?«, fragte Dorstmann.

»Nein«, antwortete Thomas. »Die Schlüssel hängen im Büro. Jeder hat Zutritt. Auch die Arbeiter dürfen die Wagen jederzeit benutzen.«

»Wie schön«, sagte Dorstmann.

Wütend verließ er das Sägewerk. Ich konnte ihn verstehen. Wieder war eine hoffnungsvolle Spur im Sande verlaufen.

Thomas hatte sich bereits umgedreht und ging mit schnellen Schritten auf sein Büro zu, sodass ich Mühe hatte, ihn einzuholen.

»Thomas warte, ich muss dich etwas fragen!«

Er blieb vor der Bürotür stehen.

»Wo warst du heute bis sechzehn Uhr?«

Seine Mundwinkel verzogen sich ironisch. »Ich nehme an, du musst das fragen, Hans, und ich vermute, dass du nur so lange damit gewartet hast, bis Dorstmann verschwunden ist. Stimmt´s?«

»Antworte einfach, Thomas.«

»Ich war in Hessen, bei meinem neuen Sägewerk.«

»Die ganze Zeit?«, fragte ich zweifelnd.

»Ruf an, wenn du mir nicht glaubst.«

Ich reagierte nicht darauf. »Weißt du, Thomas, was mich stutzig macht?«

»Nun?«

»Ich wohne jetzt fast eine Woche bei dir. Die ganze Zeit über bist du nie vor acht oder neun Uhr abends nach Hause gekommen. Nur heute. Heute war es gerade mal vier. Ist das nicht ein wenig merkwürdig?«

»Wenn du meinst.«

Er drehte sich um und ging ins Büro. Aber auf seinem Gesicht hatte ich einen leichten Anflug von Panik entdeckt.

13

In der Nacht zum Dienstag gab es einen kräftigen Wolkenbruch. Der Wind rüttelte an den Fensterläden und pfiff um die Dächer, als ginge die Welt unter.

Dorstmann wirkte am Morgen gereizt. »Hab wegen dem Wetter die halbe Nacht im Hotel nicht geschlafen«, schimpfte er. »Außerdem muss ich mich immer erst an fremde Betten gewöhnen.«

Siemering und Koch machten einen ausgeruhten Eindruck.

Die Polizeiwache in Winterberg war überfüllt. Sechs weitere Polizeibeamte waren anwesend, die erst zu einem späteren Zeitpunkt Streifendienst hatten und nun neugierig waren, wie Dorstmann den Unfall an Ulrich Berger weiter bearbeiten würde.

Die Zeitungen brachten nur einen kurzen Artikel über den Unfall. Morgen würden sie sich ausführlicher darüber auslassen.

»Können wir anfangen?«, fragte Dorstmann.

Wir nickten.

Er sah auf den Bericht vor sich. »Ulrich Berger wurde etwa fünfzehn Meter durch die Luft geschleudert. Sein Körper traf mit dem Kopf zuerst auf dem Asphalt auf. Er war sofort tot, Genickbruch. Wir haben Reifenabdrücke genug am Tatort gefunden. Die meisten stammen von Traktoren, aber auch die von dem Unfallwagen konnten wir sicherstellen -«

»Es war kein Unfall«, unterbrach ich ihn. Ich rieb mir über die Stirn. »Ulrich Berger hat seinen Wagen auf dem Parkplatz abgestellt, ist ausgestiegen und auf die Straße getreten. Die Mollseifener Straße ist zwar keine Bundesstraße, aber sie ist breit genug. Ein Wagen hätte problemlos an ihm vorbeifahren können. Es sei denn, der Fahrer hätte die Gewalt über das Fahrzeug verloren, aber darauf deutet nichts hin. Ich denke vielmehr, dass es sich so abspielte: Berger stand am Straßenrand und hat den Wagen erwartet, aber anstatt anzuhalten, gab der Fahrer Gas und überfuhr ihn.«

Dorstmann nickte zustimmend. »Nach der Spurenauswertung ist deine Annahme einleuchtend. Das bedeutet, Ulrich Berger wurde vorsätzlich überfahren. Wir wissen immer noch nicht, wer den Unfallwagen ... pardon, den Wagen, mit dem Berger getötet wurde, gefahren hat. Es gibt kein Fahrtenbuch. Jeder, wie Thomas Bodeck sagt, kann die Wagen benutzen. Die Fingerabdrücke im Wagen werden noch überprüft.«

Ich ergriff wieder das Wort. »Der Todesfahrer hätte den Wagen genauso unauffällig wieder auf dem Parkplatz der Firma Bodeck abgestellt, wie er ihn entwendet hat. Als er sich festfuhr und den Bauern bemerkte, ließ er den Wagen stehen.«

Dorstmann hob den Kopf. »Der Fahrer flüchtete zu Fuß, was bedeuten könnte, dass er sich in der Gegend auskennt. Sind die Fußspuren gesichert worden?«

Koch zuckte die Schultern. »Es waren mindestens acht verschiedene Fußspuren, sagt die Spurensicherung.«

Dorstmann wandte sich an Siemering. »Was haben wir über Berger rausgefunden? Seine Freunde, seine Arbeitsstelle?«

Siemering sah auf das Blatt vor sich.

»Ich hab gestern Abend noch die Kneipen Züschens abgeklappert und ein paar redselige Betrunkene gefunden. Berger ist vor ungefähr acht oder neun Jahren nach Züschen gezogen. Seine letzte dauerhafte Arbeit hatte Berger als Busfahrer bei Franz Papenberg, davor war er Lastwagenfahrer, ebenfalls bei Papenberg, als dieser noch sein Sägewerk hatte. Dazwischen hat Berger nur als Aushilfsfahrer bei verschiedenen Firmen gearbeitet.«

»Auf Lohnsteuerkarte?«

Siemering schüttelte den Kopf. »Meistens schwarz. Nur wenige hatten ihn offiziell eingestellt. In seiner Freizeit trieb Berger sich hauptsächlich im Gasthof Sonnblick rum. Kontakt hatte jedoch kaum einer zu ihm.«

Dorstmann sah zur Tür. Willi kam herein und reichte ihm

ein Fax. Dorstmann überflog es.

»Wir haben die Zustimmung, Ulrich Bergers Wohnung zu durchsuchen«, sagte er in die Runde. »Dann sollten wir das mal zuerst tun, und danach werden wir bei Papenberg vorbeifahren.«

*

An der Hauptstraße in Höhe der Drahtseilfabrik standen zwei Mehrfamilienhäuser, von denen das Erste einen baufälligen Eindruck machte. Das Zweite war offenbar erst vor wenigen Jahren entstanden, denn es befand sich in einem recht guten Zustand. Dorstmann schaute an der Fassade empor und klingelte.

Hinter der Gardine einer Wohnung im Erdgeschoss nahm ich eine Bewegung wahr. Ich klopfte an das Fenster. Es dauerte, bis das Gesicht wieder erschien. Eine alte Frau mit hellgrauen Haaren, die sie zu einem Knoten zusammengebunden hatte, sah mich misstrauisch an.

»Hier ist die Polizei«, sagte ich so laut, dass sie mich verstehen musste. »P-o-l-i-z-e-i.«

Dabei deutete ich auf Willis Uniform.

»Lass mich mal«, sagte Dorstmann. Er schob mich zur Seite und hielt seinen Ausweis vor die Scheibe.

Jetzt endlich bequemte sich die Frau, das Fenster zu öffnen. Ein penetranter Essensgeruch strömte mir entgegen. Lüften nie, die alten Leute.

»Guten Tag.« Dorstmann war die Höflichkeit in Person. »Kriminalpolizei. Mein Name ist Dorstmann. Kennen Sie sich hier im Haus ein bisschen aus?«

»Auskennen? Na hören Sie mal. Mir gehört das Haus. Ich bin die Eigentümerin. Rücker ist mein Name. Zu wem wollen Sie denn?«

»Zu Ulrich Berger. Wir haben einen Durchsuchungsbeschluss«, sagte Dorstmann und gab Willi ein Zeichen. Willi zog das Dokument heraus und hielt es der alten Dame unter die Nase. Sie beachtete es kaum.

»Durchsuchung?« Ihre kleinen Augen blitzten misstrauisch auf. »Aber warum denn? Was ist denn passiert? Und wo ist Uli? Muss er nicht dabei sein, wenn die Polizei -«

»Herr Berger hatte einen Unfall«, unterbrach Dorstmann sie. Sie hatte die Zeitung offenbar noch nicht gelesen.

Die alte Dame riss die Augen auf. »Unfall? Großer Gott. Hoffentlich ist es nichts Schlimmes. Warten Sie, ich mache Ihnen auf.«

Sie schloss ihr Fenster und verschwand. Die alte Frau Rücker brauchte geschlagene fünf Minuten, um von ihrer Wohnung im Erdgeschoss bis zur Tür zu kommen.

»Wo ist es?«, fragte Dorstmann.

Ich sah ihm an, dass er ein wenig ungehalten war. Ihm dauerte das alles viel zu lange.

»Im dritten Stock«, sagte sie und führte uns hinauf.

Die Wohnung bestand aus zwei Zimmern, Küche und Bad.

»Sie müssen entschuldigen, aber ich habe noch nicht aufgeräumt«, sagte Frau Rücker.

»Sie?«, fragte Dorstmann erstaunt.

Die alte Dame nickte. »Ja. Ich mache bei ihm sauber. Er hatte inseriert, und ich habe mich angeboten. Was ist dabei? Geld kann man gar nicht genug verdienen. Der Kleiderschrank ist im Schlafzimmer, auch der Wäscheschrank. Soll ich Ihnen ein paar Sachen für Uli einpacken? Ich kenne sie fast alle, manchmal bügele ich auch für ihn.«

Dorstmann rührte sich nicht. Genau wie ich ließ er nur seinen Blick umherschweifen.

»Ich möchte Sie nicht beleidigen«, sagte er, »aber dennoch interessiert es mich, wann Sie das letzte Mal hier geputzt haben.«

Die alte Dame wurde verlegen. »Letzte Woche Mittwoch. Ich - ich räume eigentlich dreimal in der Woche auf, montags, mittwochs und freitags, immer nur eine Stunde. Das ist leichter für mich als einmal die Woche drei Stunden. Uli war damit einverstanden.«

»Dann hätten Sie doch gestern säubern müssen.«

»Ja, aber mir ging es nicht gut. Ich war beim Arzt. Aber ich wollte heute aufräumen, ganz bestimmt. Sagen Sie ihm das, wenn Sie ihn sehen.«

Dorstmann nickte automatisch. »Seit wann wohnte – eh wohnt Berger hier?«

»Oh, schon lange.«

»Und hatte er des Öfteren Besuch?«

»Das weiß ich nicht so genau.«

»Aber Sie wissen, wo er arbeitete?«

»Ja. Das hat er mir mal gesagt. Er ist Fahrer. Erst war er Busfahrer, dann irgendwo zur Aushilfe. Und manchmal, an den Wochenenden hilft er in einer Kneipe aus. In Winterberg.« Sie verzog angewidert den Mund. »Franzosenheim oder so ähnlich.«

»Franzosenhof?«, fragte ich.

»Jaja, das ist es. Franzosenhof. Kann ich ihn denn mal besuchen?«

»Vorläufig noch nicht«, wich Dorstmann aus. Und um nicht noch mehr unangenehme Fragen beantworten zu müssen, ging er nach nebenan ins Wohnzimmer.

Ich blieb im Flur. An der Garderobe hingen eine dünne Jacke, zwei Westen und ein Regencape, darüber eine dunkelblaue Baseballmütze und ein Schal. Berger war offenbar auf jedes Wetter vorbereitet. Über dem Spiegel lag eine Zeitung. Ich nahm sie an mich. Sie war eine Woche alt.

Das konnte bedeuten, dass Berger seit sieben Tagen nicht mehr in seiner Wohnung gewesen war, andererseits aber konnte er auch einfach nur vergessen haben, die Zeitung zu entsorgen.

Der Schuhschrank enthielt ein Paar Hausschuhe, zwei Paar Turnschuhe von Nike und Reebook und ein Paar Sandalen. Es stank aus dem Schrank – Berger hatte Schweißfüße.

Mein Blick fiel auf das Telefon. Es befand sich mit einem Anrufbeantworter auf einem Brett, das an die Wand gedübelt war. Ich drückte auf die Wiedergabetaste. Nichts. Es war ein sehr altes Modell, noch mit einer Tonbandkassette versehen. Berger hatte sich offenbar seit Jahren kein neues Telefon angeschafft. Der Kassettendeckel ließ sich leicht öffnen, aber es war keine Kassette darin. Das war äußerst seltsam. Warum hatte jemand einen Anrufbeantworter, wenn kein Band darin war?

Ich ging hinüber ins Wohnzimmer zu Dorstmann.

Dort befanden sich in einer Ecke verschiedene elektronische Geräte. DVD-Player, zwei Receiver, ein nagelneuer Computer und daneben – fast wie ein Kontrast - ein alter Kassettenrekorder. Und dabei lagen einige Mikrokassetten – fünf zählte ich.

»Hier liegen so viele Kassetten rum, aber im Anrufbeantworter ist keine«, sagte ich zu Dorstmann.

Er kniff die Augen zusammen. »Vielleicht funktioniert das alte Ding nicht mehr.«

»Das kann ich mir nicht vorstellen. Solche Apparate gehen nie kaputt.«

Er war meiner Meinung und nickte.

Wir gingen ins Bad. Auf der Kommode lagen Rasierwasser, Aftershave, Rasierer sowie Zahnbürste und Zahnpasta. Dorstmann roch an dem Aftershave und gab es dann einem Beamten, der es in einer Plastiktüte verschwinden ließ.

Siggi kam mit einem prall gefüllten Papierkorb zurück. »Was machen wir damit?«

»Mitnehmen«, entschied der Hauptkommissar.

Hinter Siggi tauchte Willi auf. In seiner Hand hielt er einen alten schmutzigen Lappen, in den etwas eingeschlagen war. Eine Pistole.

»Lag in seinem Schlafzimmer«, sagte er. »Ich hab´s nach langem Suchen gefunden.«

Dorstmann schnüffelte an der Mündung. »Damit ist in letzter Zeit nicht geschossen worden.«

»Der Mord an Ruth Bodeck liegt auch eine Weile zurück«, sagte ich.

Dorstmann ging vor mir her in Bergers Schlafzimmer. Es war modern eingerichtet. Ein grauweißer Schrank, ein ausziehbarer Sessel und ein Bett mit Wäschekasten am Kopfende. Der Deckel war geöffnet.

»Da drin lag sie«, sagte Willi. »Unter einem Schlafsack versteckt. Munition haben wir noch keine gefunden.«

Dorstmann sah sich ein paar Minuten im Zimmer um und gab Willi dann ein Zeichen, die Pistole in den Wagen zu bringen.

Etwa eine halbe Stunde hatte die Durchsuchung der Wohnung gedauert. Als wir wieder in der Tür standen, hielt uns Frau Rücker auf.

»Warten Sie! Was ist denn nun mit Uli? Liegt er im St.-Franziskus-Krankenhaus?«

»Krankenhaus? Nein. Ulrich Berger liegt in der gerichtsmedizinischen Abteilung in Dortmund. Er ist tot. Er wurde überfahren.«

Wir ließen eine völlig ratlose alte Frau zurück.

*

Von Ulrich Bergers Wohnung war es nur ein kurzer Weg zu Papenbergs Reisebüro. Franz stand barfüßig vor seinem Haus. Er hatte selbst mit geholfen, einen seiner Busse abzuspritzen und sich dabei Wasser in die Stiefel gegossen.

»Wenn es im Sauerland einmal anfängt zu regnen, sind die Nebenstraßen aufgeweicht wie Butter«, fluchte Franz. »Die Leute wollen unbedingt um den neuen See herumfahren. Als wenn es kein anderes Ziel geben würde.« Er hielt in der Arbeit inne und sah uns an.

»Sie haben von Ulrich Berger gehört?«, fragte Dorstmann ohne Einleitung.

Franz Papenberg nickte automatisch.

»Er hat für Sie gearbeitet«, sagte Dorstmann.

»Richtig.«

»Wann?«

Franz grinste leicht, was Dorstmann zur Weißglut brachte. »Wenn Sie genaue Daten brauchen, müsste ich in den Akten nachsehen. Aber wenn es Ihnen genügt, dass ich aus dem Gedächtnis heraus -«

»Es genügt mir.« Dorstmann wippte mit den Schuhspitzen.

»Berger war einige Jahre bei mir als Sägewerksarbeiter tätig. Als ich dann pleite – eh in Konkurs ging -, nahm ich ihn auf. Er machte den Busführerschein und war als Busfahrer bei mir eingestellt. Vor einem halben Jahr kündigte er.«

»Warum?«

»Ich habe ihn nicht gefragt. Doch warum will die Mordkommission das wissen?«

»Wir sind eben an allem interessiert, was hier passiert«, knurrte Dorstmann. Ich sah ihm an, dass er sich von der Befragung mehr versprochen hatte. »Sie haben also lange mit Ulrich Berger zusammengearbeitet, Herr Papenberg. Hatte er irgendwelche Besonderheiten? Rasierte er sich zum Beispiel schon mal die Kopfhaut?«

Franz Papenberg glotzte Dorstmann an. »Ich hab keine Ahnung. Nein, wirklich nicht. Mit Glatze hab ich ihn jedenfalls nie gesehen.«

»Gut. Eine letzte Sache noch. Wo waren Sie gestern in der Zeit zwischen vierzehn und sechzehn Uhr?«

»Ist er da überfahren worden?«

»Ja.«

»Moment – ja, ich glaube, ich war zu Hause.«

»Allein?«

»Nein, mit meiner Frau.«

»Was haben Sie gemacht?«

»Fernsehen geguckt.«

Jetzt wurde Dorstmann böse. »Sie wollen uns weismachen, dass Sie bei Ihrer Arbeit noch Zeit haben, fernzusehen? Und das um die Zeit, als Ulrich Berger getötet wurde?«

Franz machte sich lustig über uns. »Ich nehme mir hin und wieder die Zeit. Auch ich muss mal abschalten.«

»Und Ihre Frau kann das bezeugen?«

»Selbstverständlich.«

»Gut. Das war´s schon. Ach, noch etwas. Kennen Sie Bergers Freunde oder Bekannte?«

»Ich habe mich nie um sein Privatleben gekümmert.«

*

Die Presse stürzte sich auf den Unfall, als bekannt wurde, dass Dorstmann sich dafür interessierte. Der Astenkurier und die WP belagerten den gesamten Vormittag die Polizeiwache mit insgesamt fünf Journalisten. Als wir von Franz Papenberg zurückkamen, erwischten sie uns.

»Herr Hauptkommissar«, rief ein korpulenter Journalist aus. Seine Haare hingen wirr um den Kopf, die Lesebrille saß ganz vorn auf seiner Nase. In der Hand hielt er einen kleinen Block und einen viel zu kurzen Bleistift. »Sie waren bei Bodeck, als Ulrich Berger überfahren wurde. Welchen Zusammenhang sehen Sie zwischen dem Mord an Ruth Bodeck und Ulrich Berger?«

Dorstmann warf mir einen Blick zu. Woher wissen die schon wieder, dass ich bei Bodeck war, verdammt!, sagte der Blick. Auch für mich war es unbegreiflich, wie schnell die Journalisten immer an ihre Informationen kamen.

»Es ist ein schwebendes Verfahren, und ich kann Ihnen nichts sagen. Danke.«

So schnell wir konnten, verschwanden wir in der Polizeiwache. Im Büro erwartete uns Koch.

»Ich wollte Sie nicht draußen mit den neuen Ergebnissen konfrontieren, Herr Hauptkommissar«, sagte er und reichte Dorst-mann einen dünnen Hefter. »Kam vor einer halben Stunde aus Braunschweig per Kurier.«

Dorstmann nahm ihn an sich. »Informieren Sie mich über das Wichtigste kurz und knapp.«

»Dieser Turner ist ein angesehener Mann in Braunschweig«, begann Koch. »Ein Unternehmer, der Stühle herstellt, Kommoden und Anbauschränke. Turner ist noch nie mit dem Gesetz in Konflikt gekommen.«

»Wie alt ist er?«

»Ende dreißig.«

»Verheiratet?«

»Nein. Das wundert die Kollegen aus Braunschweig auch. Turner sieht angeblich gut aus, hat viel Geld und keine Frau. Sie vermuten, dass er schwul ist.«

»Das ist ja heute nichts Ungewöhnliches mehr.« Der Hauptkommissar ließ sich auf einen Stuhl fallen. »Das ist alles?«

»Nein. Vor einem halben Jahr war Thomas Bodeck in der Nähe von Braunschweig in einen Autounfall verwickelt. Laut Polizeiprotokoll hatte seine Sekretärin Eva Stahlberg den Wagen gesteuert, während Bodeck betrunken neben ihr saß. Der Fahrer des anderen Fahrzeugs war sofort tot. Es war ein Unfall.«

»Noch einer«, brummte Dorstmann sarkastisch. Er sah zuerst auf die Uhr, dann zu mir. »In zwei Stunden brechen wir auf. Morgen sind wir wieder hier, und ich werde dann nicht eher zurückfahren, bis dieser verdammte Mord aufgeklärt ist.«

*

In den nächsten Minuten vertieften wir uns intensiv in die Protokolle und fassten noch einmal zusammen, was wir wussten. Dorstmann versuchte mehrmals vergeblich, Reiner Müllenhoff telefonisch zu erreichen, um von ihm noch mehr über Ulrich Berger zu erfahren. Schließlich gab er Willi und Siggi den Auftrag, Müllenhoff am nächsten Tag zur Polizeiwache zu bringen. Ergebnislos brachen wir bald unsere Arbeit ab. Heute kamen wir nicht mehr weiter.

Wenig später verließ ich die Polizeiwache in Winterberg. Da Thomas noch nicht im Haus war, ging ich mit Elena ins Wohnzimmer und erhielt meine erste Lektion Russisch. Es klappte ganz gut, obwohl ich zeitweise unkonzentriert war.

Um sieben kam Thomas. Er roch nach frischen Fichten. Vermutlich war er mit dem Förster-Jäger wieder im Wald gewesen. Elena schlug sofort das Russischbuch zu und ging in die Küche.

»Ich habe noch mal darüber nachgedacht, Hans, woher mir der Name Ulrich Berger bekannt ist«, sagte Thomas. »Er muss bei Papenberg gearbeitet haben, als der noch das Sägewerk hatte, und einige Male tauchte Berger im Sonnblick auf. Ich habe aber nie mit ihm gesprochen.«

»Hat sich Berger auch mal bei dir beworben?«

»Kann mich nicht daran erinnern, und wenn, dann hätte Maibach die Gespräche geführt.«

Elena brachte uns zwei Flaschen Bier, Gläser und einen Öffner. Ich wunderte mich, denn bisher hatte Thomas stets Wein getrunken. Aber Bier war mir recht.

»Dann wäre das ja geklärt«, sagte ich, öffnete die Flaschen und goss ein. »Etwas anderes brennt mir aber noch auf der Zunge, Thomas. Wie oft besuchst du diesen Turner in Braunschweig?«

»Ein paar Mal im Jahr. Wieso?«

»Was war das damals für ein Unfall in Braunschweig?«

»Ah.« Er war gar nicht überrascht, nur seine Augen wurden eine Spur schmaler. »Habt ihr das also auch ausgegraben. Wir hatten ein wenig gefeiert, Turner hatte mir den größten Auftrag meines Lebens gegeben. Wir sind dann ins Hotel zurückgefahren. Eva saß am Steuer. Ich schlief oder zumindest war ich eingeduselt. Ich hab nicht viel mitbekommen. Der andere Fahrer muss ganz plötzlich den Fahrstreifen gewechselt haben und ist direkt auf uns zugekommen. Eva hat noch versucht, auszuweichen, tja, und dann hat er uns gestreift und ist gegen einen Baum gerast. Es war schrecklich. Aber zum Glück traf Eva keine Schuld. Du kannst doch die Polizeiberichte einsehen, wenn du willst, oder?«

»Das ist sicher nicht nötig«, antwortete ich langsam. »Du hast mir ja alles gesagt.«

*

Nach dem Abendessen ging ich in mein Zimmer. Die Gardinen hatte ich vom Fenster weggezogen, sodass ich zu den weißen Wolken sehen konnte, die sich in der Abendsonne langsam blutrot färbten. Ich verschränkte die Arme unter dem Kopf und ließ meine Gedanken einfach treiben. Ich hatte mich so sehr an dieses Zimmer gewöhnt, an Elena, an ihren herrlich unkomplizierten Russischunterricht, dass ich es fast bedauerte, bald wieder nach Hause zu müssen.

Aber dann fiel mir meine Familie ein. Jans vermasselte Klausur, Christins Angst bei der Fastvergewaltigung, und natürlich Inge. Ich hatte sie in der letzten Zeit vielleicht wirklich zu sehr vernachlässigt, dabei hatte sie mir immer still und aufmerksam zugehört, wenn ich von einem unangenehmen Einsatz zurückkam und meinen Frust loswerden wollte. In diesen Minuten nahm ich mir vor, mich zu bessern und mich mehr um sie zu kümmern.

Das Telefon auf meinem Nachttisch klingelte. Ich zuckte

zusammen. Inge!, dachte ich und griff zum Hörer. Es war eine Männerstimme. Ich wollte schon wieder auflegen, als ich stockte. Die Stimme klang gedämpft, völlig unnatürlich, dann wurde mir schlagartig klar, dass der Mann ein Tuch über der Muschel liegen haben musste.

»Ich bin es wieder«, sagte der Mann. »Sie wollten Beweise. Dann hören Sie genau zu, Herr Bodeck.«

Es knackte am anderen Ende der Leitung, so, als würde jemand eine Taste drücken, und eine andere Stimme ertönte. Ein Tonband.

»Ich habe schon auf Ihren Anruf gewartet, Herr Bodeck«, sagte eine Stimme.

»Keine Namen.« Das war ohne Zweifel Thomas. »Ich habe doch gesagt, dass es einige Zeit dauert, bis ich mich wieder melde. Haben Sie es sich überlegt?«

»Ja.«

»Wie viel?«, fragte Thomas.

»Hunderttausend.«

»In Ordnung.«

»Wann?«

»In genau einer Woche.«

»Am 12.?«, vergewisserte sich der Mann.

»Ja«, antwortete Thomas.

»Okay. Jetzt müssen Sie mir aber noch sagen, wo und wer.«

Eine kurze Pause entstand. Dann sagte Thomas auf dem Band: »An der Ebenau 117, Ruth Bodeck.«

»Ich bin bereit.«

»Das Geld erhalten Sie wie vereinbart.«

Wieder knackte es. Offensichtlich hatte der Mann am anderen Ende der Leitung das Band angehalten, und wieder hörte ich die dumpfe, verstellte Stimme.

»Sie haben das Band gehört, Herr Bodeck. Besorgen Sie das Geld. Ich will fünfhunderttausend, oder wollen Sie, dass ich es der Polizei übergebe? Sie haben bis morgen Mittag Punkt zwölf Uhr Zeit, auf die Minute. Ich melde mich wieder.«

Der Anrufer legte auf.

Nebenan tappten schnelle Schritte über die Fliesen, eine Tür wurde aufgerissen und wieder zugeworfen, und dann hörte ich Thomas nach draußen laufen.

*

Im Nu war ich auf den Beinen. Thomas fuhr gerade aus der Ausfahrt heraus, als ich die Haustür öffnete. Ich lief zu meinem Wagen und folgte ihm.

Thomas raste in höllischem Tempo die Serpentinen nach Winterberg hinauf. In der beginnenden Dämmerung hatte ich Mühe, ihn nicht zu verlieren. Bald merkte ich, dass er zum Franzosenhof wollte.

Auf der Straße davor hielt ich an und wartete, bis Thomas in eine Parklücke gefahren war. Ich wollte auf keinen Fall in seiner Nähe parken, und ich hatte Glück. Ein anderer Gast verließ zwei Reihen weiter den Parkplatz.

Der Franzosenhof war ziemlich voll besetzt, obwohl es erst kurz nach zwanzig Uhr war. In der Nähe der Eingangstür blieb ich stehen, bis sich meine Augen an das Licht im Inneren gewöhnt hatten. Thomas stand an der Theke bei einem hochgewachsenen kahlköpfigen Barkeeper.

»Hallo, Sie schon wieder?«

Ich drehte den Kopf. Neben mir war Ilona aufgetaucht. Ihre Augen waren meinem Blick gefolgt, und ihre Antwort kam, bevor ich eine Frage stellen konnte. »Den Mann kenne ich. Der heißt Thomas.«

»Und wie weiter?«

»Keine Ahnung. Hier stellen sich die meisten nur mit Vornamen vor. Aber er ist ein reicher Kerl und verheiratet.«

Ich tat erstaunt. »Woher wissen Sie das?«

»Von Max.«

»Die beiden scheinen sich aber wirklich gut zu kennen. Ist Max heute nicht da?«

Ilona sah sich um. »Ist mir noch gar nicht aufgefallen. Vielleicht ist er krank.«

»Wissen Sie, mit wem sich Thomas unterhalten hat, wenn

er hier Gast war?«

»Mit vielen, aber meistens mit Max.«

Hinter Ilona tauchte Nancy auf. Aus der Nähe sah ich, dass sie stark geschminkt war. Auf den ersten Blick war es ein hübsches Gesicht, aber in natura gefiel sie mir besser.

»Warum interessieren Sie sich für den Mann?« Nancy deutete Richtung Thomas. Er sprach immer noch mit dem Barkeeper.

»Sie kennen Thomas auch?«

Nancy zuckte die Schultern. »Ich hab ihn einige Male hier gesehen, mehr nicht.«

»Sagt Ihnen der Name Ulrich Berger etwas? Er half hin und wieder hier aus.«

»Nein«, sagte Ilona.

»Ja«, sagte Nancy fast gleichzeitig.

»Er wurde getötet, von einem Auto überfahren. Wir vermuten, dass er der Mann auf dem Phantombild ist, den wir suchen.«

Nancy schluckte. »Ich weiß nichts über diesen Berger. Ich hatte keinen Kontakt zu ihm. Er kam, arbeitete und verschwand wieder.«

»Ich kenne ihn überhaupt nicht«, sagte Ilona gleichgültig. »Jetzt geht er.«

Sie deutete mit den Augen zu Thomas. Der hatte das Gespräch beendet, sah sich kurz um und lief dann zur Tür hinaus.

*

Inzwischen war es draußen dunkel geworden, sodass ich nur noch die Rücklichter des BMW sehen konnte, als ich bei meinem Wagen anlangte. Mit quietschenden Reifen fuhr ich aus der Parklücke heraus auf die Hauptstraße. Thomas bog gerade nach rechts in Richtung Züschen ab. Ich ließ genug Abstand und folgte ihm. In Höhe der Kirche verlangsamte ich mein Tempo, bis ich sicher sein konnte, dass Thomas wieder im Haus war. Er sollte nicht merken, dass ich ihm gefolgt war.

Thomas befand sich in seinem Arbeitszimmer. Er wühlte in einem Ordner und schrieb Zahlen auf eine weiße Schreibtischunterlage, als ich ohne anzuklopfen eintrat. Erschrocken weiteten sich seine Augen, und schnell deckte er die Unterlage zu.

»Hans, was willst du hier?«, fragte er mühsam beherrscht.

»Thomas, du verheimlichst mir etwas.«

Mit einer heftigen Handbewegung wischte er durch die Luft. »Lass mich allein. Ich hab zu tun.«

»Es bringt nichts, wenn wir uns was vormachen, Thomas«, ließ ich mich nicht abwimmeln. »Ich hab das Telefongespräch mitgehört.«

Sein Blick flatterte plötzlich, und seine Finger krümmten sich um die Kante des Schreibtisches.

»Dann bist du ja im Bilde«, presste er zwischen den Zähnen hervor. »Dieser Mann ruft mich seit Tagen an, Hans, und behauptet, er könne beweisen, dass ich Schuld an Ruths Tod bin. Jetzt hat er die Katze aus dem Sack gelassen und mir eine Tonbandaufnahme vorgespielt, wie du hören konntest. Alles sieht so aus, als hätte ich den Mordauftrag gegeben, den Auftrag, Ruth am 12. Mai an der Ebenau 117 zu ermorden.«

»Und?«, hakte ich schnell nach. »Hast du?«

Thomas starrte mich an, als habe ich den Verstand verloren. »Nein, natürlich nicht. Was besagt denn die Aufnahme schon?« Er lachte unsicher auf. »Die – die kann doch jeder gemacht haben. Jeder!« Er schrie das Wort förmlich heraus. »Da will mich jemand fertigmachen, Hans.«

»Du bist nach dem Anruf sofort in den Franzosenhof gefahren. Warum?«

Seine Stimme klang plötzlich brüchig, ohne jede Kraft. Er fiel in seinen Sessel. »Ich hatte einen Moment lang geglaubt, den Anrufer zu erkennen. Mir war, als wäre es Jakob gewesen, Jakob Sanders, einer der Brüder, denen der Franzosenhof gehört. Aber nun bin ich mir nicht mehr sicher. Am Telefon klingen die Stimmen alle anders, manche ähnlich, manche fremd.«

»Hast du noch jemanden in Verdacht gehabt?«

Thomas schüttelte den Kopf.

»Bist du im Franzosenhof Ulrich Berger mal begegnet?«

»Nein. Warum?«

»Weil Ulrich Berger hin und wieder dort gearbeitet hat, und weil ich glaube, dass der Mord dort geplant wurde.«

Thomas stand auf und trat ans Fenster. Einen Moment lang fragte ich mich, ob das Ganze ein Trick von ihm war, doch die Verzweiflung war deutlich zu erkennen. So gut konnte niemand schauspielern.

»Es war deine Stimme, Thomas«, sagte ich in seinen Rücken. »Das ist nicht zu leugnen.«

»Mein Gott, das weiß ich auch, aber ich habe das Gespräch nicht geführt.« Er fuhr herum. »Das musst du mir glauben. Ich habe Termine vereinbart, Hotels für Ruth und mich gebucht, meine Anschrift hundertmal angegeben, Beträge in jeder Eurohöhe genannt. Willst du mir weismachen, dass ein Wort auf dem Band ist, das man nicht im täglichen Sprachgebrauch verwendet?«

»Nein.«

»Eben. Jemand hat es zusammengeschnitten.«

»Das glaube ich nicht, Thomas. Es gab keine Knackgeräusche.«

»Du vergisst die heutige Technik, Hans.«

Er war blass und fror, obwohl es angenehm warm im Raum war, und schüttelte sich wie ein nasser Hund. »Was schlägst du jetzt vor?«

»Ich sehe nur eine Chance. Wir müssen den Erpresser fangen, um die Wahrheit zu erfahren. Und dazu musst du auf seine Forderung eingehen.«

»Du bist verrückt, Hans.«

»Die Geldübergabe ist der schwächste Punkt einer Erpressung. Und das müssen wir nutzen. Solange der Mann sich auf freiem Fuß befindet, kannst du niemals sicher sein, dass die Erpressung zu Ende ist. Er kann dich bis an dein Lebensende ausnehmen oder trotz deiner Zahlung Dorstmann das Band schicken.«

»Aber wenn ich darauf eingehe, wäre das doch ein Schuldeingeständnis.«

»Eher ein Lockmittel, Thomas.«

Er schüttelte wild und entschlossen den Kopf. »Nein, Hans, niemals gehe ich auf deinen Vorschlag ein.«

14

Es war wie immer ein befriedigendes Gefühl, so dicht vor dem Abschluss zu stehen. Nicht zum ersten Mal in meiner Laufbahn waren es die Ehemänner, die ihre Frauen aus niederen Motiven umbringen ließen. Diese Motive waren Auslöser für die meisten Mordfälle. Warum sollte Thomas dabei eine Ausnahme sein?

Wir hatten alles, was in solch einem Fall zu tun war, getan. Die langweilige Arbeit, das Zusammensetzen von Kleinigkeiten, war ein nerv tötender Vorgang. Und nun lag alles klar vor mir. Ich hätte Dorstmann informieren müssen. Was hielt mich davon ab?

Wirklich nur die Tatsache, dass Thomas mein Klassenkamerad war?

Je länger ich nachdachte, desto sicherer wurde ich, dass es eine Kleinigkeit gab, die nicht passte. Es war, als sei eine Zacke eines Zahnrades abgebrochen oder auch nur verbogen. Ich hatte etwas übersehen.

Heute war Mittwoch, halb sechs Uhr. Hinter mir lag eine Nacht, in der ich kaum ein Auge zugetan hatte. Seit neun Tagen war ich jetzt in Züschen. Ich hatte viele Dinge erfahren. Es war erstaunlich, wie viele Intrigen es in diesem abgelegenen Teil der Erde gab.

Und nun fragte ich mich, was nicht stimmen konnte. Wer war der Mann, der Thomas Bodeck erpresste?

Der Gedanke, dass dafür einer von Thomas´ ehemaligen Freunden infrage kam, sprang mich förmlich an. Das wäre sogar das Naheliegendste. Oder gab es vielleicht doch einen dunklen Punkt in Ruths Leben, der mir bisher verborgen geblieben war?

Ich musste noch einmal in ihr Zimmer.

Im Haus war alles noch totenstill. Etwa eine halbe Stunde

blieb mir, bevor Elena aufstand. Ich schlich in Ruths Zimmer und schloss leise die Tür. Unschlüssig sah ich mich um. Dann ging ich zum Schreibtisch und öffnete die oberste Schublade. Hier lagen Briefumschläge, leere Blöcke, Kugelschreiber und Bleistifte in Hülle du Fülle sowie ein Lineal und Kontoauszüge. In der dritten Schublade fand ich ein kleines schwarzes Buch ohne Aufschrift.

Wahllos schlug ich eine Seite auf. Sie war leer, auf der folgenden standen ein paar Zeilen und das Gründungsdatum der Firma Bodeck. Ich setzte mich und fing an, ganz von vorne zu lesen. Die ersten Seiten waren gefüllt mit Gedichten von Rilke und Mörike, aber auch mit allgemeinen Sprüchen, die sie offenbar lustig gefunden hatte.

Auf den nächsten Seiten standen Angaben über ihre Eltern. Hatte Ruth doch versucht, eine Art Tagebuch zu führen?

Dann schrieb sie über ihre Beziehung zu Gabi und Roswitha. Von Roswitha zeichnete Ruth eher ein sehr reserviertes Bild. Warum, wurde leider nicht deutlich. Ahnte Ruth, dass Roswitha zur Konkurrentin geworden war? Mit Gabi verband sie eine ehrliche und tiefe Freundschaft. Auch mit Marita Michallek, der Frau des Metzgers, hatte Ruth lockeren Kontakt gehabt. Über ihren Jugendfreund, den Italiener, hatte Ruth wenig notiert. Er hatte sie vergeblich zu überreden versucht, mit ihm nach Italien zu gehen, aber sie wollte ihre Eltern nicht allein lassen. Die Seite war nur zur Hälfte beschrieben und mit einem dicken roten Strich beendet.

Die nächste Seite stand unter der Überschrift: Eva Stahlberg. Ruth hatte von Anfang an von Thomas´ Affäre mit seiner Sekretärin gewusst. Ruth schrieb, dass sie sehr traurig darüber gewesen war und sogar mit dem Gedanken an Selbstmord gespielt hatte. Ihre Hoffnung, dass Jürgen Maibach, der mit Eva befreundet war, ihr half, hatte sie offenbar getrogen. Hinter seinem Namen stand dick unterstrichen: Falschspieler!

Danach kam eine Seite, die in der Mitte geteilt war. Auf der linken Hälfte standen etwa zwanzig Namen, auf der rechten vier weitere. Eva Stahlberg stand links, Jürgen Maibach rechts.

Ich hob den Kopf und starrte zur Wand. Was meinte Ruth damit? Worauf bezog sich ihre Eintragung? Bestimmt nicht auf einen Kartenspieler. Ich blätterte um, konnte aber keine weiteren Eintragungen über Jürgen Maibach finden.

Dagegen tauchten zum ersten Mal die Namen Papenberg und Kübler auf. Der alte Papenberg hatte Ruth für den Untergang seines Sägewerks verantwortlich gemacht. Erst seit sie Thomas geheiratet habe, sei Thomas von der Gier erfüllt worden, Papenbergs Sägewerk zu besitzen, hatte der Alte ihr vorgeworfen. Ruth schrieb, dass das Unsinn sei und dass sie froh gewesen war, als Franz das Sägewerk übernahm. Aber Franz hatte die gleiche Einstellung wie sein Vater.

Kübler war Ruth nach dem Vorfall auf der Gemeindewiese noch einmal begegnet. Sie hatte niemandem etwas davon erzählt. Es war in Winterberg im Büro der Caritas gewesen. Kübler war überraschend bei ihr aufgetaucht, weil er erfahren hatte, dass sie dort aushalf. Barmherzigkeit nach außen zeigen und in Wirklichkeit brave Kinder beschuldigen, wäre also ihre scheinheilige Welt, hatte er ihr vorgeworfen. Aber sie würde sich noch wundern und von ihm hören.

Eine Seite weiter stand quer über dem Blatt nur der Name Andreas. Das war alles. Der Name sprang mich förmlich an. Warum hatte ich versäumt, mit Andreas, Roswithas Mann, zu sprechen? Das musste ich unbedingt nachholen.

Ich legte die Kladde zurück und ging in die Küche. Elena war gerade aufgestanden. Sie erschrak, als sie mich erblickte.

»Jesus, Herr Kommissar, haben Sie mich erschreckt. Warum sind Sie so früh auf?«

»Ich konnte nicht schlafen.«

»Wollen Sie schon Frühstück?«

»Ich warte auf Herrn Bodeck.«

Draußen fuhr Michalleks Partyservice vor. Martin war wieder selbst hinter dem Steuer.

»Nanu«, entfuhr es mir. »Ist er aus dem Bett gefallen?«

»Oh«, antwortete Elena. »Herr Michallek kommt oft so früh. Manchmal beginnt er mit seiner Tour hier an der Ebenau.«

Sie öffnete die Tür.

»Morgen, Johannes«, sagte Martin fröhlich. Wie konnte jemand so früh schon so gute Laune haben?

»Noch keine Aushilfe?«, fragte ich ihn.

»Nee, es ist wie verhext. Du kannst fragen, wen du willst, alle haben zu tun oder keine Lust.«

Er stellte einige eingeschweißte Schnitzel und Steaks auf den Tisch. Da fiel mir etwas ein.

»Martin, hat Ulrich Berger mal für dich gearbeitet?«

Er nickte sofort. »Ich hab von seinem Unfall gelesen. Scheußliche Sache.«

»Hatte er auch diese Tour übernommen?«

»Oft sogar. Ist das wichtig für dich?«

»Ich denke schon.«

Ulrich Berger hatte sich also in Bodecks Bungalow ausgekannt. Vermutlich wusste er auch, dass Ruth am zwölften Mai allein im Haus war. Der Kreis schloss sich. Jetzt musste ich nur noch wissen, von wem Thomas erpresst wurde.

*

Die Luft war klar, und für einen kleinen Spaziergang vor dem Frühstück blieb noch viel Zeit. Ich wollte dabei meine Gedanken ordnen, überlegen und kombinieren.

Ich atmete die würzige, klare Luft ein und schlenderte schließlich den langen Schützenweg hinauf am Gasthof Sonnblick vorbei bis zu meinem Elternhaus.

Mein Blick ging über die Häuserreihe, bis er an einem Einfamilienhaus in etwa hundert Metern Entfernung hängen blieb. Zwei Wagen standen in den Parkbuchten. Einer davon war Jürgen Maibachs Mercedes-Cabrio. Ich hatte gar nicht gewusst, dass er hier wohnte.

Ich wollte ihn zu der frühen Stunde nicht stören, aber ich hätte mit ihm jetzt gern über Ulrich Berger gesprochen.

Nach einer kurzen Überlegung drückte ich auf die Türklingel.

Jürgen Maibach trug einen Morgenmantel. Er schaute erst mich perplex an, dann auf seine Uhr.

»Es ist halb acht«, platzte es aus ihm heraus.

»Ich weiß.« Ich lächelte. »Ich bin früh aufgestanden. Gegen halb sechs. Stör ich Sie?«

Er verzog mürrisch die Mundwinkel. »Wenn man um halb acht ungebetenen Besuch erhält, ist das nie eine Freude. Aber kommen Sie ruhig herein.«

Am Esszimmertisch saß Eva Stahlberg. Auch sie war im Morgenmantel. Ihre langen blonden Haare hatte sie mit einem Gummiband im Nacken zusammengebunden. Sie war keineswegs verlegen, dass ich sie hier antraf.

»Was treibt Sie zu mir, Herr Falke?«, fragte Maibach. Er bot mir keinen Platz an.

»Sie haben doch sicher von Ulrich Bergers Unfall gehört, nicht wahr?«

»Natürlich.« Er deutete auf die Zeitung auf dem Küchentisch. »Ich hab gelesen, dass ihn einer erkannt haben will. Seltsam, bei dem Phantombild.«

»Aber Sie erinnern sich an Berger? Sie müssten ihn aus der Zeit kennen, als er bei Papenberg beschäftigt war.«

»Sicher.«

»Erzählen Sie mir, was Sie wissen.«

Maibach setzte sich. »Das ist schnell geschehen. Uli Berger war ein einsamer Mensch, etwas introvertiert. Er sprach kaum und antwortete meistens nur einsilbig. Kontakt bekam man nur sehr schwer mit ihm.« Er schüttelte den Kopf. »Und wenn Sie mich nach seinen Freunden fragen, muss ich passen. Soweit ich mich erinnere, war er immer allein. Er scheute die Öffentlichkeit. Ich glaube, wenn er eines normalen Todes gestorben wäre, hätte ihn niemand vermisst.«

Das passte gut zu dem Profil eines Täters, der im Hintergrund lebt und einmal auf sich aufmerksam machen möchte.

»Sonst wissen Sie nichts über ihn?«

Er schüttelte den Kopf. »Nein, tut mir leid.«

Ich wandte mich an Eva Stahlberg. Es war gut, sie hier anzutreffen. Dadurch ersparte ich mir einen Weg. »Frau Stahlberg, Sie hatten vor einiger Zeit in Braunschweig einen Autounfall.«

Das versetzte ihr einen Schlag. Ihre Lippen zitterten plötzlich. »Ich – ich war unschuldig.«

»Ich weiß.« Ich nickte beruhigend. »Gibt es da irgendetwas, was Sie der Polizei verschwiegen haben, weil Sie einfach zu aufgeregt waren und es verdrängt hatten oder weil es Ihnen peinlich war?«

Sie starrte mich einen Moment mit offenem Mund an. »Was meinen Sie denn damit?«

»Sie haben ausgesagt, dass Sie gefahren sind und Thomas Bodeck betrunken auf dem Beifahrersitz saß.«

»Das stimmt.«

»Verzeihen Sie mir meine Indiskretion, aber wollte Herr Bo-deck unterwegs vielleicht handgreiflich werden?«

Eva Stahlberg riss die Augen auf. »Aber nein.«

Maibach schlug leicht auf den Tisch. »Was soll denn das, Herr Falke?«

Ich verstand seine Erregung nicht. »Es ist nur ein weiterer Punkt in der Untersuchung, Herr Maibach. Der Unfall ist etwas mehr als ein halbes Jahr her und kurz darauf bezogen Sie, Frau Stahlberg, Ihre Eigentumswohnung. Da ist es doch möglich, dass da ein Zusammenhang besteht. Vielleicht wollte Thomas Bodeck Sex, Sie waren erschrocken, verrissen das Lenkrad, irritierten den anderen Autofahrer, sodass der völlig falsch reagierte. In solchen Situationen kommt es auf Sekundenbruchteile an.«

»Sie reden Unsinn, Herr Falke«, giftete Maibach. »Es war genauso, wie Frau Stahlberg gesagt hat. Und wenn Sie jetzt keine weiteren Fragen mehr haben, möchte ich Sie bitten, meine Wohnung zu verlassen.«

Das war ein klassischer Rauswurf, aber ich hatte ohnehin vor, zu gehen. Ich ging schnell nach draußen. Dort kürzte ich den Weg ab und ging an der Schützenhalle vorbei den schmalen Weg zur Hauptstraße hinunter. Neben einem Haus liefen ein paar Hühner herum.

Ein Bild stieg plötzlich vor meinen Augen auf, und ich blieb kurz stehen.

*

Damals waren wir zwölf Jahre alt. Kai Barbach sollte drei Hühner schlachten. Seine Eltern besaßen einen kleinen Bauernhof, und Kai hasste es, Kühe zu melken, den Stall auszumisten oder eben Hühner zu schlachten.

»Ich mach das!«, rief Thomas.

Wir sahen ihn an.

»Hast du denn so etwas schon mal gemacht?«

»Nö, aber es wird doch leicht sein, oder?«

Kai verzog den Mund. »Du musst sie an den Füßen festhalten und mit einem Beil den Kopf abschlagen.«

Mir wurde schlecht.

»Ich kann dabei nicht zugucken«, sagte Willi und verschwand.

Wir drei gingen zu Kai. Seine Eltern waren nicht da, und er hatte ihnen versprochen, bis zum Abend die Hühner geschlachtet, gerupft und ausgenommen zu haben. Er zeigte sie uns. Sie saßen bereits in einem engen Käfig.

»Willst du wirklich?«, fragte er Thomas.

»Klar.«

Ich hatte noch nie so ein Funkeln in seinen Augen gesehen. Kai holte das Beil. Es war handlich und neu geschliffen. Thomas wog es wie ein Spielzeug in seiner Hand, sah uns noch einmal siegessicher an und schnappte sich das erste Huhn.

Das arme Tier ahnte wohl, was kam und schrie, dass es die ganze Nachbarschaft hören musste. Aber niemand erschien; das Schlachten eines Huhnes war in den Dörfern des Sauerlandes ganz normal.

Thomas legte es fachgerecht auf den Holzklotz und holte aus. Ich wandte den Kopf ab.

Mit dem ersten Schlag verstummte das Gackern, und Thomas fluchte laut. Automatisch sah ich wieder zu ihm hin. Thomas´ linke Hand war blutbeschmiert, der Kopf des Huhnes lag im Dreck und der kopflose Teil flatterte auf und schaffte es sogar, einen Meter hochzufliegen.

»Verdammtes Vieh«, schrie Thomas wütend, lief hinter dem Leib her und schlug wie ein Verrückter darauf ein.

»Halt!« rief Kai. »Du machst das ganze Huhn unbrauchbar. Lass das!«

Aber Thomas hörte ihn gar nicht. Wie wild hieb er immer wieder mit dem Beil zu. Erst als nur noch Fetzen übrig waren, hielt er inne. Einige Zeit starrte er auf das Chaos, das er angerichtet hatte, dann zu uns. Sein Blick war wie irre, Federn klebten in seinem schweißnassen Gesicht, aber er lachte, und eine fast sadistische Freude stand in seinen Augen.

»Dem hab ich es gezeigt, was? Habt ihr das gesehen? Das verdammte Vieh wollte mir doch glatt entwischen. Aber nicht mit mir, nicht mit Thomas Bodeck.«

»Du hast es ruiniert«, jammerte Kai.

»Dann nimm ein anderes«, sagte Thomas, als würde er von einem Stück Papier reden.

*

Er mochte es schon damals, Gewalt auszuüben, dachte ich, als ich die Hauptstraße in Züschen erreichte. Nicht nur an einem hilflosen Huhn, auch an den Forellen in der Ahre hatte er seine Macht demonstrieren müssen.

»Morgen Johannes.«

Ich schreckte aus meinen Gedanken hoch. Georg stand auf der Treppe des Verkehrsvereins. Kai war bei ihm.

»Du siehst abwesend aus. Beschäftigt dich der Fall so sehr?«, fragte Georg, und ohne meine Antwort abzuwarten, fuhr er fort: »Wir diskutieren gerade über Ulrich Berger. Wir haben es eben gelesen. Ist er wirklich der Mörder gewesen?«

»Wir nehmen es an.«

»Verdammt komisches Gefühl«, meinte Kai. »Am Abend vorher haben wir ihn noch gesehen.«

»Ulrich Berger?«

»Klar. Er war im Sonnblick, trank still vor sich hin, ein Bier nach dem anderen.«

»War er allein?«

»Ich glaube schon«, sagte Georg. »Der war doch immer allein.«

»Kaum vorstellbar, dass er der Mann auf dem Foto ist«,

sagte Kai.

Ein Wagen hielt an der Straße, und eine Frau stieg aus. »Sind Sie der Amtsleiter?«, fragte sie.

»Ja.« Georg nickte.

»Dann sind wir hier richtig.« Sie winkte ihren Mann aus dem Wagen. »Wir suchen ein Zimmer.«

»Kommen Sie herein«, sagte Georg und verschwand im Büro, gefolgt von dem Paar.

Kai ging zu seinem Wagen, der unmittelbar vor uns stand. »Tschüss, Johannes«, sagte er. »Muss los. Komme schon zu spät.«

Ich sah ihm nach. In diesem Moment klingelte mein Handy.

»Hier ist Gabi. Hat er seinen Komplizen nun beseitigt?«, fragte sie mit spröder Stimme.

Ich wusste sofort, an wen sie dachte. Trotzdem fragte ich: »Wen meinst du mit >er<?«

»Na, Thomas. Es war doch sein Wagen, mit dem Berger über-fahren wurde.«

»Nicht sein Wagen, Gabi, sondern einer seiner Firmenwagen.«

»Das ist doch dasselbe. Ich kann zwischen den Zeilen lesen.«

Ich stöhnte innerlich auf. »Das sind nur Vermutungen, Gabi.«

»So?«, fragte sie spitz. »Naja, meinetwegen. Roswitha ist hier. Sie hat bei mir übernachtet. Wir haben uns ausgesprochen.«

»Das ist schön. Frag sie doch bitte, wo ich ihren Mann finden kann.«

»Andreas? Der ist auf einer Messe. Seit drei Tagen schon. Er kommt erst Freitag zurück. Warum willst du ihn sprechen? Wegen Roswitha?«

»Nein ...« ich brach ab. Was sollte ich Gabi darauf sagen?

»Du interessierst dich mehr für Roswitha als für mich«, maulte sie und legte auf.

*

Gegenüber dem Verkehrsverein war ein Kiosk. Ich überquerte die Straße, um noch schnell vor dem Frühstück eine überregionale Zeitung zu kaufen, als ich Thomas in seinem Auto sah.

Ein Blick auf die Uhr zeigte mir, dass es bereits nach neun war. Ich hatte mich länger aufgehalten als beabsichtigt. Dabei wollte ich eigentlich mit Thomas zusammen frühstücken. Er hielt auf dem Gehsteig direkt vor der Zweigstelle der Sparkasse Hochsauerland, die sich etwa hundert Meter entfernt von mir befand.

Mit einer schwarzen Aktentasche in der Hand verschwand er im Sparkassengebäude.

Die Arbeit eines Kriminalkommissars besteht stets aus einer Mischung von Gespür, Geduld und Misstrauen. Und nun war ich misstrauisch geworden. Gespannt wartete ich vor dem Schaufenster des Zeitungskiosks.

Es dauerte etwa zehn Minuten, bis Thomas wieder aus der Sparkasse kam. Ohne Aktentasche. Sollte er etwa doch ...?

Der Gedanke, dass Thomas auf die Forderung des Erpressers einging, kam schlagartig und war die einzige logische Schlussfolgerung. Aber er hatte das Geld nicht bei sich. Soviel war sicher. Die Sparkasse brauchte Zeit, um eine halbe Million Euro zu besorgen.

Thomas stieg in seinen Wagen und fuhr die Hauptstraße hinunter in Richtung Sägewerk.

Ich zog mein Handy aus der Tasche und rief auf der Polizeiwache an. Dorstmann sei auf dem Weg nach Winterberg, wurde mir mitgeteilt, er müsse in etwa zwanzig Minuten eintreffen. So lange wollte ich nicht warten. Also versuchte ich, Willi zu erreichen. Er saß in seinem Streifenwagen in der Nähe der Bobbahn.

»Ist jemand bei dir?«, fragte ich.

»Siggi.«

»Habt ihr einen besonderen Einsatz?«

»Jetzt nicht mehr. Wir haben Rainer Müllenhoffs Chef aufgesucht. Müllenhoff ist mit einer Heizungstruppe unterwegs im Raum Arnsberg. Er wird am späten Nachmittag in der Polizeiwache sein.«

»Vielleicht brauchen wir ihn dann nicht mehr. Kommt nach Züschen. Ich erwarte euch vor dem Verkehrsamt.«

Willi und Siggi kamen nach einer Viertelstunde. Ich setzte mich auf den Rücksitz.

»Ich möchte Sie bitten, Siggi, die Sparkasse nicht aus den Augen zu lassen. Sobald Thomas Bodeck hineingeht, rufen Sie mich an. Haben Sie meine Handynummer?«

»Liegt im Handschuhfach«, sagte Willi.

»Prima. Und du, Willi, kommst bitte mit mir.«

Sie stellten keine Fragen. Während Siggi im Wagen blieb, gingen Willi und ich zu Thomas' Bungalow. Normalerweise dauerte der Weg bis dorthin eine Viertelstunde, wir schafften es in sieben Minuten. Elena hörte uns und öffnete das Fenster, als wir in meinen Wagen stiegen. Sie rief mir etwas zu, aber ich verstand sie nicht.

»Was hast du vor, Johannes?«, fragte Willi endlich, weil er seine Ungeduld nicht mehr zügeln konnte.

»Ich muss noch mal in Ulrich Bergers Wohnung.«

Willi sah mich erschrocken an. »Willst du nicht lieber auf Dorstmann warten?«

»Das dauert mir zu lange«, wehrte ich ab und fuhr los.

Willi rutschte auf dem Beifahrersitz in sich zusammen. »Ich weiß nicht, ich weiß nicht«, murmelte er vor sich hin. »Das ist keine gute Idee, Johannes.«

Mir war klar, dass ich mich auf dünnem Eis bewegte, aber ich wollte Willis Bedenken nicht noch verstärken. Deshalb antwortete ich nicht. Hinter Thomas' Sägewerk verlangsamte ich das Tempo und hielt schließlich vor dem Mehrfamilienhaus an, in dem Ulrich Berger gewohnt hatte.

»Nun komm schon«, forderte ich Willi auf.

Nur langsam folgte er mir. Diesmal dauerte es nach meinem Läuten keine halbe Minute, bis das Gesicht der alten Frau Rücker am Fenster erschien, und nach weniger als zehn Sekunden öffnete sie die Tür.

»Dürfen wir uns noch einmal umsehen?«

Frau Rücker sah nur zu Willi und schien zufrieden zu sein. Ein Polizist in Uniform genügte.

»Wo ist denn dieser andere Kommissar?«, fragte sie.

»Hauptkommissar Dorstmann müsste gleich hier sein. Wir bleiben auch nur kurz. Mir ist, als hätte ich etwas übersehen.«

»Übersehen? Soso«, knurrte sie. »Angelogen haben Sie mich, ich meine, der andere Kommissar. Uli ist tot. Er wurde überfahren, und er ist der Mörder dieser Frau. Ich hab´s in der Zeitung gelesen. Deshalb kommen Sie doch, oder?«

»Es ist noch gar nicht bewiesen, ob Ulrich Berger der Mörder ist, Frau Rücker.«

»Hoffentlich«, murmelte sie. »Dann kommen Sie mit.«

Sie hatte nicht geputzt, sich genau an die Weisungen der Polizei gehalten und nichts verändert.

Im Wohnzimmer lagen die fünf Mikrokassetten noch neben dem alten Kassettenrekorder. Bei der Durchsuchung hatten wir keine Veranlassung gesehen, sie mitzunehmen. Zu dem Zeitpunkt ahnte noch niemand etwas von dem Erpresseranruf. Jetzt steckte ich sie ein. Danach sah ich noch in sämtlichen Schränken nach. Nichts.

»Wonach suchen wir eigentlich?«, fragte Willi.

»Vielleicht hat Berger irgendwo noch weitere Kassetten.«

Frau Rücker stand nahe hinter uns und rieb nervös die Hände ineinander. »Gibt es noch andere Räume, die zur Wohnung gehören?«, fragte ich sie. »Einen Keller vielleicht, einen Dachboden?«

»Sicher, beides. Aber da finden Sie nur Unrat.«

Das glaubte ich ihr aufs Wort.

»Ich ... ich hab Kassetten an mich genommen«, sagte sie heiser. »Aber es waren nur zwei. Wirklich nur zwei.«

»Was sagen Sie da?«

Sie schrak zusammen. »Ich wollte sie doch nur ausleihen. Für einen Tag. Aber ich bin krank geworden und hab sie darüber vergessen. Das ... das ist doch kein Diebstahl. Herr Kommissar, ich ...«

Ich legte ihr eine Hand auf die Schulter. »Keine Angst,

Frau Rücker«, sagte ich so ruhig ich konnte. »Das fällt nicht unter Diebstahl.«

Sie atmete erleichtert auf.

»Was haben Sie denn mit den Kassetten gemacht?«

»Ich habe auch einen Anrufbeantworter.« Sie sagte es gekränkt. Natürlich hatte eine alte Frau das Recht, sich an neue Technologie zu gewöhnen. »Eine Freundin hat ihn mir geschenkt. Sie konnte damit nichts mehr anfangen. Sie hatte sich etwas Neues, etwas Besseres gekauft. Aber mir fehlten nun die Bänder. Und Uli, ich meine Herr Berger, hatte doch so viele.«

»Haben Sie die Kassetten bereits überspielt?« Hoffentlich nicht, dachte ich.

»Ich hab eine in den Apparat gesteckt, die andere liegt in der Schublade.«

»Ich möchte sie mir mal anhören.«

Sie ging vor uns her in ihre Wohnung. Der penetrante Geruch, den ich beim ersten Mal schon gerochen hatte, störte mich nun nicht mehr.

Sie gab mir die beiden Mikrokassetten.

»Ich nehme sie mit in meinen Wagen, Frau Rücker«, sagte ich. »Ich habe dort ein Spezialgerät. Ich bringe sie Ihnen sofort zu-rück.«

Damit war sie einverstanden.

»Muss ein Kriminalkommissar immer so lügen?«, fragte Willi im Wagen. »Du wolltest doch nur, dass sie nicht mithört.«

»Manchmal sind Notlügen eben notwendig.«

»Und wie willst du sie jetzt abhören?«

Ich nahm ein Diktiergerät aus dem Handschuhfach. »Seit fast zwanzig Jahren habe ich so ein Gerät bei mir. Oft war es wichtig, nach einer Befragung alles aufzusprechen. Allzu schnell vergisst man ein wichtiges Detail. Jetzt kommt es mir gerade recht.«

Willi nickte anerkennend.

Ich legte die erste Kassette ein.

Was die Leute doch für einen Unsinn reden, wenn sie auf Anrufbeantworter sprechen müssen, dachte ich mehrmals. Nach fünfundzwanzig Minuten und einem der Bänder, die Frau Rücker sich ausgeliehen hatte, wurde ich fündig.

Ich spulte zurück und hörte es mir noch einmal ab, dann ein drittes, ein viertes Mal. Es war so ungeheuerlich und so brutal deutlich, dass ich es kaum für möglich halten konnte.

Willi saß neben mir und sperrte den Mund auf. »Sag mir, dass das, was ich höre und vermute, nicht stimmt, Johannes?« Er konnte kaum sprechen.

Ich stieg aus und brachte die Kassetten zurück. »Eine muss ich leider behalten«, sagte ich zu Frau Rücker. Sie nickte. Sie war wohl froh, dass sie keine Unannehmlichkeiten bekam.

*

»Ich kann es immer noch nicht fassen, Johannes.« Willi war ganz aufgeregt, als wir durch Züschen in Richtung Winterberg fuhren.

Die Mikrokassette lag auf der Mittelkonsole meines Wagens. Willi ließ sie nicht aus den Augen.

„Wie bist du nur darauf gekommen?", fragte er. „Ich meine, so ohne Weiteres sucht man doch nicht nach Kassetten."

„Warte, bis wir bei Dorstmann sind", vertröstete ich ihn.

*

Hauptkommissar Dorstmann war kurz vor uns in der Polizeiwache angekommen. Er merkte sofort, dass eine Wende eingetreten war.

»Hab ich etwas versäumt?«, fragte er.

»Ja«, sagte ich.

»Also, was ist los?«, fragte Dorstmann. Seine Anspannung war förmlich zu riechen.

Ich griff in meine Jackentasche und legte das Diktiergerät und die Kassette auf den Tisch.

»Die Lösung«, sagte ich, »ist so verteufelt einfach, dass sie schon wieder genial ist.«

Ich legte die Kassette ein. Dorstmann, Siemering und Koch hörten mit angehaltenem Atem zu. Danach blieb es lange still in der Polizeiwache, bis ich ihnen in wenigen Worten erklärte, was ich vorhatte. Eine Viertelstunde später verschlang ich ein Croissant, das Koch gekauft hatte, und trank zwei Tassen des zu schwarzen Kaffees mit viel Milch.

Um kurz vor halb zwölf rief Siggi an.

»Herr Bodeck hat soeben die Sparkasse in Züschen betreten«, sagte er.

»Danke. Warten Sie, bis ich komme.«

Dorstmann nickte mir zu. »Jetzt geht´s also los, Johannes. Viel Glück.«

Ich fuhr nach Züschen. Siggis Streifenwagen stand noch auf dem Parkstreifen vor dem Verkehrsamt. Als er mich sah, nahm er das Telefon und wählte meine Handynummer.

»Bodeck ist noch in der Sparkasse«, sagte er.

»Gut. Sie können dann nach Winterberg fahren.«

Kurz darauf wendete Siggi seinen Wagen und fuhr davon.

Thomas Bodeck kam etwa fünf Minuten später aus der Sparkasse heraus. In der Hand hatte er jetzt wieder die Aktentasche, und er hielt sie so, als wäre Nitroglyzerin darin. Er startete seinen Wagen, wendete und fuhr an mir vorbei in Richtung Winterberg.

Ich musste zwei andere Fahrzeuge passieren lassen, ehe ich ihm folgen konnte. Er fuhr viel zu schnell für eine geschlossene Ortschaft, und ich folgte ihm im gleichen Tempo.

Erst in Höhe der Daubermühle verlangsamte Thomas das Tempo und blieb sogar hinter einem langsam fahrenden Traktor. Bis ich den Grund für sein Schneckentempo bemerkte. Er telefonierte. Es sieht lustig aus, wenn jemand allein im Wagen Selbstgespräche zu führen scheint, weil er in die Freisprechanlage spricht, aber nach Komik stand mir nicht der Sinn.

Nach fast zwei Kilometern setzte Thomas endlich zum Überholen an. Ohne Mühe konnte ich ihm folgen.

Am Ortseingang Winterberg fuhr er vor dem Waltenbergtunnel nach rechts ab ins Zentrum, um auf dem ersten Parkplatz anzuhalten.

In sicherer Entfernung von ihm stellte ich meinen Wagen ab, nahm das Handy und wählte die Nummer der Polizeiwache. Dorstmann war selbst am Apparat. Ich erzählte ihm rasch, wo ich mich befand, und er versprach, sofort mit Siemering und

Koch loszufahren. Willi und Siggi würden in ihrem Streifenwagen in gebührendem Abstand folgen.

Jetzt konnte ich nur noch warten. Der Verkehr auf der Waltenbergstraße nahm zu, Autos verließen die Parkbuchten und besetzten sie wieder. Der dunkelblaue Passat, der sich nach vier Minuten in eine Parklücke setzte, fiel nicht weiter auf. Ich erkannte Dorstmann hinter dem Steuer jedoch sofort.

Nach genau sieben Minuten bewegte Thomas seine Lippen. Ein Anruf auf seinem Autotelefon. Jetzt müsste man von den Lippen lesen können, dachte ich.

Thomas beendete das Gespräch, startete seinen Wagen und bog vom Parkplatz auf die Waltenbergstraße in Richtung Astenberg ein. Aus der Parkbucht am Straßenrand schlängelte sich der dunkelblaue Passat in den laufenden Verkehr ein und folgte ihm.

Ich wählte Dorstmanns Handynummer. Siemering meldete sich.

»Alles Okay«, sagte er. »Wir haben ihn im Visier.«

»Prima. Ich erwarte euch dann in seinem Haus.«

Während Dorstmann und seine Kollegen Thomas folgten, fuhr ich nach Züschen zum Sägewerk. Eva Stahlberg saß im Büro, Jürgen Maibach kam gerade aus dem Kopierraum. Einen Moment lang war ich verblüfft. Hatte ich doch falsch kombiniert? Nein, das war unmöglich. Es gab keine andere Lösung. Jetzt konnte ich auch nicht mehr zurück. Der Ball war ins Rollen gekommen und nicht mehr aufzuhalten. Ein Puzzle konnte ich auf jeden Fall lösen, für das Zweite brauchte ich das Glück, ohne dass ein Mord nur selten aufgeklärt wird.

»Guten Tag«, sagte ich. »Würden Sie bitte mit zu Thomas Bodeck kommen. In seinen Bungalow.«

»Warum?«, fragte Maibach.

»Das kann ich Ihnen jetzt nicht sagen. Noch nicht.«

*

Auf dem Weg hinter dem Friedhof hielt ich an und stieg aus. Jürgen Maibach und Eva Stahlberg folgten meinem Beispiel.

»Können Sie uns erklären, was das soll?«, fragte Maibach,

während er neben der offenen Tür seines Cabrios stehen blieb.

»Bitte gedulden Sie sich noch einen Moment. Sie wollen doch sicher auch, dass der Mord aufgeklärt wird, nicht wahr? Bitte tun Sie deshalb genau das, was ich Ihnen sage. Lassen Sie Ihren Wagen hier stehen.«

Die beiden warfen sich einen kurzen Blick zu, fragten aber nicht weiter. Gemeinsam gingen wir zum Bungalow.

Elena öffnete uns die Tür.

»Elena«, sagte ich. »Sie können mir einen großen Gefallen tun und uns allein lassen. Nicht lange, nur bis ich Sie rufe.«

Ich führte Jürgen Maibach und Eva Stahlberg in mein Zimmer. »Wenn Herr Bodeck kommt, möchte ich, dass Sie sich ruhig verhalten«, sagte ich.

Nach genau siebzehn Minuten fuhr Thomas vor. Ich trat ans Fenster und schaute hinter der Gardine verborgen hinaus. Er rannte mit schnellen Schritten ins Haus.

Dann öffnete ich die Tür zu meinem Zimmer einen Spaltbreit, sodass wir alle drei hören konnten, wie Thomas sich an seiner Stereoanlage zu schaffen machte. Bald hatte er gefunden, was er suchte: einen kleinen verstaubten Kassettenrekorder. Es knackte ein paar Mal, dann erklang eine Stimme aus den Lautsprechern.

Es war genau derselbe Tonbandtext, den ich in meinem Schlafzimmer durch das Telefon schon einmal mitgehört hatte.

Thomas fluchte und stoppte das Band.

»Hallo, Thomas.«

Er fuhr herum und sah mich in panischer Angst an. Als die Schrecksekunde vorbei war, entspannten sich seine Gesichtszüge wieder.

»Hans. Ich dachte schon ...« er brach ab.

»Was dachtest du?«

Er hob in einer verzweifelten Geste die Hände. Einen Moment lang war es vollkommen still. Keiner von uns sagte ein Wort.

»Du bist also auf die Forderung eingegangen«, stellte ich dann leise fest. »Ohne mich oder Dorstmann zu informieren.«

Ich zeigte auf den Kassettenrekorder. »Er hat dir das Band gegeben?«

»Ja.« Thomas leckte sich über die spröden Lippen. »Es lag in einem der Papierkörbe an der Bobbahn. Dort habe ich die Aktentasche mit dem Geld deponiert.«

»Es ist eine Kopie, Thomas«, streute ich Salz in seine Wunde. »Es ist immer eine Kopie.« Ich sah auf meine Uhr. »Sie müssten gleich hier sein.«

»Sie? Wer?«

»Hauptkommissar Dorstmann und seine Leute.«

Er riss die Augen auf. »Was?«

Ich nickte. »Ich habe Dorstmann informiert. Ich habe dich beschattet, seit du die Sparkasse betreten hast, Thomas. Du spielst nicht mit offenen Karten.«

Er lachte verächtlich auf. »Wie hätte ich denn deiner Meinung nach spielen sollen? Du kannst das Band haben. Es ist genau dasselbe wie das, was du schon gehört hast. Gib es Dorstmann. Er wird dir um den Hals fallen vor Freude.«

So hatte ich ihn noch nie erlebt. Er war völlig verzweifelt, und ich spürte einen Kloß im Hals, weil es für ihn noch nicht zu Ende war. Ich gab Eva Stahlberg und Jürgen Maibach ein Zeichen. Sie traten ins Arbeitszimmer.

Thomas´ Blick flatterte. »Was tun Sie hier?«

Maibach zeigte zu mir. »Er hat uns gezwungen, mitzukommen.«

»Gezwungen?« Ich lächelte. »Eher gebeten.«

»Ich weiß nicht, was das soll, Herr Bodeck«, sagte Maibach. »Wir waren im Büro, als Herr Falke kam und uns holte. Wir ...«

Draußen fuhr ein Wagen vor.

Ich ging zur Tür. Dorstmann kam mit Siemering und Koch, Willi und Siggi folgten ihnen. In ihrer Mitte hatten sie einen Mann: Max, den Barmixer aus dem Franzosenhof.

Mir war klar gewesen, dass es einen dritten Mann geben musste. Vielleicht war Max nicht von Anfang an dabei gewesen, aber jetzt war es keine große Überraschung mehr für mich, dass er es war, den sie bei der Geldübergabe geschnappt hatten.

Ich zeigte auf Max. »Das ist der Mann, der dein Geld an sich genommen hat, Thomas.«

»Warum bringst du ihn hierher, Hans?«, stieß Thomas aus. »Warum in dieses Haus?«

»Es ging nicht anders«, sagte ich leise. »Nehmen Sie Platz.« Als alle saßen, stellte ich mich so, dass ich sie im Blick hatte.

»Am zwölften Mai wurde Ruth Bodeck in diesem Haus erschossen«, begann ich. »Der Mörder wusste ganz offensichtlich, dass sie allein war. Außer dem dürftigen Phantombild, das nach Angaben eines zehnjährigen Mädchens gemacht wurde, hatten wir keine Spur. Eine Zehnjährige ist im Grunde eine ernst zu nehmende Zeugin, aber am Mordtag war es dunstig, sogar noch ein wenig trüb, und sie konnte stets nur für Sekundenbruchteile von ihrer Schaukel über die Hecke in dieses Haus sehen.«

»Du meinst – Corinna war Zeuge?«, fragte Thomas fassungslos.

»Ja.« Er erwartete eine weitere Erklärung, aber ich tat ihm den Gefallen nicht. »Motive für den Mord gab es eigentlich keine. Ruth war bei allen beliebt, im Gegensatz zu dir, Thomas. Tut mir leid, das sagen zu müssen.«

Er winkte ab.

»Du hast dir viele Feinde gemacht. Papenberg, Kübler und einige deiner alten Freunde. Sie alle waren enttäuscht vor dir, von deiner Gefühlskälte. Du hast die Personen bestochen, die für dich wichtig waren. Du hast mit ihnen gespielt, sie wie Schachfiguren hin und her geschoben, nur um jeden erdenklichen Vorteil zu haben. Also hätten wir noch verstanden, dass man dir nach dem Leben trachtet, nicht aber deiner Frau.«

Ich legte eine kurze Pause ein und blickte in die Runde. »Während wir uns noch Gedanken darüber machten, erhielt die Polizei den Hinweis, dass der gesuchte Ulrich Berger sein könnte. Nicht, weil Berger auf dem Foto erkannt wurde, sondern weil Berger die Äußerung gemacht hatte, in Kürze reich zu sein. Während die Polizei sich noch vorsichtig nach Ulrich Berger erkundigte, wurde er brutal überfahren. Dafür benutzte der Mörder einen Firmenwagen des Sägewerks. Vermutlich wollte er damit die Spur auf Thomas Bodeck lenken, oder er hatte keine Zeit mehr, nach einem geeigneteren Wagen für den Mord zu suchen.«

Dorstmann nickte zustimmend.

»In der Zwischenzeit wurde Thomas Bodeck erpresst. Ein Unbekannter - nennen wir ihn Mister X – verlangte eine halbe Million Euro. Zur Unterstützung seiner Forderung spielte Mister X ein Tonband vor von einem Gespräch zwischen Thomas Bodeck und – wie wir inzwischen wissen - Ulrich Berger. Thomas Bodeck gibt darin Berger den Auftrag, seine Frau umzubringen. Mister X hatte jedoch zwei Fehler übersehen.«

Dorstmann sah mich aus zusammengekniffenen Augen an. Das hatte ich ihm nämlich nicht erzählt.

»Auf die Frage Ulrich Bergers >jetzt müssen Sie mir aber noch sagen, wo und wer< sagt Thomas auf dem Band: >An der Ebenau 117, Ruth Bodeck<.«

»Was ist daran so ungewöhnlich?«, fragte Maibach verblüfft.

Ich lächelte. »Stellen Sie sich vor, Sie würden jemanden beauftragen, Ihre Frau zu ermorden. Würden Sie dann diese Formulierung wählen? Nein, Sie würden genau wie jeder andere hier im Raum sagen: Es ist meine Frau oder es handelt sich um meine Frau.«

»Das ist Unsinn«, stieß Maibach aus. »Absurd.«

»Meinen Sie?« Ich ließ mich nicht beirren. »Nun, dann hören Sie sich den zweiten Fehler an. Berger fragt auf dem Band, wann er den Auftrag ausführen soll und Thomas Bodeck sagt wörtlich >in genau einer Woche< und Berger bestätigte mit >am Zwölften?<.«

Ich sah Thomas an. »An diesem zwölften Mai wolltest du ursprünglich deine Frau mit nach Braunschweig mitnehmen.«

»Ja, natürlich«, antwortete er gepresst, die Augen voller Erwartung.

»Einen Tag vor der Reise bekam deine Frau eine Nierenkolik. Aber, als du den Auftrag gabst - eine Woche vor dem Zwölften – konntest du nicht wissen, dass deine Frau zu Hause bleiben würde. Diese Krankheit kann niemand einplanen.«

»Er hätte einen anderen Grund finden können, damit sie hier bleibt«, warf Dorstmann ein.

»Richtig«, gab ich zu. »Aber Ruth hatte die weitere Reise an die Nordsee geplant. Sie wäre auch allein gefahren. Das hat sie Gabi Rensenbrink gegenüber mehrmals betont. Fazit: Ruth Bodeck konnte am Zwölften dieses Monats nicht hier im Haus sein. Wie aber kam dann dieses erpresserische Tonband zustande?«

Ich ließ die Worte nachklingen, um allen Zeit zu geben, selbst darüber nachzudenken.

»Da bin ich jetzt aber auch neugierig«, sagte Eva Stahlberg.

Ich ließ meinen Blick von einem zum anderen schweifen und fuhr fort: »Ich überlegte, wo der Schlüssel zum Mord liegen könnte und kam zu der Überzeugung, noch einmal in Bergers Wohnung nachsehen zu müssen. Bei der ersten Durchsuchung der Wohnung hatte ich nämlich verschiedene Mikrokassetten gesehen. Jetzt nahm ich die Kassetten an mich. Allerdings wäre meine Mühe vergebens gewesen, wäre uns nicht der berühmte Zufall zu Hilfe gekommen. Frau Rücker, Ulrich Bergers Vermieterin, hatte einen Anrufbeantworter geschenkt bekommen, aber keine Kassette. Da sie bei Berger putzte, hat sie sich vorübergehend zwei Kassetten ausgeliehen.«

Ich griff in meine Tasche und holte die Kassette heraus, die ich behalten hatte. »Auf dieser Kassette ist das vollständige Gespräch zwischen Thomas Bodeck und Ulrich Berger.«

»Was?« Thomas schnappte nach Luft und schien einem Herzanfall nahe.

Ich legte sie in mein Diktiergerät und drückte die Starttaste. Der erste Teil des Gesprächs war identisch mit dem, was wir bereits kannten. Dann jedoch kam die Änderung.

»Okay. Jetzt müssen Sie mir aber noch sagen, wo und wer.«

Eine kurze Pause. Dann sagte Thomas auf dem Band: »Es handelt sich um Eva Stahlberg, Kastanienallee 41.«

Ich stoppte das Band.

Die Stille, die eintrat, war gespenstisch. Niemand rührte sich, Eva Stahlberg sah aus wie eine Statue. Ihr Gesicht war rot angelaufen. Thomas rang um Selbstbeherrschung.

»Sie, Frau Stahlberg, wollte Thomas Bodeck umbringen lassen und nicht seine Frau. Vor einem halben Jahr waren Frau Stahlberg und Thomas Bodeck in Braunschweig in einen tödlichen Verkehrsunfall verwickelt. Sie, Frau Stahlberg, saßen am Steuer. Aber was ist wirklich passiert? Sagen Sie es, Frau Stahlberg.«

Eva schluckte und senkte den Kopf.

»Ich war es«, flüsterte Thomas unvermittelt. »Ich saß am Steuer. Ich bot ihr für ihr Schweigen und ihre Falschaussage Schmuck, teure Pelze, ein Auto, und schließlich die Eigentumswohnung an. Ich dachte, damit wäre alles erledigt gewesen, aber sie – sie wollte, dass ich sie heirate und finanziell versorge.«

»Deshalb sahst du nur noch einen Weg. Aber dazu brauchtest du jemanden, der die Arbeit für dich erledigte.«

Thomas nickte kraftlos. »Man munkelte schon seit Langem, dass man im Franzosenhof so gut wie alles bekommen kann. Ich fragte Max nach einem Mann, der bereit wäre, auch schmutzige Arbeit zu übernehmen. Er wollte sich umhören, sagte er. Zwei Tage später gab er mir dann die Telefonnummer von Berger ...« Thomas konnte nicht weiter sprechen.

Ich nahm den Faden wieder auf. »Du sagtest Berger, er solle Eva Stahlberg, die in der Kastanienallee 41 wohnt, beseitigen, und zwar an dem Tag, an dem du einen Termin in Braunschweig hattest und somit nachweislich ein Alibi.«

Ich hielt einen Moment an, um die Wirkung meiner Worte zu beobachten. Thomas Bodeck war noch mehr in sich zusammengesunken, Evas Gesicht war bleich, und Jürgen Maibach zuckte nervös mit den Mundwinkeln.

»Doch dann wurde dein Plan durchkreuzt, Thomas«, sagte ich in die unheilvolle Stille. »Durch die Nierenkolik deiner Frau. Frau Stahlberg fuhr nämlich mit zu dem Geschäftstermin.«

»Ich hab mir die Finger wund gewählt«, flüsterte Thomas tonlos. »Aber Berger ging nicht ans Telefon. Schließlich musste ich Max im Franzosenhof anrufen. Er sollte Berger sagen, dass alles abgeblasen und auf einen späteren Zeitpunkt verschoben wird. Berger wüsste dann Bescheid. Ich bin trotzdem mit einem sehr mulmigen Gefühl losgefahren.«

Ich nickte. »Berger hatte sich schon im Geld schwimmen sehen, und nun schien alles geplatzt zu sein. Er glaubte nicht daran, schon bald eine neue Chance zu erhalten. Was tut ein Mann seines Kalibers in so einer Situation? Er betrinkt sich.«

Ich musterte Jürgen Maibach aus schmalen Augen.

»Wann hat Berger Ihnen von Bodecks Plan erzählt?«

»Wie ...?« Maibachs Augen flatterten verwirrt.

»Ulrich Berger hat am elften Mai, einen Tag vor dem Mord, abends von acht bis etwa zehn an der Bar im Sonnblick in Züschen gesessen. Das haben zwei Zeugen bestätigt. Sie, Herr Maibach, kamen an diesem Abend mit Nancy für einen Sprung in den Sonnblick. Das hat Nancy ausgesagt. Also? Wann hat Berger sein Schweigen gebrochen?«

»Sie sind ja verrückt!«, schrie Maibach. Seine Selbstsicherheit verflog schlagartig.

»Ganz und gar nicht«, entgegnete ich. »Berger kannte Sie von seiner Tätigkeit bei Papenberg recht gut, und er brauchte jemanden, dem er von seinem – sagen wir – Pech erzählen konnte. Und während Sie Berger aufmerksam zuhörten, reifte in Ihnen der Plan, alles umzudrehen. In Ihrem Büro existieren sicher genug Bänder, die Bodeck besprochen hat. Auch seine Adresse und den Namen seiner Frau wird er irgendwann mal genannt haben. Sie gaben sie Berger, für den es mit seiner modernen Anlage kein Problem war, die gewünschten Worte herauszuschneiden und auszutauschen. Ich habe mich allerdings lange gefragt, welches Motiv Sie haben.«

»Ich habe keins«, versuchte er noch einmal aufzubegehren. »Mein Alibi-«

Ich unterbrach ihn. »Herr Maibach, Sie wussten aus früheren Gesprächen mit Ruth Bodeck, dass Sie in ihren Augen nicht loyal waren. Ruth Bodeck hat ein Tagebuch geführt und darin die Angestellten und Arbeiter der Firma in zwei Kategorien eingeteilt: in Loyale und Schmarotzer. Sie, Herr Maibach, gehören zu den Letzteren.«

Es war ein Schlag für ihn, das so ungeschminkt zu hören. Aber noch mehr traf es sein Ego, dass ich ihn vor all den Leuten bloßstellte.

Ich sah zu Max hin. Der Barkeeper hielt den Kopf gesenkt. Als ich jetzt zu ihm trat, zuckte er zusammen.

»Wir werden auch Sie als Mittäter verhaften«, sagte ich ruhig zu ihm. »Die Staatsanwaltschaft wird Anklage wegen Mordverdacht erheben.«

Er sah mich mit einem verzweifelten Blick an. »Ich habe mit den Morden nichts zu tun. Erst als ich Berger sagte, dass Bodeck angerufen und den Plan abgeblasen habe, rückte Berger damit heraus, welchen Auftrag er erhalten hatte.« Seine Hand schoss auf Maibach zu. »Als ich von dem Mord an Ruth Bodeck hörte, wusste ich sofort Bescheid. Von da an musste er mich beteiligen.«

»Du Scheißkerl«, schrie Maibach unbeherrscht.

»Beteiligen?«, fragte ich stirnrunzelnd. »Er brauchte Sie nur für die Erpressungsanrufe, weil er befürchten musste, dass Bodeck seine Stimme erkennen würde und auch nur solange, bis Sie das Geld abgeholt hatten.«

Ich drehte mich zu Maibach um. »Sie waren zwar bei Nancy, aber Sie haben ihr etwas in ihr Getränk getan, nicht wahr? Schlaftabletten? K.O.-Tropfen? Was war es?«

Maibachs Augen sprühten Funken. Nun war ihm alles egal, seine Fassade abgebröckelt und sein Plan entlarvt. »Jetzt sind Sie wohl stolz auf sich, wie? Ja, ich hab Nancy was in ihr Getränk getan. Ein paar Tropfen genügten. Sie brauchte ja nicht länger als eine Stunde zu schlafen. Als Berger mir erzählte, was Bodeck vorhatte, bin ich fast an die Decke gesprungen vor Freude. Ruth Bodeck hatte mir einige Wochen vorher unmissverständlich klar gemacht, dass sie mich entlassen wolle. Sie könne mich nicht mehr ertragen, hat sie gesagt. Wohin sollte ich dann? Hä?« Er spuckte die Worte fast heraus. »Eine gleichwertige Stelle zu bekommen, ist heute doch fast unmöglich. Nein,

nein, da musste ich doch handeln, oder?«

Niemand antwortete.

Er lachte wie irre auf. »Ich wollte ihn zuerst einfach nur erpressen. Ja, das wollte ich.«

»Warum brachten Sie Berger um?«

Maibach grinste heimtückisch. »Man nennt Sie den >großen Falken<, was? Aber so groß sind Sie wohl auch nicht. Es war so schön, dieses Phantombild. Uli und ich haben Tränen darüber gelacht. Damit würde man Uli niemals verdächtigen. Er hatte eine Baseballmütze auf dem Kopf, eine weiße. Von Weitem sah es wirklich wie eine Glatze aus. Bis Rainer Müllenhoff, dieser Trottel, aus dem Urlaub kam. Er kam ganz aufgeregt zu mir. Er habe so eine Ahnung, dass Uli Berger der gesuchte Mörder sei, sagte er. Ob er die Polizei anrufen sollte? Ich sagte ihm, er soll sich nicht lächerlich machen. Das würde ihm doch kein Mensch glauben. Aber ich konnte mich nicht darauf verlassen, dass Müllenhoff schwieg. Also musste ich Uli Berger beseitigen. Ich hoffte, dass man dann den Fall zu den Akten legen würde, weil der Mörder tot war. Ich hätte besser Müllenhoff überfahren.«

»Es gab zwei Täter, Herr Maibach«, sagte ich.

Dorstmann nickte heftig mit grimmiger Miene. Er gab Willi und Siggi ein Zeichen. Die beiden ergriffen Maibachs Arme. Er wehrte sich nicht.

Maibach lachte wieder. »Hast du Angst gehabt, lieber Chef?«, stieß er in Richtung Thomas Bodeck aus. »An dem Abend, als die Fackeln auf dein Haus prasselten? Ja? Die Jungen haben sich einen riesigen Spaß daraus gemacht. Ich wollte dir nur einen kleinen Schreck einjagen ...«

Mehr hörten wir nicht. Willi und Siggi hatten ihn zusammen mit Max hinausgeführt. Eva Stahlberg warf noch einen langen Blick auf Thomas, dann stand sie auf und ging zur Tür. Dort zögerte sie noch einmal, drehte sich jedoch nicht mehr um.

Thomas atmete schwer. Er starrte immer noch auf die geschlossene Tür, durch die der Mann verschwunden war, dem er jahrelang vertraut hatte, aber der dieses Vertrauen missbraucht hatte. Thomas´ Augen wanderten schließlich zwischen Dorstmann und mir hin und her, als wartete er auf ein tröstendes oder beruhigendes Wort.

»Du hast gehofft, nach der Zahlung von einer halben Million Euro hätte der Erpresser dich in Ruhe gelassen. Hast du wirklich geglaubt, du könntest dich von deiner Verantwortung freikaufen?«, fragte ich ihn.

Thomas antwortete nicht. Er hatte einen Mordauftrag erteilt, und dafür würde er zur Rechenschaft gezogen werden. Wie hoch seine Strafe letztlich ausfallen würde, stand nicht in unserem Ermessen. Vielleicht fand er einen gnädigen Richter.

Epilog

Sobald die Sonne im Westen unterging, versank Züschen in einen ruhigen, tiefen Schlaf, eingebettet in ein Tal, das von den Bergen ringsum beschützt zu werden schien.

Der Abschied fiel mir schwer.

Auf meinem Bett lag der gepackte Koffer. Ich verschloss ihn und trat ans Fenster. Zehn Tage hatte ich in Züschen verbracht. Der Ort war mir wieder so vertraut geworden, als hätte ich nie woanders gelebt. Über dem dunkelgrünen Hackelberg gegenüber sah ich in großer Höhe Kondensstreifen am Himmel. Früher flogen selten Flugzeuge über Züschen. Das war heute anders, wie so vieles. Wer hätte jemals für möglich gehalten, dass hier zwei Morde passieren würden? Das Verbrechen und die Aufklärung überschatteten die Idylle des Dorfes. Aber ich war sicher, dass die Einwohner bald wieder in ihren gewohnten Lebensrhythmus zurückfinden würden.

Liebend gern wäre ich noch eine Weile in Züschen geblieben und hätte mit meinen alten Freunden in Erinnerungen geschwelgt, aber ich musste zu Inge und meinen Kindern.

Mit dem Koffer in der Hand verließ ich mein Zimmer. Elena stand in der Küche und weinte.

»Ich habe Ihnen einen Kuchen gebacken, Herr Kommissar.«

»Danke, Elena.«

Was aus ihr werden würde, war mir nicht klar. Vielleicht fand sich jemand, der eine gute Haushälterin gebrauchen konnte. Rührselige Abschiedsszenen waren mir ein Gräuel, deshalb umarmte ich sie kurz und ging schnell hinaus.

Vor der Polizeiwache in Winterberg warteten Sandra und Willi. »Ohne ein Wort wollte ich dich nicht gehen lassen«, sagte Sandra und küsste mich auf beide Wangen.

Willi deutete mit einem Kopfnicken zu Dorstmanns Passat. Der Hauptkommissar, Siemering und Koch saßen schon im Wagen. Dorstmann kurbelte das Seitenfenster herunter.

»Es war eine schöne Zeit mit dir, Johannes«, sagte er. »Du bist mir noch eine Revanche schuldig. Wann spielen wir das nächste Mal Skat?«

»Sobald du pensioniert bist.«

»Erst in acht Jahren?«

»Meinetwegen auch eher. Ich komme nach Dortmund. Das ist nicht sehr weit von Bielefeld entfernt.«

Dorstmann grinste und wollte das Seitenfenster schließen.

»Warte«, rief ich. »Ich weiß ja noch nicht mal, wie du mit Vornamen heißt.«

»Hab ich dir das nicht gesagt? Konrad. Einfach nur Konrad. Tust du mir einen Gefallen?«

»Welchen?«

»Sag niemals Konny zu mir.«

Dann fuhren sie weg.

»Was wirst du jetzt machen?«, fragte Willi mich.

»Nach Hause fahren.«

»Wartet Inge auf dich?«

»Sicher.« Es klang nicht sehr überzeugend. Er wusste, welche Probleme ich mit Inge hatte.

»Wann kommst du wieder nach Züschen?«, fragte Sandra.

»Bald«, antwortete ich. »Das verspreche ich dir. Vielleicht schon zum Schützenfest. Grüßt Gabi von mir.«

»Willst du das nicht selbst machen?«, fragte Willi erstaunt.

»Es ist besser, ich verschwinde so schnell, wie ich gekommen bin. Ein bisschen tut es mir allerdings leid, dass sie und Roswitha um die Jubiläumsfeier kommen.«

»Thomas wird nie mehr ein Jubiläum feiern. Höchstens das Ende seiner Haftstrafe. Eines verstehe ich nicht, Johannes. Warum hat Thomas dir erlaubt, sich in die Recherchen einzumischen? Er musste doch damit rechnen, dass du seinen Mordauftrag aufdecken würdest.«

»Er ahnte zu dem Zeitpunkt nicht, dass sein Auftrag, Eva Stahlberg, umzubringen, etwas mit dem Mord an Ruth zu tun hatte. Als der Erpresser, also Max, ihm dann die Tonbandaufnahme vorspielte, war es zu spät. Wie so oft im Leben hängt der Erfolg auch vom Glück ab.«

Er klopfte mir auf die Schultern. »Du bist immer noch ein guter Kommissar, Johannes.«

»Danke.«

Ich stieg ein. Dabei fiel mein Blick auf meine Füße. Wieder hatte ich zwei verschieden farbige Socken an. Ich würde mich wohl nie ändern.

Zehn Minuten später hatte ich Winterberg verlassen. Je weiter ich weg kam, desto leichter wurde es mir. Als ich die Autobahn erreichte, freute ich mich sogar auf zu Hause.

Aber dennoch. Von jetzt an würde ich sicher öfter ins Hochsauerland fahren, mindestens einmal im Jahr.

ENDE

Kommissar Johannes Falkes zweiter Fall!

Thriller

Über frühlingsgrünen Wiesen kreist ein Windvogel am Himmel – ein erhabener, ein friedlicher Anblick. Doch wie passt der Tote mit der Schere in der Schulter in diese Idylle?
Mit Feingefühl und Kombinationsgeschick setzt sich Kommissar Johannes Falke auf die Spur eines skrupellosen Mörders. Seine Ermittlungen führen ihn von Winterberg über Brilon quer durch das Hochsauerland, und bald gelingt es ihm, ein Bild des Toten zu erstellen, der offenbar ein Doppelleben geführt hat. Doch gerade, als Falke glaubt, den Fall gelöst zu haben, geschieht ein weiterer Mord.

© Phillip Kordes. Alle Rechte vorbehalten.

Weitere Kriminalromane von *Phillip Kordes*

Hauptkommissar Gordon Emanuel Rattke ist 43 Jahre alt. Seit einigen Jahren leitet er das Kommissariat 9 der Mordkommission in Dortmund. Zwei Morde halten die Kriminalpolizei von Dortmund in Atem. Rattke muss beide Fälle bearbeiten. Eine Spur führt über das Ruhrgebiet hinaus bis ins tiefste Sauerland. Schon bald muss Rattke erkennen, dass er einem Phantom nachjagt, das sich jahrelang hinter einer Maske versteckt hat.

©Phillip Kordes. Alle Rechte vorbehalten

Hauptkommissar Rattke spielt mit dem Gedanken, aus dem Polizeidienst auszusteigen. Doch die Arbeit holt ihn wieder ein, als eine junge Frau erdrosselt aufgefunden wird. Bei der Suche nach dem Mörder entspinnt sich ein Netz von Intrigen und unkontrollierter Lust. Rattkes ganze Konzentration ist gefordert, denn der Täter hat sein nächstes Opfer bereits im Visier.

©Phillip Kordes. Alle Rechte vorbehalten

Printed in Great Britain
by Amazon